Hermann Multhaupt

Weihnachtsnacht & Kerzenschein

Das große nostalgische Weihnachtsbuch

Geschichten · Gedichte · Bräuche · Rezepte

benno

Inhaltsverzeichnis

Advent

Bräuche in der Advents- und Weihnachtszeit

Die Advents- und Weihnachtszeit ist von zahlreichen Bräuchen geprägt, die zum Teil vorchristlichen Ursprungs sind und von den ersten Glaubensboten übernommen und umgedeutet wurden. Antike Einflüsse sind hier ebenso festzustellen wie zum Beispiel vorchristliche Totenfeiern.
Bekannt sind etwa die „Roratemessen", die „Herbergssuche" oder das „Frautragen". Doch auch die Heiligen der Advents- und Weihnachtszeit wie Barbara, Nikolaus und Luzia bereichern den Festkreis durch auf sie ausgerichtete Feiern. Beliebt waren und sind die Advents- und Weihnachtsspiele, die die Geburt des Jesuskindes im Stall von Bethlehem thematisieren.

MARTINSTAG

Der hl. Martin ist gleichsam der Vorbote der Adventszeit, denn nach seinem Fest am 11. November begann die einst sechswöchige Advents- und Bußzeit als Hinführung auf Weihnachten. Über viele Jahrhunderte war er ein Fixpunkt im kirchlichen und politischen Jahresablauf. Er war Zahltag! An diesem Tag wurden die Zins- und Pachtzahlungen fällig und die Hirten sowie Knechte und Hausmägde erhielten ihren Jahreslohn. Heute begehen kirchliche Gemeinden den Martinstag mit einem festlichen Umzug, an dem sich vor allem Kinder beteiligen. Dem Zug voraus reitet ein in ein Bischofsgewand gekleideter Mann, dem die Kinder mit ihren Laternen folgen und dazu bestimmte Martins- und Laternenlieder singen. Martin, um 316 im heutigen Ungarn geboren, gehörte seit seinem 15. Lebensjahr zur Gardekavallerie des römischen Kaisers Konstantin (285–337) mit dem Standort in Gallien. Als 18-Jähriger teilte er – so erzählt die Legende – in einer rauen Winternacht mit einem frierenden Bettler seinen Mantel. In Amiens empfing er die Taufe und bat bald darauf um seinen Abschied vom Regiment. Der hl. Bischof Hilarius von Poitiers (315–367) unterrichtete Martin in Theologie. 371 sollte er zum Bischof von Tours gewählt werden, doch versteckte er sich nach der Überlieferung in einem Gänsestall, weil er sich für unwürdig für dieses Amt hielt. Das Geschnatter der Gänse verriet ihn jedoch. Er wurde ein eifriger Seelenhirte. Am 8. November 397 starb er in Candes an der Loire. Martin war der erste Heilige, der nicht durch ein Martyrium zur Ehre der Altäre aufstieg. Dafür erleiden jährlich unzählige „Martinsgänse" ein „Martyrium".

DEZEMBER

Der Dezember ist reich an Brauchtum, und dabei spielt auch die Zahlensymbolik eine gewisse Rolle: Im Christentum ist die Zwölf eine Zahl voller Bedeutungen, und der Dezember ist immerhin der zwölfte Monat des Jahres. Die Zwölf gilt als „vollkommene Zahl". Es gibt insgesamt zwölf Monate, zwölf Stunden hat der Tag, zwölf Stunden die Nacht. Es gibt die zwölf Stämme Israels, Jesus hatte zwölf Apostel, und um das Mittwinterfest waren die zwölf Nächte geheiligt und reich an Brauchtum.

Nach dem altrömischen Kalender ist der Dezember allerdings der zehnte Monat (*decem* bedeutet zehn), da das Jahr früher mit dem März begann. Unsere Vorfahren sprachen vom „Wintermond" oder auch „Christmond". Für Karl den Großen war er der „Heilige Monat". Im Norden Europas war der Dezember als „Julmonat" bekannt, in des-

Bratapfel

ZUTATEN:

4 große Äpfel, am besten Boskop
50 g Mandelsplitter, 50 g Rosinen
4 TL Aprikosenkonfitüre oder Honig
1 Prise Zimt, etwas Butter

Äpfel waschen, Kerngehäuse entfernen. Mandeln, Rosinen, Konfitüre und Zimt vermischen. Füllung mit einem Teelöffel in die Öffnung der Äpfel geben. Auf jeden Apfel ein Butterflöckchen geben. Im vorgeheizten Backofen bei 200 °C etwa 25 min backen. Besonders gut schmecken die Bratäpfel mit Vanillesauce oder Vanilleeis.

sen Mittelpunkt das Julfest stand. „Jul" hieß bei den nordgermanischen Völkern „Zeit der Schneestürme". Da der Wolf von den Menschen vergangener Jahrhunderte als gefährliches Tier eingestuft wurde, der sogar das Licht des Tages verschlang, hieß der Dezember auch „Wolfsmond". Auf „Gebildbroten" bildete man sein Konterfei ab. Am 1. Dezember sollen die sündhaften Städte Sodom und Gomorrha durch Feuer, das vom Himmel regnete, zerstört worden sein.

Leise rieselt der Schnee

Text und Melodie: Eduard Ebel, 1895

In den Herzen wird's warm,
still schweigt Kummer und Harm,
Sorge des Lebens verhallt.
Freue dich, Christkind kommt bald!

Bald ist heilige Nacht,
Chor der Engel erwacht,
hört nur, wie lieblich es schallt!
Freue dich, Christkind kommt bald!

ADVENT

Das lateinische Wort *adventus* (Ankunft) deutet schon an, dass die Zeit vor Weihnachten auf die Ankunft des göttlichen Erlösers Jesus Christus vorbereiten soll. Das geschah früher weitaus intensiver als heute. Früher war die Adventszeit eine Zeit der Buße und der Entsagung. Feste und Lustbarkeiten waren verboten. Es durfte auch nicht geheiratet werden. Heute ist das Gegenteil der Fall: Der Konsumrausch lässt vielerorts die besinnliche Vorbereitung auf Weihnachten erst gar nicht zu. Und selbst dort, wo Turmbläser oder Adventssinger eine vorweihnachtliche Stimmung zaubern möchten, geraten diese Initiativen leicht zum „Event".
Der Ursprung der Adventsbräuche lässt sich bis ins 5. Jahrhundert ins Gebiet um Ravenna zurückverfolgen. Papst Gregor der Große setzte die Zahl der Adventssonntage – ursprünglich gab es nur einen unmittelbar vor Weihnachten – auf vier fest. Doch diese Praxis hat sich nicht überall verbreitet. In Mailand soll die Adventszeit noch sechs Wochen betragen, ebenso im mozarabischen Kalender in Spanien sowie bei der syrisch-orthodoxen und anderen orientalischen Kirchen. Es waren die Franziskaner, die im 13. Jahrhundert für die Ausbreitung des Vier-Wochen-Rhythmus sorgten. Papst Pius V. bestätigte um 1550 die römische Adventsliturgie – mit Ausnahme in Mailand. Jeder der vier Adventssonntage steht unter einem bestimmten liturgischen Schwerpunkt.

Bußlied im Advent

nach Melchior Ludolf Herold

Auf, Sion, dein Verlangen,
dein König kommt zu dir!
O eil, ihn zu empfangen,
schließ auf des Herzens Tür.
Verlass der Sünde Wege,
jetzt ist die Gnadenzeit;
dein Eifer werde rege,
zum Bußetun bereit.

Dein Heiland kommt auf Erden,
die Liebe leitet ihn;
mit freundlichen Gebärden
will er dich nach sich ziehn.
Sein Blick ist nicht zum Schrecken,
er hat die größte Kraft,
Vertrauen zu erwecken,
die reine Freude schafft.

Was kann ihn denn verhindern?
Ist deine Sünde schuld?
Er kommt, dein Leid zu lindern,
aus lauter Lieb und Huld;
er kommt dir zu Gefallen,
zu deiner Seelenruh;
ohn Sünde, sonst in allem
wird er ein Mensch wie du.

Auf! Auf! Ohn' all Verweilen!
Denn dein Erlöser kann
die Sündenwunden heilen,
nur zweifle nicht daran.
Er stillt durch seine Güte
den größten Seelenschmerz.
Gießt Trost in das Gemüte
und Freud in unser Herz.

Er sehnt sich mit Begierde,
ein Gast bei dir zu sein,
der Herr, des Himmels Zierde,
kehrt willig bei dir ein.
Drum gib in diesem Leben
dich ihm zum Dienste dar,
prüf dich, mach gleich und eben,
was krumm und ungleich war.

Karl Heinrich Waggerl

Die stillste Zeit im Jahr

Immer am zweiten Sonntag im Advent stieg der Vater auf den Dachboden und brachte die große Schachtel mit dem Krippenzeug herunter. Ein paar Abende lang wurde dann fleißig geleimt und gemalt, etliche Schäfchen waren ja lahm geworden, und der Esel musste einen neuen Schwanz bekommen, weil er ihn in jedem Sommer abwarf wie ein Hirsch sein Geweih. Aber endlich stand der Berg wieder wie neu auf der Fensterbank, mit glänzendem Flitter angeschneit, die mächtige Burg mit der Fahne auf den Zinnen und darunter der Stall. Das war eine recht gemütliche Behausung, eine Stube eigentlich, sogar der Herrgottswinkel fehlte nicht und ein winziges ewiges Licht unter dem Kreuz. Unsere Liebe Frau kniete im seidenen Mantel vor der Krippe, und auf der Strohschütte lag das rosige Himmelskind, leider auch nicht mehr ganz heil, seit ich versucht hatte, ihm mit der Brennschere neue Locken zu drehen. Hinten standen Ochs und Esel und bestaunten das Wunder. Der Ochs bekam sogar ein Büschel Heu ins Maul gesteckt, aber er fraß es ja nie. Und so ist es mit allen Ochsen, sie schauen nur und schauen und begreifen rein gar nichts.

Weil der Vater selber Zimmermann war, hielt er viel darauf, dass auch sein Patron, der heilige Joseph, nicht nur so herumlehnte, er dachte sich in jedem Jahr ein anderes Geschäft für ihn aus. Joseph musste Holz hacken oder die Suppe kochen oder mit der Laterne die Hirten einweisen, die von überallher gelaufen kamen und Käse mitbrachten oder Brot oder was sonst arme Leute zu schenken haben.

Es hauste freilich ein recht ungleiches Volk in unserer Krippe, ein Jäger, der zwei Wilddiebe am Strick hinter sich herzog, aber auch etliche Zinnsoldaten und der Fürst Bismarck und überhaupt alle Bestraften aus der Spielzeugkiste.

Ganz zuletzt kam der Augenblick, auf den ich schon tagelang lauerte. Der Vater klemmte plötzlich meine Schwester zwischen die Knie, und ich durfte ihr das längste Haar aus dem Zopf ziehen, ein ganzes Büschel mitunter, damit man genügend Auswahl hatte, wenn dann ein golden gefiederter Engel darangeknüpft und über der Krippe aufgehängt wurde, damit er sich unmerklich drehte und wachsam umherblickte.

Das Gloria sangen wir selber dazu. Es klang vielleicht ein bisschen grob in unserer breiten Mundart, aber Gott schaut seinen Kindern ja ins Herz und nicht in den Kopf oder aufs Maul. Und es ist auch gar nicht so, dass er etwa nur Latein verstünde.

Mitunter stimmten wir auch noch das Lieblingslied der Mutter an, das vom Tannenbaum. Sie beklagte es ja oft, dass wir so gar keine musikalische Familie waren. Nur sie selber konnte gut singen, hinreißend schön für meine Begriffe, sie war ja auch in ihrer Jugend Kellnerin gewesen. Wir freilich kamen nie über eine Strophe hinaus. Schon bei den ersten Tönen fing die Schwester aus übergroßer Ergriffenheit zu schluchzen an. Der Vater hielt ein paar Takte länger aus, bis er endlich merkte, dass seine Weise in ein ganz anderes Lied gehörte, etwa in das von dem Kanonier auf der Wacht. Ich selber aber konnte in meinem verbohrten Grübeln, wieso denn ein Tannenbaum zur Winterzeit grüne Blätter hatte, die zweite Stimme nicht halten. Daraufhin brachte die Mutter auch mich mit einem Kopfstück zum Schweigen und sang das Lied als Solo zu Ende, wie sie es gleich hätte tun sollen.

Advent, sagt man, sei die stillste Zeit im Jahr. Aber in meinem Bubenalter war es keineswegs die stillste Zeit. In diesen Wochen lief die Mutter mit hochroten Wangen herum, wie mit Sprengpulver geladen, und die Luft in der Küche war sozusagen geschwängert mit Ohrfeigen. Dabei roch die Mutter so unbeschreiblich gut, überhaupt ist ja der Advent die Zeit der köstlichen Gerüche. Es duftet nach Wachslichtern, nach angesengtem Reisig, nach Weihrauch und Bratäpfeln. Ich sage ja nichts gegen Lavendel und Rosenwasser, aber Vanille riecht doch eigentlich viel besser, oder Zimt und Mandeln.

Mich ereilten dann die qualvollen Stunden des Teigrührens. Vier Vaterunser das Fett, drei die Eier, ein ganzer Rosenkranz für Zucker und Mehl. Die Mutter hatte die Gewohnheit, alles Zeitliche in ihrer Kochkunst nach Vaterunsern zu bemessen, aber die mussten laut und sorgfältig gebetet werden, damit ich keine Gelegenheit fände, den Finger in den köstlichen Teig zu tauchen. Wenn ich nur erst den Bubenstrümpfen entwachsen wäre, schwor ich mir damals, dann wollte ich eine ganze Schüssel voll Kuchenteig aufessen, und die Köchin sollte beim geheizten Ofen stehen und mir dabei zuschauen müssen! Aber leider, das ist einer von den Knabenträumen geblieben, die sich nie erfüllt haben.

Am Abend nach dem Essen wurde der Schmuck für den Christbaum erzeugt. Auch das war ein unheilschwangeres Geschäft. Damals konnte man noch ein Buch echten Blattgoldes für ein paar Kreuzer beim Krämer kaufen. Aber nun galt es, Nüsse in Leimwasser zu tauchen und ein hauchdünnes Goldhäutchen herumzublasen. Das Schwierige bei der Sache war, dass man vorher nirgendwo Luft von sich geben durfte. Wir saßen alle in der Runde und liefen braunrot an vor Atemnot, und dann geschah es eben doch, dass jemand plötzlich niesen musste. Im gleichen Augenblick segelte eine Wolke von glänzenden Schmetterlingen durch die Stube. Einerlei, wer den Zauber verschuldet hatte, das Kopfstück bekam jedenfalls ich, obwohl es nur bewirkte, dass sich der goldene Unsegen von Neuem in die Lüfte hob. Ich wurde dann in die Schlafkammer verbannt und musste Silberpapier um Lebkuchen wickeln, um ungezählte Lebkuchen.

Kurz vor dem Fest, sinnigerweise am Tag des ungläubigen Thomas, musste der Wunschzettel für das Christkind geschrieben werden, ohne Kleckse und Fehler, versteht sich, und mit Farben sauber ausgemalt. Zuoberst verzeichnete ich anstandshalber, was ja ohnehin von selber eintraf, die Pudelhaube oder jene Art von Wollstrümpfen, die so entsetzlich bissen, als ob sie mit Ameisen gefüllt wären. Darunter aber schrieb ich Jahr für Jahr mit hoffnungsloser Geduld den kühnsten meiner Träume, den Anker-Steinbaukasten, ein Wunderwerk nach al-

lem, was ich davon gehört hatte. Ich glaube ja heute noch, dass sogar die Architekten der Jahrhundertwende ihre Eingebungen von dorther bezogen haben.
Aber ich selber bekam ihn ja nie, wahrscheinlich wegen der ungemein sorgfältigen Buchhaltung im Himmel, die alles genau verzeichnete, gestohlene Zuckerstücke und zerbrochene Fensterscheiben und ähnliche Missetaten, die sich durch ein paar Tage auffälliger Frömmigkeit vor Weihnachten auch nicht mehr abgelten ließen.
Wenn mein Wunschzettel endlich fertig vor dem Fenster lag, musste ich aus brüderlicher Liebe auch noch den für meine Schwester schreiben. Ungemein zungenfertig plapperte sie von einer Schlafpuppe, einem Kramladen, lauter albernes Zeug. Da und dort schrieb ich wohl ein heimliches „Muss nicht sein" dazu, aber vergeblich. Am Heiligen Abend konnte sie doch eine Menge von Früchten ihrer Unverschämtheit ernten.
Der Vater, als Haupt und Ernährer unserer Familie, brauchte natürlich keinen Wunschzettel zu liefern. Für ihn dachte sich die Mutter in jedem Jahr etwas Besonderes aus. Ich erinnere mich noch an ein Sitzkissen, das sie ihm einmal bescherte, ein Wunderwerk aus bemaltem Samt, mit einer Goldschnur eingefasst. Er bestaunte es auch sehr und lobte es überschwänglich, aber eine Weile später schob er es doch heimlich wieder zur Seite. Offenbar wagte es nicht einmal er, auf einem röhrenden Hirschen zu sitzen, mitten im Hochgebirge.
Für uns Kinder war es hergebracht, dass wir nichts schenken durften, was wir nicht selber gemacht hatten. Meine Schwester konnte sich leicht helfen, sie war ja immerhin ein Frauenzimmer und verstand sich auf die Strickerei oder sonst eine von diesen hexenhaften Weiberkünsten, die mir zeitlebens unheimlich gewesen sind. Einmal nun dachte auch ich etwas Besonderes zu tun. Ich wollte den Nähsessel der Mutter mit Kufen versehen und einen Schaukelstuhl daraus machen, damit sie ein wenig Kurzweil hätte, wenn sie am Fenster sitzen und meine Hosen flicken musste. Heimlich sägte ich also und hobelte in der Holzhütte, und es geriet mir auch alles vortrefflich. Auch der Vater lobte die Arbeit und meinte, es sei eine großartige Sache, wenn es uns nur auch gelänge, die Mutter in diesen Stuhl hineinzulocken.

Aber aufgeräumt, wie sie am Heiligen Abend war, tat sie mir wirklich den Gefallen. Ich wiegte sie, sanft zuerst und allmählich ein bisschen schneller, und es gefiel ihr ausnehmend wohl. Niemand merkte jedenfalls, dass die Mutter immer stiller und blasser wurde, bis sie plötzlich ihre Schürze an den Mund presste – es war durchaus kein Gelächter, was sie damit ersticken musste. Lieber, sagte sie hinterher, weit lieber wollte sie auf einem wilden Kamel durch die Wüste Sahara reiten, als noch einmal in diesem Stuhl sitzen! Und tatsächlich, noch auf dem Weg zur Mette hatte sie einen glasigen Blick, etwas seltsam Wiegendes in ihrem Schritt.

ADVENTSKRANZ

Der evangelische Pfarrer Johann Hinrich Wichern (1808–1881) gründete 1833 in Hamburg eine diakonische „Erziehungsanstalt" für bedürftige und heimatlose Kinder und Jugendliche, um ihnen eine Berufsausbildung zu verschaffen. Sie erhielt den Namen „Rauhes Haus". Hier entstand Mitte des 19. Jahrhunderts der Adventskranz mit 24 Lichtern, der an der Decke aufgehängt wurde. Sonntags erstrahlten im Betsaal große Kerzen, werktags kleine. Die Wände und später der Adventskranz selbst wurden mit Tannengrün geschmückt. Zunächst waren es protestantische Familien der sogenannten „besseren Gesellschaft", die den Adventskranz in ihre Häuser einführten. Heute ist er überall in verschiedensten Ausstattungen verbreitet.
Als Pfarrer Wichern um 1860 Oberkonsistorialrat auch im Waisenhaus Berlin wurde, nahm er den Adventsbrauch mit. Hier ersetzte man den Kranz durch einen Leuchter in Form eines Baumes, denn die 24 Kerzen ließen sich besser am Bäumchen als am Kranz unterbringen. In den evangelischen Gemeindehäusern, Kinderheimen und Schulen im Norden Deutschlands hielt der Lichterkranz sehr bald Einzug. Doch auch Familien profitierten von diesem Schmuck. Da Lichterkränze jedoch viel Platz wegnehmen, verkleinerte man ihn auf einen Kreis mit vier Kerzen, stellvertretend für die vier Adventssonntage. Es dauerte Jahrzehnte, bis der Adventskranz seinen Siegeszug vom Norden in südliche Gefilde antrat. Der erste Adventskranz in einer katholischen Kirche

hing 1925 in Köln, fünf Jahre später in München. Der Kreis ist ein Sonnensymbol, er steht auch für Harmonie und Vollendung. Das Grün der Tannenzweige mag die Hoffnung versinnbilden. Die Kerzen stehen für das Licht, das mit Weihnachten durch die Geburt Jesu in die Welt kam.

ADVENTSKALENDER

Der Adventskalender fehlt in der Vorweihnachtszeit wohl in keinem Kinderzimmer. An 24 Tagen der Adventszeit öffnen Kinder die Türen des farbenprächtigen und reich verzierten Kalenders, bis der Heilige Abend ihnen das weihnachtliche Geschehen vor Augen führt. Die Bilder, die sich hinter den Türchen darbieten, sollen eigentlich religiöse Motive zeigen. Sie verweisen auf die großen Gestalten der Adventszeit, angefangen von der hl. Barbara, dem hl. Nikolaus und der hl. Luzia, darüber hinaus sind zahlreiche Motive und Symbole abgebildet, beispielsweise eine Kerze, ein Tannenzweig, ein schön verpacktes Geschenk. Doch inzwischen verbergen viele Kalender hinter den geschlossenen Türen kleine Leckereien. Das war nicht immer so und ist auch nicht der eigentliche Sinn des Adventskalenders.
Es begann eigentlich damit, dass Kinder in vorwiegend protestantischen Häusern an einer Zimmerwand 24 Kreidestriche vorfanden und jeden Tag einen Strich wegwischen konnten, bis Weihnachten vor der Tür stand. Eine Alternative war, 24 Strohhalme in die leere Krippe zu legen, um so dem Jesuskind im Stall von Bethlehem das schlichte Bett etwas bequemer zu machen. Oft durften die Kinder auch einen Strohhalm in die Krippe legen, wenn sie eine gute Tat getan hatten oder besonders lieb gewesen waren. Es gibt vielerorts auch die Adventskerze, die in 24 Felder aufgeteilt ist und von der jeden Tag ein Stück bis zur nächsten Markierung abgebrannt wird.
Die ersten selbst gefertigten Adventskalender stammen aus der Zeit um 1850. Die Mutter des schwäbischen Pfarrerssohns Gerhard Lang (1881–1974) zeichnete 24 Kästchen auf einen Karton, auf jedes war ein „Wibele" genäht. Wibele sind ein ursprünglich aus dem Städtchen Langenburg in Hohenlohe stammendes Süßgebäck aus Biskuitteig. Gerhard Lang war später Teilhaber einer lithografischen Anstalt. Er

nahm statt der Wibele farbeprächtige Zeichnungen, die man ausschneiden und auf einen Karton kleben konnte. Seit 1908 war dieser wenn auch fensterlose Adventkalender im Umlauf. Damals hieß er noch „Weihnachtskalender“ . Die heutige Form des Kalenders mit zu öffnenden Türen kam um 1920 auf den Markt. Es gibt auch „alternative“ Adventskalender, die sich täglich mit religiösen Texten beschäftigen. Türchen gibt es darin nicht, wohl aber schön gestaltete Bilderseiten und besinnliche Geschichten und Gedichte.

Im Schnee
Gottfried Keller

Wie naht das finster türmende
Gewölk so schwarz und schwer!
Wie jagt der Wind, der stürmende,
Das Schneegestöber her!

Verschwunden ist die blühende
Und grüne Weltgestalt;
Es eilt der Fuß, der fliehende,
Im Schneefeld nass und kalt.

Wohl dem, der nun zufrieden ist
Und innerlich sich kennt!
Dem warm ein Herz beschieden ist,
Das heimlich loht und brennt!

Wo, traulich sich dran schmiegend, es
Die wache Seele schürt,
Ein perlend, nie versiegendes
Gedankenbrauwerk rührt!

Maria durch ein Dornwald ging

Eines der schönsten Adventslieder, die eine jahrhundertelange Geschichte haben, ist „Maria durch ein Dornwald ging“. Ursprünglich war es kein Advents-, sondern ein Wallfahrtslied, und es wurde im Eichsfeld gesungen. Von dort verbreitete es sich durch mündliche Überlieferung im 19. Jahrhundert im Bistum Paderborn. August von Haxthausen (1792–1866), ein bekannter Jurist, Agrarwissenschaftler, Publizist und Märchensammler, der auf seinem Gut „Bökerhof“ im heutigen Kreis Höxter mit vielen Romantikern zusammentraf, gab mit seinem Verwandten Dietrich Bocholz-Asseburg 1850 eine Sammlung geistlicher Lieder heraus, in die dieses Lied aufgenommen wurde. Die Brüder Grimm waren im Schloss Bökerhof und auf der benachbarten „Abbenburg“ gern gesehene Gäste. Haxthausens Stiefnichte Annette von Droste-Hülshoff beteiligte sich an den Märchen- und Liedsammlungen. Ob das Lied „Maria durch ein Dornwald ging“ schon aus dem 16. Jahrhundert stammt, ist nicht bewiesen, doch im „Andernacher Gesangbuch“ von 1608 ist ein Lied („Jesum und seine Mutter zahrt“) überliefert, das „nach der Melodie ‚Maria durch ein Dornwald ging‘“ gesungen wurde. Erst die „Jugendbewegung“ zu Beginn des 20. Jahrhunderts verschaffte dem Lied Popularität. Die Fassung, die heute üblicherweise gesungen wird, hat drei Strophen. 1850 bestand es aus sieben Strophen.

Maria durch ein Dornwald ging

Text und Melodie: aus dem Eichsfeld, 16. Jh.

Was trug Maria unter ihrem Herzen?
Kyrie eleison.
Ein kleines Kindlein ohne Schmerzen,
das trug Maria unter ihrem Herzen.
Jesus und Maria.

Da haben die Dornen Rosen getragen.
Kyrie eleison.
Als das Kindlein durch den Wald getragn,
da haben die Dornen Rosen getragn.
Jesus und Maria.

LEBKUCHEN

Schon um 350 v. Chr. entstanden die ersten Aufzeichnungen über die gewürzten „Honigkuchen“. Und schon die Ägypter kannten sie, denn sie verwendeten sie als Grabbeigaben. Die Römer nannten sie „panis mellitus“. Man strich Honig auf den Kuchen und backte beides zusammen. Früher wurde der Lebkuchen nicht nur zur Weihnachtszeit, sondern auch zu Ostern verzehrt. Er gehörte zur Fastenküche und wurde mit starkem Bier serviert.

Der heute bekannte Lebkuchen kam ursprünglich aus dem belgischen Dinant. Die Aachener haben ihn in den „Aachener Printen“ hochleben lassen. Dann hörten die fränkischen Klöster von diesem Rezept, und die Nonnen nahmen ihn als Nachtisch in ihren Speiseplan auf. Der Name „Pfefferkuchen“ ist seit 1296 in Ulm geläufig. Im 14. Jahrhundert kam er in Nürnberg zu großen Ehren; hier wurde er allerdings in Männerklöstern gebacken. Der „Nürnberger Lebkuchen“ hatte seine Geburtsstunde im nahen Kloster Heilsbrunn. Da für die Herstellung des Lebkuchens bestimmte Gewürze verwendet werden, schmückten sich Städte an Handelsstraßen wie Basel, Augsburg, Ulm und Köln mit diesem Privileg. Im westpreußischen Thorn heißen die Lebkuchen „Pflastersteine“. Weil sie nach einem Rezept aus dem Kloster der hl. Katharina von Alexandrien hergestellt wurden, nannte man sie auch „Kathrinchen“. Aus Schlesien kam seit dem 16. Jahrhundert das „Neisser Konfekt“ oder der „Neisser Pfefferkuchen“. Der Lebkuchen (mit-

Lebkuchen

ZUTATEN:

500 g Zucker, 500 g Haselnüsse, 500 g Sultaninen, 200 g Zitronat, 200 g Orangeat, 10 Eier, 250 g Butter, 2 Teelöffel Zimt, ½ Teelöffel Gewürznelken, 10 g Pottasche, 200 g Semmelbrösel, 6 Esslöffel Mehl, 12 cl Cognac, 3 Päckchen Kuchenglasur (Schokoglasur), 1 Päckchen Oblaten (7 cm)

Zitronat und Sultaninen durch den Fleischwolf drehen. Dann wird Cognac darübergegossen, die Masse mit den gemahlenen Nüssen abgedeckt und über Nacht stehen gelassen. Nun kommen alle übrigen Zutaten hinzu und werden mit zerlassener, abgekühlter Butter vermengt, die auch auf die Oblaten gestrichen wird. Das Blech sollte nicht eingefettet werden. Weil der Teig sehr klebrig ist, ist es sinnvoll, mit dem Esslöffel eine kleine Portion auf eine Oblate zu streichen. Ein angefeuchteter Finger hilft, dass der Teig auf der Oblate glatt verstrichen wird. Die Lebkuchen etwa 20 bis 25 min lang bei 200 bis 220 °C backen.

telhochdeutsch „Lebkuoche“) war Bestandteil der Klöster mit Hostienbäckereien. Hier wurden sie sogar auf Oblaten gebacken. Die Erfindung des Backpulvers trug zur Beliebtheit des Lebkuchengebäcks entschieden bei.

BARBARAZWEIGE

Barbarazweige werden am 4. Dezember, dem Fest der hl. Barbara geschnitten und in eine Vase gestellt. Je nach Gegend sind das Zweige von Obstbäumen wie Apfel, Pflaume und Kirsche oder Forsytheinzweige, die dann zu Weihnachten leuchtend gelb blühen. Die hl. Barbara stammt wahrscheinlich aus Nikomedien, dem heutigen Izmit in der Türkei. Sie war die Tochter eines heidnisch-römischen Mannes mit Namen Dioskurus. Möglicherweise war ihre Mutter eine Sklavin. Der Vater wollte die Tochter gut verheiraten, doch er merkte zu spät, dass sie sich während der letzten großen Christenverfolgung unter Diokletian Anfang des 4. Jahrhundert hatte taufen lassen. Er ließ sie in einen Turm sperren und gab ihr, da sich ihr Widerstand nicht brechen ließ, um 306 eigenhändig den Tod. Mit der hl. Margareta (20. Juli) und der hl. Katharina von Alexandrien (25. November) gehört Barbara (4. Dezember) zu den „drei heiligen Madln“ und zu den 14 Nothelfern. Sie ist Patronin der Bergleute, der Artilleristen, aber auch der Sterbenden.

Im 15. Jahrhundert entstand die Legende, auf dem Weg ins Gefängnis habe sich ein Kirschzweig im Gewand Barbaras verfangen. Sie stellte ihn in einen Krug mit Wasser und siehe, am Tag ihrer Hinrichtung trug er Blüten. Darin sah man ein Zeichen, dass Gott Barbara in die himmlische Herrlichkeit aufnehme. Die blühenden Barbarazweige verweisen zu Weihnachten auf das neue Leben, das mit der Geburt Jesu entsteht.

BARBARAZWEIGE

Am Barbaratage holt' ich
drei Zweiglein vom Kirschbaum,
die setzt' ich in eine Schale,
drei Wünsche sprach ich im Traum:
der erste, dass einer mich werbe,
der zweite, dass er noch jung,
der dritte, dass er auch habe
des Geldes wohl genug.
Weihnachten vor der Mette
zwei Stöcklein nur blühten zur Frist:
Ich weiß einen armen Gesellen,
den nähm' ich, wie er ist.

Martin Greif

DAS LEBEN DES HL. NIKOLAUS

Einer der beliebtesten Heiligen, der gleichsam zu einem Volksheiligen mit lebendigem Brauchtum geworden ist, ist St. Nikolaus. Es gibt historisch nur wenige gesicherte Daten aus seinem Leben. Umso zahlreicher sind die Legenden, die sich um die Gestalt des frommen Bischofs gebildet haben. Alle erzählen von seiner Großzügigkeit im Schenken, von seiner beispielhaften Nächstenliebe. Deshalb wird St. Nikolaus auch von vielen Menschen und Berufszweigen als Schutzpatron und Vorbild verehrt.

Nikolaus wurde vor 300 n. Chr. in Patera, einer kleinen Hafenstadt an der Südküste Kleinasiens, geboren. Er soll der Sohn wohlhabender Eltern gewesen sein. Man sagt auch, seine Mutter sei die Schwester des Bischofs von Myra gewesen, sein Onkel habe ihn zum Priester geweiht und mit der Leitung eines Klosters betraut. Als junger Mann suchte Nikolaus die Wirkungsstätten Christi im Hl. Land auf. Nach dem Tode der Eltern, die an der Pest starben, verzichtete Nikolaus auf sein Erbe, um es bedürftigen Menschen zu schenken.
Uns ist der Heilige bekannt als Bischof von Myra. Myra war die Hauptstadt der alten römischen Provinz Lykien und liegt im Süden der heutigen Türkei. Vor seiner Ernennung zum Bischof bestand in der Diözese offenbar Uneinigkeit über die Nachfolge des verstorbenen Oberhirten. So wählte das Volk Nikolaus per Zuruf, durch demokratische Abstimmung, wie es in der Urkirche oft Brauch war. Die Legende berichtet auch, die Gemeinde habe beschlossen, den Priester zum Bischof zu ernennen, der als Erster am folgenden Morgen die Kirche beträte. – Es war Nikolaus.
Damals war es nicht leicht, einer Christengemeinde vorzustehen. Kaiser Diokletian verfolgte noch immer die junge Kirche, und auch Nikolaus war den Nachstellungen nicht entgangen. Im Jahre 325 nahm der Bischof wahrscheinlich am Konzil von Nicäa teil. Er wandte sich so heftig gegen die Irrlehre der Arianer und gegen die Kirchenspaltung, dass er von den Mitbrüdern zur Ruhe ermahnt wurde. St. Nikolaus starb zwischen 345 und 352 an einem 6. Dezember.

DIE VEREHRUNG DES HL. NIKOLAUS

Dass St. Nikolaus ein so beliebter Heiliger ist, verdanken wir eigentlich der griechischen Kirche, die ihn schon früh verehrte. Bis zum 9. Jahrhundert trat der Nikolauskult im byzantinischen Reich neben der Muttergottesverehrung an die zweite Stelle. Missionare zogen von Byzanz nach Russland und erzählten dort von seinem Leben; heute ist er dort einer der beliebtesten Heiligen, was zahlreiche Abbildungen auf Ikonen und Namensgebungen (Nikita) beweisen. Aber auch nach Süditalien, das einmal zum Herrschaftsbereich der Griechen gehörte, setzte sich der Kult vom 7. Jahrhundert an fort. Die griechische Prinzessin Theophano, die im Jahre 972 Kaiser Otto II. heiratete, übertrug die St.-Nikolaus-Verehrung auch nach Deutschland und ins übrige Abendland. In Rom wählte ein Papst zum ersten Mal im Jahr 858 den Namen Nikolaus.
1071 besetzten die Türken Kleinasien und die Stadt Myra. Mit ihnen breitete sich auch der Islam aus. Der letzten Ruhestätte des hl. Nikolaus drohte Gefahr. Kaufleuten aus Bari in Süditalien gelang es, die Reliquien des Heiligen auf einem Schiff in Sicherheit zu bringen. Am 8. Mai 1087 trafen die Gebeine in Bari ein. Dieser Übertragung (Translatio) wird seither mit feierlichen Gottesdiensten und einem Volksfest besonders gedacht.
Während in Kleinasien die Nikolauskirchen allmählich verfielen, entstand in Bari die bedeutende Basilika San Nicola, in deren Krypta die Reliquien des Heiligen noch heute ruhen. Bekannte Persönlichkeiten wie Bernhard von Clairvaux und Brigitta von Schweden wallfahrteten mit vielen anderen Pilgern nach Bari und gaben Kunde vom Leben des Heiligen. Die Kreuzfahrer trugen ebenfalls zur Ausbreitung der Nikolausverehrung bei. An den Handels- und Pilgerstraßen Europas entstanden Kapellen und Hospize seines Namens. Von Italien kommend breitete sich der Kult über den St.-Bernhard-Pass und durch das Rhônetal in Frankreich, Flandern und im ehemaligen Erzbistum Trier aus; er wanderte rheinabwärts durch Deutschland nach Holland. Flämische, niederländische, niederrheinische und westfälische Kolonisten nahmen die Verehrung des Heiligen mit bis an die Grenzen der slawischen Länder. Die deutschen Ordensritter und die Hanse machen St. Nikolaus in Preußen und in den Handelsstädten des Ost-

seeraumes bekannt. – Noch heute gibt es Nikolaikirchen z. B. in Lüneburg, Hamburg und Lübeck.

BRAUCHTUM UM DEN HL. NIKOLAUS

Die „Nordmänner", die Normannen, die ihre Entdeckungsreisen per Schiff starteten, fanden schon bald Gefallen an dem volkstümlichen Heiligen und machten ihn zum Schutzpatron der Schiffer und Seeleute. Durch die Normannen gelangte der Nikolauskult in die Kloster- und Domschulen der Normandie und Frankreichs, das damals in der geistigen Entwicklung Europas und im Schulwesen eine Vorrangstellung innehatte. Die Legenden aus dem Leben des Heiligen wurden nicht nur vorgelesen, sondern meist am Vorabend seines Festes auch für die Bühne inszeniert. Ein Klosterbruder verkleidete sich und spielte den frommen Bischof, wobei er Geschenke verteilte und zum Gutsein mahnte und – wie eine alte Chronik aus der Abtei Bec in Nordfrankreich berichtet – im 12. Jahrhundert auch bereits die Rute mitbrachte.
Am 28. Dezember, dem Fest der „Unschuldigen Kinder", schlüpfte ein Schüler in die Rolle des Abtes oder Bischofs und übernahm für einen Tag dessen Funktion. Außer der Feier der Sakramente durfte er nach gutem Recht schalten und walten; alle Anordnungen des „Knabenbischofs" mussten befolgt werden. Meist erklärte er den Tag für unterrichtsfrei, er sorgte für einen besseren Speiseplan oder beorderte unbeliebte Lehrer zum Abwasch in die Küche. Als „Schulherr" für einen Tag belohnte oder bestrafte er die Gemeinschaft der Mitschüler, je nach ihren „Verdiensten". Die Belohnung bestand in der Verteilung von getrockneten Apfelscheiben, Pflaumen, Nüssen, Mandeln und süßem Gebäck, die Bestrafung in einem Schlag mit der Rute.
Das „Knabenbischofsspiel" endete während des „Magnifikat" der Vesper. Dort heißt es in einem Vers: „Deposuit potentes de sede – er stürzt die Mächtigen vom Thron". Hier war die eintägige Verzauberung des Schüleralltags vorbei ...
In Deutschland, Holland, Frankreich und England verlagerte sich das Spiel allmählich vom 28. Dezember auf den eigentlichen Nikolaustag. Von Nordfrankreich aus verbreitete sich aller Wahrscheinlichkeit nach

auch der bei uns eingeführte Brauch, einen als St. Nikolaus Verkleideten in die Schulen und Familien zu entsenden. In Italien und Südfrankreich war das nicht üblich. Als Quelle dient die Überlieferung, Nikolaus habe sich eines Nachts in der Klosterzelle eines Priors gezeigt und diesen mit der Rute aus dem Bett getrieben, weil er bei der Unterrichtung seiner Schüler nicht die nötige Sorgfalt und Geduld an den Tag gelegt habe. Eine Legende? Ein zweckdienliches Märchen? Mag sich auch ein Klosterbruder oder Schüler verkleidet haben und dem Prior zu Leibe gerückt sein – die „persönliche Einkehr" des frommen Bischofs wird seither vielerorts gepflegt.

Dort, wo der Heilige nicht erscheint, legen die Kinder Kleidungsstücke bereit: Strümpfe und Schuhe sind beliebte Behältnisse für die Gaben des himmlischen Boten. Dieser Brauch erinnert an die Legende, wonach St. Nikolaus zur Nachtzeit Geldstücke (oder goldene Kugeln) in des armen Nachbarn Haus warf, damit er seine drei flüggen Töchter verheiraten konnte.

Teufelsangst und Dämonenglaube waren im Mittelalter stark ausgeprägt. Der Teufel folgte dem Kirchgänger noch bis unter den Eingang des romanischen Portals, an dessen Säulen der Steinmetz seine grinsende Fratze verewigte. Gutes und Böses, Belohnung und Strafe lagen dicht beieinander; die Trennwand war dünn und überall lauerte Gefahr. Kein Wunder, dass die Geschichte dem guten St. Nikolaus den bösen, gebändigten Teufel als Diener mit auf den Weg schickte, den Schwarzen, den Knecht Ruprecht, den Pelznickel oder Pelzbock – es ist ein entfernter Verwandter des allseits bekannten Beelzebub.

Die von ihm überlieferten Bilder sind fantasievoll ausgemalt: Ein Kerl in Bocksgestalt, mit Pelz und verzerrtem Gesicht. Im Rheinland heißt er bürgerlich „Hans Muff", anderswo, so in Österreich, „Krampus", was vom mittelhochdeutschen „krammen" = mit den Klauen packen, abgeleitet ist.

Eine frühe griechische Legende erzählt, dass der heilige Nikolaus das Böse überwunden, gebändigt, in Ketten gelegt hat. Nicht mehr als ein Symbol, ein Bild dafür sollte die Begleitperson des Bischofs von Myra sein. Knecht Ruprecht aber wurde zum Schreckgespenst, das Kinder verängstigt und das seinen Schabernack treibt.

Legenden um den hl. Nikolaus

Um das Leben des hl. Bischofs Nikolaus haben sich etwa 150 Legenden gebildet. Eine der bekanntesten wird oft in Verbindung mit St.-Nikolaus-Abbildungen dargestellt: wie Nikolaus drei jungen Frauen die Heirat ermöglicht, indem er ihnen Goldstücke ins Fenster wirft.

NIKOLAUS VERHILFT DREI FRAUEN ZU EINER MITGIFT

Ein verarmter Edelmann wollte seine drei Töchter verheiraten, besaß aber nicht das notwendige Vermögen, um ihnen eine angemessene Mitgift zu geben. Da kam er auf die verwerfliche Idee, die Töchter möchten sich einem anrüchigen Gewerbe verschreiben und so die Geldkassette auffüllen. St. Nikolaus erfuhr davon und beschloss, dem Edelmann zu helfen, ohne dass sein Name bekannt würde. So warf er in drei Nächten heimlich nacheinander drei Goldstücke oder goldene Kugeln durch ein geöffnetes Fenster in die Schlafzimmer der jungen Damen. Beim dritten Mal aber wachte der Vater, um dem unbekannten Spender aufzulauern. Er eilte St. Nikolaus nach und dankte ihm von Herzen. Nikolaus beschwor ihn, nichts zu verraten. Aber später, als Nikolaus Bischof geworden war, erzählte der Edelmann von dessen hochherziger Tat. So kamen die drei Edelfräulein zu ihrer Aussteuer und den erwünschten Ehemännern.
Seither wird der hl. Nikolaus oft mit drei Goldkugeln oder drei Goldstücken abgebildet. Auf diese Legende geht auch der Brauch des Schenkens am 6. Dezember zurück. Statt Goldkugeln bekamen die Kinder Äpfel.

NIKOLAUS HILFT IN EINER HUNGERSNOT

Als Nikolaus Bischof von Myra war, brach eine große Hungersnot aus. Da erfuhr der Heilige von einem Schiff, das sich auf dem Wege nach Rom befand und mit einer Weizenladung im Hafen vor Anker lag. Er suchte den Kapitän auf und bat ihn, ihm hundert Sack Getreide abzutreten. Doch der Kapitän weigerte sich. Er sagte: „Ehrwürdiger Vater, das Korn ist in Alexandria gewogen worden und für die kaiserlichen Vorräte bestimmt. Wenn ich hundert Sack weniger abliefere, werde ich des Betrugs angeklagt."

Nikolaus erwiderte: „Sei unbesorgt. Gib mir die hundert Sack, und du wirst in Rom ohne Verlust eintreffen."

Da ließ sich der Kapitän erweichen und trat einen Teil der Ladung ab. Und in der Tat: Als die kaiserlichen Beamten in Rom das Getreide nachwogen, fehlte nichts.

NIKOLAUS RETTET EIN SCHIFF IN SEENOT

Vor der Küste von Lykien, unweit von Myra, geriet ein Schiff in Seenot. Die Wellen donnerten über das Deck und drohten den Bug unter Wasser zu drücken. Die Matrosen riefen in höchster Not den frommen Bischof um Hilfe an. Da erblickten sie plötzlich einen Mann an Bord, der ihnen Mut zusprach und allerlei Befehle erteilte. Willig folgten sie seinen Anweisungen. Er schien überall auf dem Schiff gleichzeitig zu sein: am Steuer, beim Segel, bei der Fracht, er packte zu, wo Hilfe nötig war. So brachten sie Schiff und Ladung sicher durch das Unwetter. Als sie in Myra einen Dankgottesdienst besuchte, erblickte die Schiffsbesatzung den Bischof beim Einzug in das Gotteshaus. Er sah dem Helfer an Bord verblüffend ähnlich. Da wussten die Männer, dass St. Nikolaus sie aus Seenot errettet hatte. Sie eilten auf ihn zu, um sich bei ihm zu bedanken. Nikolaus aber sagte: „Ihr habt mich erkannt. Besser ist, ihr erkennt euch selbst. Haltet treu zusammen. Denn nicht nur Unwetter, auch menschliche Bosheiten bringen euch in Gefahr und fügen euch Schaden zu. Teilt miteinander das Gute, das ihr erfahrt und gebt auch dem Fremden davon."

Die Seeleute blieben noch einige Tage in Myra, um sich von der Schreckensnacht zu erholen, dann setzten sie ihre Reise fort.

DER GOLDENE BECHER

Ein Ehepaar in Frankreich war lange kinderlos. In ihrem Kummer versprachen sie dem hl. Nikolaus schließlich eine Wallfahrt nach Myra und einen kostbaren Becher, wenn sie ein Kind bekämen. Übers Jahr schlossen sie überglücklich einen Sohn in die Arme.
Als der Junge zwölf Jahre alt war, erfüllte der Vater das Gelübde und ließ von einem Goldschmied einen wertvollen Becher anfertigen. Als das Stück fertig war, gefiel es den Eltern so gut, dass sie sich von dem Becher nicht trennen mochten. So gab der Vater einen ähnlichen Becher in Auftrag. Darauf reisten sie per Schiff nach Myra. Als der Junge unterwegs Wasser aus dem Meer schöpfen wollte, verlor er das Gleichgewicht und fiel in die See. Die verzweifelten Eltern ließen lange nach ihm suchen, doch er tauchte nicht wieder auf.
So setzten sie ihre Reise nach Myra allein fort. In der Hoffnung, von St. Nikolaus doch noch eine Nachricht von seinem verschwundenen Kind zu erhalten, stellte der Vater den zweiten Becher auf den Altar. Aber er kippte um und rollte zu Boden. Auch beim zweiten Versuch fiel er herab. Plötzlich sahen die Eltern ihr Kind unversehrt in die Kirche kommen, den ersten kostbaren Becher in der Hand. Darauf erzählte der Sohn der erstaunten Pilgerschar, dass St. Nikolaus ihm nach dem Sturz über die Reling zur Hilfe geeilt sei und ihn nach Myra gebracht habe. Überglücklich schlossen die Eltern ihren Sohn in die Arme und opferten dem Heiligen beide Becher.

GESCHENKE

Ursprünglich war der St. Nikolaustag am 6. Dezember der Tag, an dem die Kinder ihre Weihnachtsgaben erhielten. Martin Luther hat diesen Brauch nach der Reformation dem Christkind zugedacht, weil seit seiner Kirchenreform die Verehrung der Heiligen ins Abseits geriet. Gemessen an den heutigen Geschenken, mit denen Jungen und Mädchen bedacht werden und die sich Erwachsene leisten, waren die Gaben früher recht bescheiden. Arme Kinder erhielten oft gar nichts, und auch bei wohlhabenden Familien hielt sich die „Geschenkwut“, die heute um Weihnachten ausbricht, in Grenzen. Eine westfälische Bauerntochter schrieb um 1880: „Wenn wir am Weihnachtsmorgen gegen 6 Uhr aus der Kirche zurückgekommen waren, stürmte ich mit meinen sieben Geschwistern in die gute Stube. Und was sahen wir für Herrlichkeiten auf dem Tisch liegen? Für jedes Kind Äpfel, Nüsse, Plätzchen und ein Bekleidungsstück, auch ein Spielzeug für die Jüngeren, das die Eltern fast immer selbst gebastelt hatten. Von all dem fühlten wir uns reich beschenkt …“ Später, als sie älter wurde, erhielt die Bauerntochter eine Kappe und einen Muff aus Pelz. Wie das nur zu ihren derben Holzschuhen ausgesehen haben mag?

KNECHT RUPRECHT

Knecht Ruprecht trat früher mehr als heute als Begleitperson des hl. Nikolaus auf. Während St. Nikolaus „die gute Seite des Menschen“ vertritt und als Himmelsbote agiert, übernimmt er die Rolle des strafenden „gezähmten Teufels“. Belznickel, Beelzebub oder auch schlichtweg Teufel hieß er im ausgehenden Mittelalter in bestimmten Regionen. Jakob Grimm führt den Namen Ruprecht auf das althochdeutsche „hruodperaht“ = Ruhmglänzender zurück und siedelt ihn in der Nähe des germanischen Gottes Wotan an oder als Diener der Göttin Holle. Ruprecht

Schokolade-Mandel-Schnitten

ZUTATEN:

6 Eier, 250 g Butter, 250 g Zucker, 100 g Mehl, 250 g fein gemahlene Mandeln, 250 g Kuvertüre, halbbitter, fein gemahlen, 1 Messerspitze Zimtpulver,
1 Päckchen Kuchenglasur (Schokoladenglasur), Mandeln zur Dekoration

Zunächst werden Eier, Zucker und Butter schaumig gerührt. Dann gibt man Mehl, Mandeln, Kuvertüre, Zimt und eine Prise Salz dazu und rührt alles gut unter. Die Masse wird auf einem mit Backpapier belegten Backblech glatt gestrichen und im Backofen bei 180 °C auf der mittleren Schiene etwa 25 Minuten gebacken, so lange, bis die Oberfläche trocken ist und nicht mehr glänzt. Noch warm wird die Masse in vier mal vier große Stücke geschnitten. Auf dem Blech erkalten lassen, mit Schokoladenglasur überziehen und mit ganzen Mandeln dekorieren.

war ein spätmittelalterlicher Kinderschreck, ein Mittel der elterlichen Erziehungshilfe, ein „Kinderfresser", der unartige Kinder in einen Sack steckte. Als in protestantischen Regionen der hl. Nikolaus durch das Christkind oder den Heiligen Christ ersetzt wurde, verlor Ruprecht allmählich seinen Schrecken und wuchs in die Rolle des Weihnachtsmannes hinein. In Sachsen nahm Ruprecht zum Beispiel die Bescherung der Kinder vor. Robert Schumann komponierte für sein „Album für die Jugend" ein Klavierstück mit dem Titel „Knecht Ruprecht". Vielzitiert wird auch Theodor Storms 1862 in Heiligenstadt entstandenes Gedicht „Knecht Ruprecht", ein Dialogstück zwischen Ruprecht und dem Christkind.

Knecht Ruprecht

Von drauß' vom Walde komm ich her.
Ich muss euch sagen, es weihnachtet sehr!
All überall auf den Tannenspitzen
sah ich goldene Lichtlein sitzen.
Und droben aus dem Himmelstor
sah mit großen Augen das Christkind hervor.
Und wie ich so strolcht' durch den finstern Tann,
da rief 's mich mit heller Stimme an:
„Knecht Ruprecht", rief es, „alter Gesell,
hebe die Beine und spute dich schnell!
Die Kerzen fangen zu brennen an,
das Himmelstor ist aufgetan,
Alt' und Junge sollen nun
von der Jagd des Lebens einmal ruhn.
Und morgen flieg ich hinab zur Erden,
denn es soll wieder Weihnachten werden!"
Ich sprach: „O lieber Herre Christ,
meine Reise fast zu Ende ist.
Ich soll nur noch in diese Stadt,
wo's eitel gute Kinder hat."
– „Hast denn das Säcklein auch bei dir?"

Ich sprach: „Das Säcklein, das ist hier:
Denn Äpfel, Nuss und Mandelkern
essen fromme Kinder gern."
– „Hast denn die Rute auch bei dir?"
Ich sprach: „Die Rute, die ist hier.
Doch für die Kinder nur, die schlechten,
die trifft sie auf den Teil, den rechten."
Christkindlein sprach: „So ist es recht.
So geh mit Gott, mein treuer Knecht!"
Von drauß' vom Walde komm ich her.
Ich muss euch sagen, es weihnachtet sehr!
Nun sprecht, wie ich's hier innen find!
Sind 's gute Kind, sind 's böse Kind?
Theodor Storm

KINDERBISCHOF

Ein alter Adventsbrauch, der mit dem hl. Nikolaus in Zusammenhang steht, war die Wahl eines „Kinderbischofs". Dieser Brauch geht auf Papst Gregor IV. zurück, der damit seinen Vorgänger, Gregor I., ehren wollte, der als Patron der Schulen ein Schulfest eingeführt hatte, das am 12. März gefeiert wurde. Es erfreute sich über Jahrhunderte großer Beliebtheit. Drei Jungen stellen einen Bischof und seine beiden Kapläne dar. Die anderen Kinder verkleideten sich als Handwerker oder Vertreter verschiedener Stände. Der „Bischof" hielt in der Kirche eine gereimte Predigt. Anschließend zog die Kinderprozession durch den Ort. Anschließend erhielten die Teilnehmerinnen und Teilnehmer Geschenke. Erinnert sei auch an die „Kinderpredigten" in der Weihnachtsoktav in der Kirche Ara coeli in Rom. Einige Synodalbeschlüsse wandten sich gegen das Bischofsspiel, weil es oft in Mummenschanz ausartete.

Hosianna Davids Sohne

Text: Christian Keimann, 1655
Melodie: Altdorf 1653, geistlich Greifswald, 1661

Den die Alten mit Verlangen
oft gewünscht, gerufen oft,
seinen Eintritt stets gehofft,
der lässt sich von uns empfangen.
Durch die Welt erschall und geh:
Hosianna in der Höh.

Friede muss vom Himmel tauen;
denn erschienen ist die Zeit,
dass der Herr der Herrlichkeit
sich im Fleische lässet schauen.
Durch die Welt erschall und geh:
Hosianna in der Höh.

Seht, ihr Sünder, den Gerechten,
der euch seine Heiligkeit
anlegt als ein Ehrenkleid
und will euer Recht verfechten.
Durch die Welt erschall und geh:
Hosianna in der Höh.

Seht den Helfer willig kommen,
euch zu raten in der Not,
in dem Leben, in dem Tod,
den er hat auf sich genommen.
Durch die Welt erschall und geh:
Hosianna in der Höh.

Seht, ihr Armen, seht den Armen,
der von seiner Armut euch
hier und ewig machet reich:
Er will euer sich erbarmen,
durch die Welt erschall und geh:
Hosianna in der Höh.

Herr, o Herr, lass wohl gelingen.
Diesen Tag hast du gemacht,
dieser Tag hat Freud gebracht;
drum wir alle fröhlich singen.
Durch die Welt erschall und geh:
Hosianna in der Höh.

Hosianna Davids Sohne,
der jetzt bei uns kehret ein,
der soll hochgelobet sein,
der da kommt vom höchsten Throne.
Durch die Welt erschall und geh:
Hosianna in der Höh.

STOLLEN

Der Stollen ist ein Kuchen aus schwerem Hefeteig. Sein Name kommt vom althochdeutschen „stollo" = Pfosten, Stütze. Wichtige Bestandteile sind Fett, Trockenfrüchte, aber auch Füllungen wie Marzipan oder Mohn. Der Name Christ- oder Weihnachtsstollen hat sich überall eingebürgert, ohne dass es in der Rezeptur bestimmte Unterschiede gibt. Der Naumburger Bischof Heinrich I. von Grünberg stellte der Bäckerinnung 1329 eine Urkunde aus, in der er sie neben Geldabgaben auch zu Sachleistungen verpflichtete. Es handelte sich um zwei lange Weißbrote aus einem halben Scheffel Weizen, deren Rezeptur nicht mehr erhalten ist.

Der heutigen Herstellungsweise schon ähnlicher kommt der „Zeithainer Riesenstollen" von 1730, den August der Starke auf der prachtvollen Truppenschau an seine sächsischen Truppen verteilen ließ. Der als „Butterstollen" oder auch „Striezel" bezeichnete Kuchen soll 13 Ellen (etwa 7 Meter) lang gewesen und aus 18 Scheffeln Mehl, 82 Schock Eiern – das sind 4920 Stück –, drei Tonnen Milch, einer Tonne Hefe und einer Tonne Butter zubereitet worden sein. Rosinen, Mandeln, Gewürze und Zucker fehlten allerdings in diesem Backwerk.

Der Stollen erlebte im Laufe seiner Geschichte je nach Region, Tradition und religiösem Bekenntnis unterschiedliche Definitionen. Der Christ- oder Weihnachtsstollen soll in seiner Form und mit Puderzucker bestäubt an das gewickelte Christkind erinnern. Dieser brotähnliche Kuchen ist ein süßer Hefeteig, hauptsächlich bestehend aus viel Butter, Milch, Mehl, Ei, Gewürzen wie Kardamom und Zimt sowie Einlagen wie Rosinen, Zitronat, Mandeln und ist dick mit Puderzucker bestreut.

Hier folgt eines der zahlreichen Rezepte für die Zubereitung:

Man lege alle Zutaten in einen warmen Raum, damit sie die gleiche Temperatur aufweisen. Früchte, Mandeln und die abgeriebene Zitronenschale werden in eine Schüssel gegeben, darüber kommt Rum, alles wird vermischt und gut abgedeckt. Am Backtag wird die Hefe in eine Schüssel gebröselt und mit etwas lauwarmer Milch – nicht über 30 Grad – und etwas Zucker vermischt und mit Mehl bestäubt. Diese

Mischung bleibt etwa 30 Minuten an einem warmen Ort abgedeckt stehen, damit sie „gehen" kann. Auf die Arbeitsfläche wird Mehl ausgesiebt. Darüber werden 500 g Butter in Flocken verteilt. 150 g Zucker und Salz kommen hinzu. Die aufgegangene Hefe darübergeben, alles mit einem großen Messer bröselig hacken und wenigstens 20 Minuten kneten. Dabei wird die Milch nach und nach zugegeben. Der Teig verliert sein speckiges Aussehen und klebt nicht mehr. Jetzt werden die Früchte hinzugegeben und kurz untergeknetet. Alles zugedeckt 30 Minuten gehen lassen. Die Masse nochmals kurz durchkneten, die Stücke in gewünschter Größe abtrennen und zu Kugeln formen. Jede Kugel zu einem länglichen Laib formen. Mit der Handkante längs eine starke Rille eindrücken, bis eine Seite etwa doppelt so breit ist wie die andere. Die große Hälfte wird über die kleine geklappt, der Stollen nochmals in Form gebracht. Der Stollen wird auf das mit Alufolie und Backpapier belegte Backblech gelegt und zugedeckt nochmals etwa 20 bis 30 Minuten gehen gelassen. Der Ofen wird auf etwa 220 °C vorgeheizt. Ober- bzw. Unterhitze ist besser als Umluft. Bei Fünfhundert-Gramm-Stollen beträgt die Backzeit etwa 45 Minuten, bei Tausend-Gramm-Stollen 60 Minuten. Regelmäßig in den Ofen schauen und die Stollen, sobald sie braun werden, mit Alufolie abdecken.
Nach der Backzeit werden die Stollen mit flüssiger Butter bestrichen und vollständig ausgekühlt. Dann abermals mit flüssiger Butter bestreichen. Mit dem gemischten Zucker und Vanillezucker wird der Stollen rundum bestreut, dann von allen Seiten auch mit Puderzucker. Anschließend wird er in Folie verpackt.

80 g Hefe (zwei Würfel)
1 kg Mehl
170 ml Milch
750 g Butter
1 Teelöffel Salz
2 unbehandelte Zitronen
600 g Rosinen
100 g geschälte und gestiftelte Mandeln
75 g Orangeat
75 g Zitronat
120 ml Rum
6 Päckchen Vanillezuker
Puderzucker zum Bestäuben

LUZIA – DIE LICHTTRÄGERIN

Luzia bedeutet „die Lichtvolle, die Strahlende". Als 20-jähriges Mädchen erlitt sie um das Jahr 304 unter Kaiser Diokletian in ihrer Geburtsstadt Syrakus auf Sizilien den Märtyrertod. Der Luziatag wird im heute protestantischen Norden, vor allem in Schweden, aber auch in Dänemark, Norwegen und Finnlandschweden sowohl in der Öffentlichkeit als auch in den Familien besonders festlich begangen.

Am 13. Dezember, bis zur Gregorianischen Kalenderreform 1582 der Tag der Wintersonnenwende und damit kürzester Tag des Jahres, tragen weiß gekleidete Mädchen auf ihrem Haupt einen Kranz mit brennenden Kerzen. Man verzehrt das traditionelle Safrangebäck, auch „Lussekatter" genannt, singt Luzialieder und wählt eine örtliche Luzia. Das alles hat nur wenig mit der Heiligen zu tun, die diesen Namen trug. Die Feierlichkeiten des Tages werden sowohl in Kindergärten, Schulen, in der Familie und am Arbeitsplatz abgehalten. Die älteste Tochter der Familie übernimmt die Rolle der Luzia. Sie trägt ein langes weißes Gewand mit einem roten Band um die Taille und einen Kranz mit Kerzen auf dem Kopf. Ihr schließen sich gewöhnlich weitere Mädchen mit Kerzen und manchmal auch „Sternenknaben", Pfefferkuchenmännchen und Wichte wie zu einer Prozession an. Dieses Brauchtum gewinnt immer mehr an Bedeutung und damit auch der eigentliche Ursprung des Festes. Das weiße Gewand verweist auf die Jungfräulichkeit der Heiligen als „geweihte Jungfrau", das rote Band auf ihr Martyrium.

Ähnlich wie die Barbarazweige hat sich zu Luzia ein Brauch mit Tellern voll Weizensaat entwickelt. Luziaweizen wird in der Vorweihnachtszeit auf einem Teller ausgestreut und stets feucht gehalten. In der Adventszeit treiben die Körner aus und sind bis zum Weihnachtsfest zu einem dichten grünen Rasen gediehen. Am Weihnachtsabend stellt man den Teller mit einer Kerze in der Mitte zum Weihnachtsbaum. Der Brauch kam aus den Mittelmeerländern und Südeuropa ins Burgenland und wird heute noch vielerorts praktiziert.

Christmarkt vor dem Berliner Schloss
Gottfried Keller

Welch lustiger Wald um das hohe Schloss
hat sich zusammengefunden,
ein grünes, bewegliches Nadelgehölz,
von keiner Wurzel gebunden!

Anstatt der warmen Sonne scheint
das Rauschgold durch die Wipfel;
hier zurückt man Kuchen, dort brät man Wurst,
das Rüchlein zieht an die Gipfel.

Es ist ein fröhliches Leben im Wald,
das Volk erfüllet die Räume;
die nie mit Tränen ein Reis gepflanzt,
die fällen am frohesten die Bäume.

Der eine kauft ein bescheidnes Gewächs
zu überreichen Geschenken,
der andre einen gewaltigen Strauch,
drei Nüsse daran zu henken.

Dort feilscht um ein winziges Kieferlein
ein Weib mit scharfen Waffen;
der dünne Silberling soll zugleich
den Baum und die Früchte verschaffen.

Mit rosiger Nase schleppt der Lakai
die schwere Tanne von hinnen;
das Zöfchen trägt ein Leiterchen nach,
zu ersteigen die grünen Zinnen.

Und kommt die Nacht, so singt der Wald
und wiegt sich im Gaslichtscheine;
bang führt die ärmste Mutter ihr Kind
vorüber dem Zauberhaine.

Einst sah ich einen Weihnachtsbaum:
im düstern Bergesbanne
stand reifbezuckert auf dem Grat
die alte Wettertanne.

Und zwischen den Ästen waren schön
die Sterne aufgegangen;
am untersten Ast sah man entsetzt
die alte Wendel hangen.

Hell schien der Mond ihr ins Gesicht,
das festlich still verkläret;
weil auf der Welt sie nichts besaß,
hatt' sie sich selbst bescheret.

ZWÖLFERNÄCHTE

Die Dunkelheit war den Menschen schon immer unheimlich. Vor allem die Nächte zwischen dem 13. und 24. Dezember – die Zwölfernächte – galten im Volksglauben früherer Zeiten als Spuk- und Zaubernächte, in denen Kobolde, Dämonen und Hexen ihr Unwesen trieben. Um den finsteren Mächten der Nacht aus dem Wege zu gehen, blieb das Vieh im Stall, deckte man Brunnen zu, verschloss Fenster und Türen so fest, dass die Gespenster auch nicht durch den kleinsten Schlitz in die Häuser eindringen konnten. Wie ließen sich die bösen

Geister am besten vertreiben? Durch Lärm. Je lauter, desto besser.
In den Zwölfernächten kann man jedoch auch in die Zukunft schauen. Zwölf Zwiebelschalen als Monatssymbole, mit Salz bestreut, sagen je nach der späteren Beschaffenheit der Frucht und der angezogenen Feuchtigkeit etwas über die trockenen und regenreichen Monate des neuen Jahres aus. Die Zwölfernächte heißen in den Alpenländern auch Rau- oder Rauchnächte. In der „Thomasnacht" wurden, um die guten Geister der Fruchtbarkeit und des Wachstums zu binden, Wind, Feuer und Wasser mit Gaben gefüttert, Haus und Hof ausgeräuchert oder mit geweihtem Wasser besprengt.

CHRISTROSE

Um die Christrose rankt sich eine Legende: Ein hartherziger Edelmann öffnete auch während einer großen Hungersnot seine reich gefüllten Scheunen und Speisekammern nicht, um den hungernden Menschen von seinem Wohlstand abzugeben. Da erschien eines Tages ein Fremder vor dem Schloss. „Ich will dir sagen, dass wir heute Nacht die Geburt des göttlichen Kindes feiern", sagte er. „Ich weiß selbst, dass Weihnachten ist, was ist daran so Besonderes?", schrie der Edelmann und hob die Reitpeitsche. „Das Besondere ist, dass Gott uns seinen Sohn schenkt", erwiderte der Fremde, „das ist ein Wunder." „Hör auf damit", rief der Edelmann. „Wunder gibt es nicht. So wie im Winter zu meinen Füßen keine Blumen wachsen." Verächtlich scharrte er den Schnee fort – und erschrak: Er sah auf dem gefrorenen Boden die weißen Blüten einer sonderbaren Blume. Da rief der Edelmann: „Wer bist du, Fremder?" Der Mann hob seine Hände, zeigte die Wundmale – und war augenblicklich verschwunden. Der Edelmann erkannte, dass in seinem Leib ein hartes Herz schlug. Sogleich ließ er die Vorratskammern öffnen und Nahrung und Feuerholz an die hungernde und frierende Bevölkerung verteilen. Die Blume aber nannte er „Christrose". Diesen Namen trägt sie noch heute.
Die Christrose wird auch Schneerose oder Weihnachtsrose genannt. Wegen ihrer auffallend großen, weißen Blüten und wegen ihrer frühen Blütezeit wird sie gern als Gartenzierpflanze verwendet.

O komm, o komm, Immanuel

Text: Münster 1810
Melodie: nach Düsseldorf 1836

O komm, du wahres Licht der Welt,
das unsre Finsternis erhellt;
geh auf, o Sonn, mit deiner Pracht,
vertreib die Nebel und die Nacht.
Freu dich ...

O komm, du holdes Himmelskind,
so hehr und groß, so mild gesinnt!
Wir seufzen tief in Sündenschuld,
o bring ihm deines Vaters Huld.
Freu dich ...

O komm, Erlöser, Gottes Sohn,
und bring uns Gnad von Gottes Thron;
die Seele fühlt hier Hungersnot;
o gib uns dich, lebendig Brot!
Freu dich ...

O komm, o komm, Immanuel,
befrei dein armes Israel,
die Sünde schloss die Himmelstür,
du öffnest sie, wir jubeln dir.
Freu dich ...

FRAUTRAGEN

Wahrscheinlich nur lokal begrenzt ist der Brauch des „Frautragens" in Süddeutschland, bei dem man ein Bild mit der Darstellung der Mariä Heimsuchung – Maria gravida – bei Nacht und ohne priesterliche Begleitung von Hof zu Hof trägt und dabei volkstümliche Marienlieder singt und Psalmen betet. Der Brauch dient dem Erflehen des Fruchtbarkeitssegens.

HERBERGSSUCHE

Die „Herbergssuche" erzählt die Suche von Maria und Joseph nach einer Unterkunft in Bethlehem nach. Bei dieser gemütvollen Volksandacht trägt man eine Bildtafel nach einem bestimmten Losverfahren von Haus zu Haus. Darauf sind Maria und Joseph bei der Herbergssuche dargestellt. Das Bild wird sozusagen als Hausgast in Empfang genommen, begrüßt und bis zum Abendläuten des nächsten Tages beherbergt. In manchen Gegenden wurde die „Herbergssuche" in früheren Zeiten konkret: Man nahm in reichere Bürgerhäuser arme Personen auf, bewirtete und beschenkte sie. Diese Art der Wohlfahrtspflege ist in manchen Städten noch bis ins 19. Jahrhundert Brauch gewesen.

„Nacht und Nebel und höllisches Spektakel"

Heinrich Heine an Moses Moser

Verdammtes Hamburg, den 14. Dezember 1825

Teurer Moser! Lieber gebenedeiter Mensch!
... Da sitz ich nun auf der Abc-Straße, müde vom zwecklosen Herumlaufen, Fühlen und Denken, und draußen Nacht und Nebel und höllischer Spektakel, und Groß und Klein läuft herum nach den Buden, um Weihnachtsgeschenke einzukaufen. Im Grunde ist es hübsch, dass die Hamburger schon ein halbes Jahr im Voraus denken, wie sie sich zu Weihnachten beschenken wollen. Auch du, lieber Moser, sollst dich über meine Knickrigkeit nicht beklagen können, und da ich just nicht bei Kasse bin und dir auch kein ordinäres Spielzeug kaufen will, so will ich dir etwas ganz Apartes zu Weihnachten schenken, nämlich das Versprechen, dass ich mich vorderhand nicht totschießen will.
Wenn du wüsstest, was jetzt in mir vorgeht, so würdest du einsehen, dass dieses Versprechen wirklich ein großes Geschenk ist, und du würdest nicht lachen, wie du es jetzt tust, sondern du würdest so ernsthaft aussehen, wie ich in diesem Augenblick aussehe ... Lebe wohl ...

Weihnachtsplätzchen

ZUTATEN:
300 g Mehl, 200 g Butter, 100 g Zucker, 1 Teelöffel Backpulver, 1 Päckchen, Vanillezucker, 2 Eigelb, 1 Päckchen Kuchenglasur (Schokoladenglasur), Mandeln zur Dekoration

Plätzchen dürfen zu Weihnachten nicht fehlen. Ein ganz einfaches Rezept für Plätzchen zum Ausstechen:
Eigelb mit Zucker, Vanillezucker und Butter werden cremig geschlagen. Mehl und Backpulver werden vermischt und unter die Eigelb-Creme gerührt, bis sie zu dick zum Rühren ist. Es entsteht ein schöner, glatter Teig. Der wird in Frischhaltefolie eingewickelt und für 30 Minuten in den Kühlschrank gestellt. Danach sollte man den Teig etwa 0,5 cm dick ausrollen, mit Förmchen ausstechen, auf ein mit Backpapier belegtes Blech legen und bei 180 Grad fünfzehn Minuten lang backen, bis die Plätzchen goldbraun sind.

„Erinnerst Du …"

Rainer Maria Rilke an Clara Rilke

19. Dezember 1906 aus Capri
Erinnerst Du … unsere beiden verhaltenen Weihnachtsabende? (Den in der Rue de l'Abbé de l'Epée, den im römischen Studio al Ponte, die beide ja so viel weniger gültig waren, weil keiner von uns bei Ruth an der Stelle sein konnte, wo alles von selbst zu Weihnachten wird, wenn die Stunde kommt.) – Wie sehr haben wir damals schon gefühlt, dass wir unsere Arbeit so tief mit uns vermischen müssen, dass ihre Werktage aus sich heraus zu Festen führen, zu unseren eigentlichen Festen. Alles andere ist ja nur ein Stundenplan, wie wir ihn in der Schule gehabt haben; lauter, lauter Festgesetztes und die leeren Stellen für den Sonntag und für Weihnachten und Ostern. Leere Stellen, die man mit etwas anfüllt, was zu dem anderen, Ausgemachten in Widerspruch steht; und so ein bisschen als Ferien haben wir alle jene Gezeiten immer noch aufgenommen, die mit dem Kalender heraufkamen, uns zerstreuend an ihnen und das Ende immer gerne hinausschiebend, obwohl wir doch schon ein Vorgefühl hatten jener aus dem eigenen Herzen stammenden Feste, die kein Widerspruch sind zu den Wochen, die sie unmerklich herbeiführen, und keine Zerstreuung und kein Hinzögern unbestimmter Tage. Nur einmal vielleicht, seit wir zusammen sind, fiel beides in dieselbe Zeit. Du weißt, wann. Am Zwölften hab ich jenes unbeschreiblich Weihnachtliche so stark wieder durchlebt, das damals unser einsames Haus erfüllte und nicht aufhörte, darin zuzunehmen, sodass man hätte glauben mögen, es müsse schon weit darüber hinausreichen in die kalten Tage hinein, in die langen Adventnächte; es müsse sichtbar sein selbst für die, die ferne vorüberfahren und alles verändert haben, sodass Menschen von weit herüberkommen und schau-

en. Aber niemand kam, und was da stand, war nichts als ein kleines Haus mit einem riesigen dichten Dach überhäuft, das den Menschen alltäglich schien, von dem die Engel aber vielleicht wussten, dass es die richtigen Maße habe, die, mit denen der große Raum, der es umgab, von ihnen durchmessen wird. Es war wie der kleinste Teil jenes unendlichen Maßstabes, die Maßeinheit, die immer wiederkommt und mit der man bis ans Ende reichen kann, ohne etwas anderes hinzuzufügen als immer wieder dasselbe.

Du weißt ... was mir in meiner frühen Kindheit Weihnachten war; selbst noch dann, als die Militärschule mir ein wunderloses, hartes, unbegreiflich boshaftes Leben so glaubhaft vortäuschte, dass mir keine andere neben jener unverschuldeten Wirklichkeit möglich schien; selbst dann noch war Weihnachten wirklich und war das, was mit einer Erfüllung herankam, die über alle Wünsche hinausging, und wenn es über die äußersten letzten, nie noch gewünschten hinaus war, dann begann es erst recht, dann faltete es, das bisher gegangen war, Flügel aus und flog, flog, bis es nicht mehr zu sehen war und man nur noch die Richtung wusste in dem großen fließenden Licht.

Und alles das hatte noch immer, immer noch Macht über mich. Und in jedem dieser Jahre, wenn ich für uns oder für Ruth ein Weihnachten aufbaute, so verachtete ich ein wenig mein Gebautes, weil es so weit hinter jenem Wunder zurückblieb, von dem ich wusste, dass es in meiner Fantasie nicht willkürlich und hemmungslos gewachsen war: So groß, so unbeschreiblich war es schon immer gewesen.

Und nun saß ich am Zwölften lange und dachte; dachte an die ganze tiefe Gnadenzeit, die damals durch unsere Herzen ging. Fühlte den Vorabend wieder im Wohnzimmer; den Morgen, den frühen erst, bei der Kerze, in dem das Neue anstieg, wie eine Überschwemmung Angst verbreitend und Schrecken; dann den späteren Morgen im Winterlicht mit seiner völlig neuen Ordnung, mit seiner Ungeduld, seiner bis ans Äußerste angespannten Erwartung, die an den kleinen, momentanen und greifbaren Erfüllungen zu immer stärkerer Spannung wuchs; dann dieser ganze steile Vormittag, als ob man einen Berg rasch, viel zu rasch hinanmüsste, und endlich in all dem Ungewissen, nicht Vorstellbaren, nicht Möglichen: etwas Wirkliches, eine Wirklichkeit, die in unerhörter Weise mit dem Wunderbaren verbunden, von ihm kaum zu unterscheiden war und doch wirklich. Und danach endlich, allmählich sich ausbreitend, eine Erleichterung, die erst wie jene Erleichterung aufgenommen wurde, die kommt, wenn ein Schmerz aussetzt, und doch eine ganz andere, andauernde war, wie sich später zeigte. Und nun plötzlich ein Leben, auf dem man stehen konnte; nun trug es einen und wusste von einem, während es trug. Was wäre ich ohne die Stille, die damals in mir entstand; was ohne dieses ganze Erlebnis, in dem Wirklichkeit und Wunder dasselbe geworden waren: was ohne diese Wochen der Hingabe, bei der ich zum ersten Mal nicht verlor; was ohne diese schlichten Dienste, die eine Bereitschaft in mir aufweckten, von der ich nicht wusste; was ohne diese Nachtwachen: wenn die Nacht, die Winternacht, mir kalt auf den Augen lag, die ich schloss, einen fernen Stern draußen durch das Rankenwerk der Weinlaube mit hereinziehend in dieses Schließen; wenn einfach Stille war, Stille von jener größten Stille, die ich noch nicht kannte, während vor diesem Hintergrund die kleinsten der unbegreiflich neuen Geräusche sich mit klarer Deutlichkeit abzeichneten.

Kaum je hat einer, der nicht arbeitete, mit so viel Recht und Eifer, mit so inständigem Stillhalten gewacht wie ich damals, da, wie ich jetzt weiß, an mir gearbeitet wurde. Wie eine Pflanze, die ein Baum werden soll, ward ich damals aus dem kleinen Gefäß herausgenommen, vorsichtig, während Erde abfloss und etwas Licht zu meinen Wurzeln kam, und wurde endgültig eingesetzt an meine Stelle, dort, wo ich stehen bleiben sollte bis in mein Alter, in die große, ganze, wirkliche Erde.

Und als ich dann am Zwölften weiterdachte und dachte, dass dann Weihnachten kam, da fiel mir nur dieses Weihnachten ein, die Diele

nur, die so groß und heudunkel war bis an den hellen, großen Baum heran, zu dem Du eine Weile herantratest, schnell, mit einer Unsicherheit, die wieder ganz mädchenhaft war, mädchenhafter als alles, das kleine Köpfchen an Dein schönes Gesicht haltend und mit ihm in den Glanz hinein, den Ihr beide nicht sehen konntet, jedes von seinem eigenen Leben erfüllt und von dem des anderen.
Da erst merkte ich, dass mir dieses Weihnachten noch da war und nicht wie eines, das einmal war und vergangen ist, sondern wie ein immerwährendes, ewiges Weihnachtsfest, zu dem das innere Gesicht sich hinwenden kann, sooft es seiner bedarf. Auf einmal war Freude und Seligkeit und Erwartung der anderen klein geworden dahinter; als wären das mehr meines treuen guten Vaters Weihnachten gewesen, seines besorgten, fürsorgenden Herzens eigenstes Fest. Dieses aber war meines: in seinem Helldunkel, seiner Stille und Unwiederholbarkeit ...
Aus diesem allem entstand mir auch die Fähigkeit, diese Weihnachten einmal allein und doch nicht bange oder traurig zu sein.

Vanillekipferl

ZUTATEN:

Für den Teig: 270 g Mehl, 80 g Zucker, 200 g Butter, 100 g Haselnüsse oder Mandeln, gemahlen.
Zum Wenden: 100 g Puderzucker, 2 Päckchen Vanillezucker

Mehl, Zucker, in kleine Stücke geschnittene Butter und die Nüsse zu einem Teig verkneten und etwa 1 Stunde kühl lagern. Teig zu kleinen Hörnchen formen. Auf ein mit Backpapier belegtes Blech setzen und auf der mittleren Schiene bei 175 °C etwa 15 bis 20 min backen. Puderzucker und Vanillezucker mischen, die noch warmen Kipferl darin wenden und abkühlen lassen. Vorsicht: Wenn die Kipferl noch zu heiß sind, zerbrechen sie leicht.

Ruth Schaumann

Von Ochs und Esel

Jedes Jahr in den heiligen zwölf Nächten können die Tiere reden. Die Menschen aber verstehen, was sie zueinander sagen. Und in einer solchen Nacht einmal hat mir ein alter Ochs diese Geschichte erzählt, und der müde Esel, der neben ihm stand, neigte das Haupt mit den langen, seidengrauen Ohren dazu und sagte: „Ja, ja, so ist es."

Wie die ersten Menschen Gott betrübt und beleidigt hatten, dass der Engel sie forttreiben musste aus dem hellen Paradies, zogen all die armen Tiere hinterher. Die hatte ja Gott um der Menschen willen gemacht in seinen lieblichen Garten hinein, so mussten sie bei den Menschen bleiben und mit ihnen ziehen, wohin die zogen; das war in viel Betrübnis und sehr viel Not.

Da klagten die Menschen, da klagten die Vögel, da klagten alle Tiere im Wald und die auf dem Felde, und die Fische im bitteren Meer klagten auch, mit Flossen und schuppigen Schwänzen klagten sie, weil sie keine Stimme haben.

Und alles schaute recht sehnsüchtig auf nach dem verlorenen Himmel, ob denn keine Hilfe kommen wolle, wie ein Tau auf verdorrende Kräuter; aber der Himmel blieb zu.

Wie aber die ersten Kinder kamen, die ersten jungen Rehlein, die ersten kleinen Vögel im Nest lagen, die ersten winzigen Lämmer unter den alten Schafen ruhten und kleine Esel auf hohen Beinen zwischen den müden Tieren standen, die noch das Paradies gekannt, hat man manchmal an stillen Abenden eines Engels Stimme singen gehört, fern, fern im Abendrot. Des Engels Stimme sang:

„Gott will nicht ewig tragen
den so gerechten Zorn.

Es wird ein Röslein schlagen
aus bitterlichem Dorn.
Gott wird sein Kind entsenden,
das trägt und löst die Schuld.
und wird die Nacht beenden.
O liebe Erde, hab Geduld!"

Wenn dann die Stimme schwieg, war es schon, als sei nicht der Tau, aber der Duft vom Tau gekommen. Mensch und Tier blickten sich liebreicher an und taten sich eine kleine Weile nichts mehr zuleid. Aber nur eine kleine, kleine Weile, dann war wieder alles wie zuvor, wehe und dunkel.
Alle tausend Jahre sang der Engel einmal. Und als zehntausend Jahre vergangen waren, da seufzte die ganze Welt: „Wann kommt der Sohn des großen Gottes, wann, o wann?" Aber er kam immer noch nicht. Und es vergingen tausend Jahre und abermals tausend, und wie der Engel wiederum sang, da zitterte seine Stimme. Und die Menschen fragten sich: „Was zittert des Engels Stimme so sehr, kommt wohl der Sohn Gottes, kommt er nun bald?"
Und wie die Menschen, so sprachen auch die recht traurigen Tiere, die müden, miteinander, und die große Giraffe sagte: „Wenn er kommt, auf den wir alle so warten, werde ich ihn zuerst sehn, ich, die Giraffe, denn ich habe einen recht langen Hals."
„Nein", schrie der Adler, „ich sehe ihn zuerst, denn ich fliege ihm entgegen, so hoch, wie Engel fliegen, komme ich auch."
„Nein, ich", sagte der Elefant. „Ich bin stark, ich zertrete alle Wälder wie Gras und mache ihm eine recht große Straße, daher er kommt ..."
„Nein", sprach der Löwe, „ich werde rufen mit meiner stärksten Stimme, dass er herbeikommen muss, um zu schauen, wer so furchtbar laut ruft – ich sehe ihn zuerst und werde es euch dann sagen."
„O nein", sagte die Fledermaus, „er wird zur Nacht kommen, darin niemand sonst wacht als ich und die Eule mit ihren Mondaugen, wir werden ihn sehn, derweilen ihr schlaft."
Sie waren alle so stolz und schrien durcheinander, und das Pferd meinte: „Er ist ein König, er wird auf mir daherreiten, auf meinem Rücken wird er thronen."

„Nein, auf mir“, sagte das Dromedar, „ich will ihn viel besser tragen als du …“
„Nein, auf mir“, kam der Elefant, „er ist groß wie Gott, er, der Sohn Gottes, er wird allein Raum haben auf meinem Rücken.“ Und er warf seinen Rüssel in die Luft und hielt ihn ganz still und steif, als halte er den Himmel darauf wie einen Ball. O, du törichter Elefant!
Die kleinen, schwachen Tiere aber standen dabei. Sie sagten nichts; was sollten sie auch sagen? Die kleinen Schafe froren so sehr, es war Winter, sie hatten ihre Wolle hergeben müssen. Die kleinen Mäuse zirpten so kläglich, sie hatten Hunger. Den Vögeln hatte der Sturm ihr Nest verweht.
Mitten unter ihnen stand ein blindes Eselein, und ein großer, alter Ochse betrachtete seine Hufe, die voll trockenem Schmutz waren, und rieb seinen Rücken an einem toten Baum, er war wund von der Peitsche des Bauern. Und der Ochse sprach zu dem Esel, seinem armen Freund: „Du und ich werden den großen, guten Gott niemals sehn und auch nicht hören, denn du bist blind, und ich bin taub, und unsere Füße tragen uns nicht mehr weit.“
Ganz still gingen alle zwei zurück in ihren armseligen Stall, vor die leere Krippe hin. Und da standen sie nun. Mit ihnen kam nur ein räudiges Lämmlein, eine hungrige Maus und endlich eine hässliche Spinne, die setzte sich in ihr kleines Netz unterm Balken. Und dann kam die große, tiefe, lange Nacht. Kein Stern war am Himmel, kein Wind bewegte die Bäume, nur ein Vogel schrie traurig im Schlaf.
Und auf einmal war da ein Stern am schwarzen Himmel, ein riesiger, starker, klarer, ein glänzender Stern, und des geliebten Engels Stimme dabei, die sang:

„Er ist nun auf der Erden,
des großen Gottes Sohn.
Geht hin mit allen Herden
und wollet selig werden
und stehn um seinen Thron.“

Da, horcht, begann der mächtige Löwe sein tiefstes Gebrüll, laut und lauter, stark und stärker, dass seine gewaltige Brust fast zersprang: „Sohn Gottes, komme herbei, dass ich dich sehe. Sohn Gottes, komme herzu!" Aber wie sehr er auch rief, er hörte sein eigenes Gebrüll nicht mehr, des großen Löwen starke Stimme war so leise geworden wie ein Hauch, der große Löwe war stumm.

Der Elefant aber raste jetzt durch die Stämme, er zertrat sie wie Gras, aber seltsam, hinter ihm standen sie allesamt wieder auf. Und wie der Elefant in die Wüste gerannt kam, fand er sich dort vor einem dunklen Mann, der trug eine Krone. Da beugte sich der Elefant, so groß und schwer er war, und sagte: „Sohn Gottes, großer König, sitz auf, ich habe dich zuerst gesehen, ich, der Elefant." Da saß der König auf, aber er lachte leise: „Ich bin nicht der König der Welt, den will ich ja auch suchen, trabe dahin, alter, törichter Elefant, bis wir ihn finden." Also ritt der Mohrenkönig Balthasar auf dem Elefanten dahin, immer dem neuen Stern entgegen. Auch das Dromedar hatte einen König getroffen, und es sagte: „Siehst du, ich habe dich zuerst gesehen." Doch das war nur der König Kaspar, den es gefunden.

Auch das stolze Pferd fand einen König und nahm ihn auf seinen Rücken. Es warf die Hufe und den Schwanz, den langen, wie einen Schleier und sagte: „Ich trage den König der Welt, ich, das Pferd." Da antwortete der sehr alte Mann auf seinem Rücken traurig: „Gutes Tier, ich heiße Melchior, ich begehre selbst nach dem König, den du suchst, bringe mich hin, bringe mich hin."

Die Giraffe reckte sich durch das Geäst, sie sah nur den Stern, sonst sah sie nichts, der helle Stern blendete sie. Der Adler hatte aufsteigen wollen, aber seine Flügel waren schwer wie Blei, ein kleiner Spatz gelangte höher als er. Die Fledermaus und die Eule flatterten wohl

neugierig umher, sie trafen nur Hirten, die schritten rüstig dahin. Sie fragten: „Wohin, ihr Hirten, was hütet ihr nicht heute Nacht?"
„Nach dem König der Welt, der heute gekommen ist."
„Wer hat ihn zuerst gesehen?", fragte die Eule.
„Ich weiß es nicht", antwortete der älteste Hirt, „ich gehe ihn grüßen."
Ja, wer, wer hat ihn zuerst gesehen? Das waren der alte, sehr alte Ochs und das Eselein, das blinde. Das blinde? Ja, dies! Sie standen alle zwei an der Krippe, der leeren. Sie murrten auch nicht, als noch ein armer Mann mit einem sehr schönen Weibe dazukam, frierend und hungernd wie sie, mit einem winzigen Laternchen, das hängten sie an der Krippenwand auf. Sie schliefen ein vor Ermattung, vor Trauer, vor Hunger und wurden wach an einem sehr hellen, süßen Licht, das vor ihnen war in der Krippe. Der Ochse sah es, der Esel spürte es nur.
Der Ochse sagte zum Esel: „Es ist ein kleines, ein sehr kleines Kind."
„Ach, sähe ich das kleine, sehr kleine Kind, ich wollte den König der Welt nicht lieber sehn."
Da lächelte das Kindlein in der Spreu, und das Eselein konnte die schweren Lider erheben und sah das Kindlein vor sich, das sehr kleine Kind.
Es lächelte und es weinte – und der Ochs sagte: „Könnte ich sein Stimmlein vernehmen, wie süß muss es sein; ich wollte den König aller Völker nicht lieber hören, mit aller Musik, darinnen er naht." Oh, da hörte der Ochs das sehr kleine Kindlein weinen, ganz zärtlich weinen, aus lauter Lieb', die es zu dem armen Tier empfand, aber es lächelte dennoch dabei.
Auch das räudige Lamm sah nun das Kind, die kleine Maus sah das Kind, und die hässliche Spinne sah das Kind im Stroh des Stalles, und seine Mutter kniete bei ihm. Dann sind die Hirten gekommen, dann die Könige, auf Ross, Elefant und Dromedar; sie knieten und riefen: „O Kind, o König, o Gott".
Ochs und Esel aber hatten es zuerst gesehen, denn den Allerärmsten und den Geduldigsten neigt sich die ewige Liebe zuerst und zutiefst.
„Ja, ja, so ist es", sagte der Esel zu mir, und der Ochs sprach leise: „Und wir werden es wiedersehen in den nächsten Nächten, denn es ist die Zeit, da es kommt."

Es weihnachtet sehr

Ein Brief von Theodor Storm an seine Eltern

20. Dezember 1856

Liebe Eltern!

Es wird Weihnachten! Mein Haus riecht schon nach braunen Kuchen – versteht sich, nach Mutters Rezept – und ich sitze sozusagen schon seit einer Woche im Scheine des Tannenbaums.

Ja, wie ich den Nagel meines Daumens besehe, so ist auch der schon halbwegs vergoldet. Denn ich arbeite jetzt Abends nur in Schaumgold, Knittergold und bunten Bonbonpapieren; und während ich Netze schneide und Tannen- und Fichtenäpfel vergolde und die Frauen, d. h. meine Frau und Röschen, Lisbeths Puppe ausputzen, liest Onkel Otto uns die „Klausenburg" von Tieck vor oder gibt hin und wieder eine Probe aus den Bilderbüchern, die Hans und Ernst auf den Teller gelegt werden sollen.

Gestern Abend habe ich sogar Mandeln und Zitronat für die Weihnachtskuchen schneiden helfen, auch Kardamon dazu gestoßen und Hirschhornsalz. Den Vormittag war ich stundenlang auf den Bergen in den Wäldern herumgeklettert, um die Tannenäpfel zu suchen. Ja, Ihr hättet mich sogar in meinem dicken Winter-Sürtout hoch oben in einer Tannenspitze sehen können. Freilich hatte ich mich vorher gehörig umgesehen; denn der Herr Kreisrichter durfte sich doch nicht auf einem ganz offenbaren Waldfrevel ertappen lassen.

Jeden Morgen, die letzten Tage, kommt der Postbote und bringt Päckchen oder einen Brief aus der Heimat oder aus der Fremde von Freunden. Die Weihnachtszeit ist doch noch gerade so schön, wie sie in meinen Kinderjahren war.

Wenn nur noch der Schnee kommen wollte; wir wohnen hier so schön, da müsste der Weihnachtsbaum, wenn er erst brennt, prächtig in die Winterlandschaft hinausleuchten.

KLOPFNÄCHTE

Die drei letzten Donnerstagsnächte im Advent hießen in Mittel- und Süddeutschland früher die „Klöpfel-" oder „Klopfnächte". In Baden und in der Schweiz nannte man sie auch „Bochselnächte". Wahrscheinlich geht das Brauchtum der Klopfnächte auf den Brauch der Vertreibung böser Geister zurück. Vor allem junge Menschen vermummten sich, klopften singend an Türen und warfen unter Lärmen und Geschrei Erbsen und Linsen gegen Fensterscheiben. Dafür heimsten sie kleine Geschenke wie Obst, Nüsse, Küchel, Würste oder auch Geld ein.

In Schweden hat sich ein ähnlicher Brauch erhalten: Klopfen heißt auf Schwedisch „klappa", Weihnachten heißt „jul", und „julklapp" ist eine Art schwedisches Wichteln mit kleinen Geschenken. Manche Forscher brachten das „Klappern" der Klopfnächte auch mit der Verpflichtung der Leprosen in Zusammenhang, sich durch ein Glöckchen oder eine Klapper erkenntlich zu machen, vor allem dann, wenn sie um Almosen bettelten. Doch deren Umzüge waren nicht auf eine bestimmte Jahreszeit beschränkt. Andererseits wurden die „Klopfnächte" auch mit der Ankündigung der Geburt Jesu in Zusammenhang gebracht.

Hans Fallada

Lüttenweihnachten

„Tüchtig neblig, heute“, sagte am 20. Dezember der Bauer Gierke ziellos über den Frühstückstisch hin. Es war eigentlich eine ziemlich sinnlose Bemerkung, jeder wusste auch so, dass Nebel war, denn der Leuchtturm von Arkona heulte schon die ganze Nacht mit seinem Nebelhorn wie ein Gespenst, das das Ängsten kriegt. Wenn der Vater die Bemerkung trotzdem machte, so konnte sie nur eines bedeuten.
„Neblig –?“ fragte gedehnt sein dreizehnjähriger Sohn Friedrich. „Verlauf dich bloß nicht auf deinem Schulwege“, sagte Gierke und lachte. Und nun wusste Friedrich genug, lief in den Stellmacherschuppen und „borgte“ sich eine kleine Axt und eine Handsäge. Dabei überlegte er: Den Franz von Gäbels nehm’ ich nicht mit, der kriegt Angst vor dem Rotvoß. Aber Schöns Alwert und die Frieda Benthin. Also los!
Wenn es für die Menschen Weihnachten gibt, so muß es das Fest auch für die Tiere geben. Wenn für uns ein Baum brennt, warum nicht für die Pferde und Kühe, die doch das ganze Jahr unsere Gefährten sind? In Baumgarten feiern die Kinder vor dem Weihnachtsfest Lüttenweihnachten für die Tiere, und daß es ein verbotenes Fest ist, von dem Lehrer Beckmann nichts wissen darf, erhöht seinen Reiz.
Sieben Kilometer sind es gut bis an die See, und nun fragt es sich, ob sie sich auch nicht verlaufen im Nebel. Da ist nun dieser Leuchtturm von Arkona, er heult mit seiner Sirene, daß es ein Grausen ist, aber es ist so seltsam, genau kriegt man nicht weg, von wo er heult. Manchmal bleiben sie stehen und lauschen. Sie beraten lange, und wie sie weitergehen, fassen sie sich an den Händen, die Frieda in der Mitte. Das Land ist so seltsam still; wenn sie dicht an einer Weide vorbeikommen, verliert sie sich nach oben ganz in Rauch. Es tropft sachte von ihren Ästen, tausend Tropfen sitzen überall, nein, die See

kann man noch nicht hören. Vielleicht ist sie ganz glatt, man weiß es nicht, heute ist Windstille.
Jetzt sind es höchstens noch zwanzig Minuten bis zum Wald. Alwert weiß sogar, was sie hier finden: erst einen Streifen hoher Kiefern, dann Fichten, große und kleine, eine ganze Wildnis, gerade, was sie brauchen, und dann kommen die Dünen und dann die See.
Plötzlich sind sie im Wald. Erst dachten sie, es sei nur ein Grasstreifen hinter dem Sturzacker, und dann waren sie schon zwischen den Bäumen, und die standen enger und enger. Richtung? Ja, nun hört man doch das Meer, es donnert nicht gerade, aber gestern ist Wind gewesen, es wird eine starke Dünung sein, auf die sie zulaufen.
Und nun seht, das ist nun doch der richtige Baum, den sie brauchen, eine Fichte, eben gewachsen, unten breit, ein Ast wie der andere, jedes Ende gesund – und oben so schlank, eine Spitze so hell, in diesem Jahre getrieben. Kein Gedanke, diesen Baum stehen zu lassen, so einen finden sie nie wieder. Ach, sie sägen ihn ruchlos ab, sie bekommen ein schönes Lüttenweihnachten, das herrlichste im Dorf. Sie binden die Äste schön an den Stamm, und dann essen sie ihr Brot, und dann laden sie den Baum auf, und dann laufen sie weiter zum Meer.
Zum Meer muss man doch, wenn man ein Küstenmensch ist, selbst mit solchem Baum. Anderes Meer haben sie näher am Hof, aber das sind nur Bodden und Wieks. Dies hier ist richtiges Außenmeer, hier kommen die Wellen von weit, weit her, von Finnland oder von

Schweden oder auch von Dänemark. Richtige Wellen ... Also, sie liefen aus dem Wald über die Dünen. Und nun stehen sie still.
Und was sie sehen, ist ein Stück Strand, ein Stück Meer. Hier über dem Wasser weht es ein wenig, der Nebel zieht in Fetzen, schließt sich, öffnet den Ausblick. Und sie sehen die Wellen, grüngrau, wie sie umstürzen, weiß schäumend draußen auf der äußersten Sandbank, näher tobend, brausend. Und sie sehen den Strand, mit Blöcken besät, und dazwischen lebt es in Scharen ...
„Die Wildgänse!" sagen die Kinder. „Die Wildgänse –!"
Sie haben nur davon gehört, sie haben es noch nie gesehen, aber nun sehen sie es. Das sind die Gänsescharen, die zum offenen Wasser ziehen, die hier an der Küste Station machen, eine Nacht oder drei, um dann weiterzuziehen nach Polen oder wer weiß wohin. Vater weiß es auch nicht.
Und plötzlich sehen sie noch etwas, und magisch verführt, gehen sie dem Wunder näher. Abseits, zwischen den hohen Steinblöcken, da steht ein Baum, eine Fichte, wie die ihre, nur viel, viel höher, und sie ist besteckt mit Lichtern, und die Lichter flackern im leichten Windzug ... „Lüttenweihnachten für die Wildgänse ..." Immer näher kommen sie, leise gehen sie, auf den Zehen – oh dieses Wunder! – und um den Felsblock biegen sie. Da ist der Baum vor ihnen in all seiner Pracht, und neben ihm steht ein Mann, die Büchse über der Schulter, ein roter Vollbart ...
„Ihr Schweinskerls!" sagt der Förster, als er die drei mit der Fichte sieht. Und dann schweigt er. Und auch die Kinder sagen nichts. Sie stehen und starren. Es sind kleine Bauerngesichter, sommersprossig, selbst jetzt im Winter, mit derben Nasen und einem feisten Kinn. Es sind Augen, die was in sich reinsehen. Immerhin, denkt der Förster, haben sie mich auch erwischt beim „Lüttenweihnachten". – Ja, da stehen sie nun: ein Mann, zwei Jungen, ein Mädel. Die Kerzen flackern am Baum, und ab und zu geht auch eine aus. Die Gänse schreien, und das Meer braust und rauscht. Die Sirene heult. Da stehen sie, es ist eine Art Versöhnungsfest, sogar auf die Tiere erstreckt, es ist „Lüttenweihnachten". Man kann es feiern, wo man will, am Strand auch, und die Kinder werden nachher in ihres Vaters Stall noch einmal feiern.

Und schließlich kann man hingehen und danach handeln. Die Kinder sind imstande und bringen es fertig, die Tiere nicht mehr zu quälen und ein bisschen nett zu ihnen zu sein. Zuzutrauen ist ihnen das.

BRAUCHTUM AM THOMASTAG

Der 21. Dezember, der kürzeste Tag des Jahres, wird gelegentlich auch als „Thomastag" bezeichnet. Doch das damit ursprünglich verbundene Brauchtum ist weitgehend in Vergessenheit geraten. So aß man an diesem Tag in manchen Gegenden das „Thomasbrot", ein Glück verheißenes Gebäck, Thomasringe, Thomasstriezel, Klötzenbrot. Kindern drohte man wohl auch mit dem westfälischen „Dommes" oder dem bayrisch-böhmischen „Thama mit 'n Hama" als Kinderschreck. Die Langschläfer waren an diesem Tag die „Thomasesel".
Der kürzeste Tag bescherte natürlich auch die längste Nacht, weshalb man in manchen Gegenden die Stunden in der „Rumpenacht" bei Spiel und Schmaus verbrachte. In dieser längsten der Nächte glaubte man an Geistertreiben, an die „Wilde Jagd" und den Hexenritt. Das Volk der Esten stellte während Pestzeiten an Straßen und Wegen Thomaskreuze auf.

THOMASTAG: KLETZENBROT

Der Tag der Wintersonnenwende, der 21. Dezember, ist auch der Festtag des Apostels Thomas, der durch seine Zweifel etwa an der Auferstehung Jesu und seinem Erscheinen im Kreis der Mitbrüder manchmal auch „der Ungläubige" genannt wird. Er missionierte in Indien und erlitt dort auch den Märtyrertod.
Am Vorabend seines Gedenktages wird mancherorts – vor allem in Österreich, dem bayrischen und schwäbischen Raum – der „Weihnachtszelten" oder das „Klötzen- bzw. Kletzenbrot" gebacken. Das ist ein saftiges, dunkelbraunes, würzig-süßes Brotgebäck, in das „Klötzen" oder „Kletzen", gedörrte Birnenschnitten, Nüsse, Feigen, Zwetschgen und Zwiebeln, eingebacken werden. Schon im frühen

Mittelalter war es bekannt und man nannte es „piratura“. Allerdings ist die Herkunft des Namens unerklärlich. Das „Klötzen- oder Kletzenbrot“ ist ein traditionelles Brauchtumsgebäck der Weihnachtszeit, das in Kasten- und Laibform sowie als Wecken angeboten wird. Es gilt auch als Fruchtbarkeitssymbol.

Für die Familien wurden einst große „Zelten“ gebacken, die Mägde erhielten kleine. Die Personen, die den Teig kneteten, gingen mit ihren teigigen Händen in den Garten und umarmten die Bäume, damit sie im kommenden Jahr reichlich Frucht tragen sollten. Jeder „Zelten“ wurde vor dem Backen mit Weihwasser besprengt. Der „Familienzelten“ durfte erst nach dreimaligem Beräuchern am Thomas-, Heiligen- und Christabend am Stephanstag, dem 2. Weihnachtstag, angeschnitten werden.

Kletzenbrot

ZUTATEN:

500 g Kletzen (Dörrbirnen), klein geschnitten, 500 g Dörrpflaumen, ebenfalls klein geschnitten, ¼ Liter Rum, etwas Orangensaft, 250 g Dörrfeigen, klein geschnitten, 250 g Nüsse, gemischt und grob gehackt, 250 g Rosinen, 200 g Orangeat, 200 g Zitronen, 60 g Hefe, 1000 g Roggenmehl, 100 g Zucker, 2 Teelöffel Zimt, 1 Teelöffel Salz, 1 Messerspitze gemahlene Nelken, Zitronenschale, 300 ml Wasser

Die Kletzen und Pflaumen werden über Nacht in Rum eingeweicht und am nächsten Tag in leicht mit Fruchtsaft gesüßtem Wasser gekocht. Aus dem lauwarmen Kochsud wird mit Hefe, Mehl, Zucker und Gewürzen ein Teig bereitet, dabei werden die Früchte untergemengt. Daraus etwa vier gleich große Brötchen formen, diese abdecken und an einem warmen Ort aufgehen lassen. Anschließend bei 150 °C ungefähr 50 Minuten backen und noch heiß mit Milch bestreichen. Ein Tipp: Vor dem Backen den Teig mit Trockenfrüchten garnieren.

Das Tannenbäumchen

Karl Gottfried Ritter von Leitner

Du dort in der Waldeskluft
dunkelgrün mit harz'gem Duft,
sprich, was willst du einst auf Erden,
schmuckes Tannebäumchen, werden?

Willst du steh'n am Weg als Bank?
Sagt der Wandrer: Schönen Dank!
„Hat er erst bequem gesessen,
wird er Rast und Dank vergessen."

Willst du First sein auf dem Dach?
„Sturm und Blitze droh'n ihm Schmach."
Willst du sein ein Schiff im Meere?
„Fürchte mich vor Riff und Schere."

Willst du sein die Totentruh',
wo da waltet tiefe Ruh?
„Möchte fast danach mich sehnen,
fielen drauf nicht bittre Tränen."

Werde nur erst stark und groß,
findet sich von selbst dein Los.
„Zu erfreu'n, gleich hingegeben,
hätt' ich gern mein junges Leben."

Dacht' ich's doch; vom neuen Haus
willst du weh'n als Meisterstrauß.
„Ach! Der muss nach wen'gen Tagen
seinem lust'gen Thron entsagen."

Ei, was willst du sonst denn sein?
Bist zu allem noch zu klein.
„Wer beglücken kann, der eile;
kurzes Leben lässt nicht Weile."

„Borge meinen Reisern hold
Nüss' und Äpf'lein, blank von Gold,
zwischen meinem ernsten Dunkel
weck' ein fröhlich Lichtgefunkel."

„Und zur heil'gen Weihnacht stell'
heimlich mich ins Stübchen hell;
in der Kinder lieb Gewimmel
bring' ich dann – den ganzen Himmel."

Walter Benjamin

Ein Weihnachtsengel

Mit den Tannenbäumen begann es. Eines Morgens, als wir zur Schule gingen, hafteten an den Straßenecken die grünen Siegel, die die Stadt wie ein großes Weihnachtspaket an hundert Ecken und Kanten zu sichern schienen. Dann barst sie eines schönen Tages dennoch und Spielzeug, Nüsse, Stroh und Baumschmuck quollen aus ihrem Innern: der Weihnachtsmarkt. Mit ihnen aber quoll noch etwas anderes hervor: die Armut. Wie nämlich Äpfel und Nüsse mit ein wenig Schaumgold neben dem Marzipan sich auf dem Weihnachtsteller zeigen durften, so auch die armen Leute mit Lametta und bunten Kerzen in den bessern Vierteln. Die Reichen aber schickten ihre Kinder vor, um denen der Armen wollene Schäfchen abzukaufen oder Almosen auszuteilen, die sie selbst vor Scham nicht über ihre Hände brachten. Inzwischen stand bereits auf der Veranda der Baum, den meine Mutter insgeheim gekauft und über die Hintertreppe in die Wohnung hatte bringen lassen. Und wunderbarer als alles, was das Kerzenlicht ihm gab, war, wie das nahe Fest in seine Zweige mit jedem Tage dichter sich verspann. In den Höfen begannen die Leierkasten die letzte Frist mit Chorälen zu dehnen. Endlich war sie dennoch verstrichen und einer jener Tage wieder da, an deren frühesten ich mich hier erinnere. In meinem Zimmer wartete ich, bis es sechs werden wollte. Kein Fest des späteren Lebens kennt diese Stunde, die wie ein Pfeil im Herzen des Tages zittert. Es war schon dunkel; trotzdem entzündete ich nicht die Lampe, um den Blick nicht von den Fenstern überm Hof zu wenden, hinter denen nun die ersten Kerzen zu sehen waren. Es war von allen Augenblicken, die das Dasein des Weihnachtsbaumes hat, der bänglichste, in dem er Nadeln und Geäst dem Dunkel opfert, um nichts zu sein als nur ein unnahbares und doch nahes Sternbild im

trüben Fenster einer Hinterwohnung. Doch wie ein solches Sternbild hin und wieder eins der verlassnen Fenster begnadete, indessen viele weiter dunkel blieben und andere noch trauriger im Gaslicht der frühern Abende verkümmerten, schien mir, dass diese weihnachtlichen Fenster die Einsamkeit, das Alter und das Darben – all das, wovon die armen Leute schwiegen – in sich fassten. Dann fiel mir wieder die Bescherung ein, die meine Eltern eben rüsteten.

Kaum aber hatte ich so schweren Herzens, wie nur die Nähe eines sichern Glücks es macht, mich von dem Fenster abgewandt, so spürte ich eine fremde Gegenwart im Raum. Es war nichts als ein Wind, sodass die Worte, die sich auf meinen Lippen bildeten, wie Falten waren, die ein träges Segel plötzlich vor einer frischen Brise wirft: „Alle Jahre wieder / kommt das Christuskind / auf die Erde nieder / wo wir Menschen sind" – mit diesen Worten hatte sich der Engel, der in ihnen begonnen hatte, sich zu bilden, auch verflüchtigt. Doch nicht mehr lange blieb ich im leeren Zimmer. Man rief mich in das gegenüberliegende, in dem der Baum nun in die Glorie eingegangen war, welche ihn mir entfremdete, bis er, des Untersatzes beraubt, im Schnee verschüttet oder im Regen glänzend, das Fest da beendete, wo es ein Leierkasten begonnen hatte.

Theodor Storm

Brief an Gottfried Keller

Hademarschen, 21. Dezember 1884

Sonntag vor Weihnachtabend, liebster Keller! Drunten im größten Zimmer ist schon die über 12 Fuß hohe Tanne aufgestellt und biegt ihre Spitze unter der Decke; 18 Weihnachtspakte sind expediert und gestern Abend sind Netze geschnitten, Bonbons eingewickelt, ist vergoldet usw. Und ich kann mir nicht helfen, ich muss Ihnen diesen kleinen Weihnachtsbrief schreiben. Einige Pakete sind auch hier angelangt, vor allem, wie alle Jahr, von einem Braunschweiger Freund, den ich freilich auch nie gesehen, Pfefferkuchen und desfallsige alt heilige Männer, aus Lübeck Marzipan, und ein eifriger Verehrer, ich glaub aus Wien, schreibt meiner Frau, er müsse mir was schenken, morgen käm 's an; wär' er ein reicher Mann, sollt 's aber ganz anders kommen. Petersen soll mir etwas gar Wunderliches geschickt haben. Doch das bleibt alles Geheimnis bis zum Weihnachtsabend. Übermorgen kommt mein Junge, Karl, der „stille Musikant"; darauf freuen sich insonders die beiden jüngsten Mädel Gertrud und Dodo, die ich diesmal nur zu Haus habe. Mir selbst und ihm schenke ich die neueste Ausgabe von Mörikes Gedichten; die älteste besitz ich schon über 40 Jahre; aber auch einen kleinen Teppich und eine lange Gesundheitspfeife; er schmökt gern aus langen Pfeifen, wie weiland der junge Conditor Pahl in Husum, der nun längst verdorben, wenn auch nicht gestorben ist. Meine Frau zieht unter anderem wieder, wie vorig Jahr, ihre 80 M. von der 26. Aufl. „Immensee"; nur Einzelausgaben der ältesten Sachen machen Auflagen, wie denn

auch Aufl. III der Ges.-Ausgabe Bd. 1–6 in diesem Jahr gekommen ist. Dienstagabend wird der Baum geputzt und der Märchenzweig nicht vergessen. Rotkehlchen sitzen und fliegen in dem Tannengrün und eines sitzt und singt bei seinem Nest mit Eiern. – Erst gehen wir in die Kirche, hören, was unser Pastor sagt, hören die Kinder mehrstimmig singen und sehen die beiden hohen Tannen am Altar brennen. Das gehört dazu. Dann brennt der schönere Baum zu Hause; und nach dem Abendessen kommt mein Bruder Johannes, der Holzhändler – dem ältesten Sohne, auch hier, trauten wir im Herbst eine lebendige Hamburgerin an – mit seinen 4 Söhnen, 2 Töchtern, Schwiegertochter und seinem Weibe, meiner Frauen Schwester, und dann gibt es ein Glas nordischen Punsches. So beschließt sich Weihnachtsabend, und ich werde Ihnen eins nach Zürich hinübertrinken! Auf weitere Freundschaft und noch ein paar Jahre leidlich Leben!
Ihr Gefallen an „Grieshuus“ hat mir wohlgetan. Dank für das schöne Bild.
Meine Fotografie genügt auch nicht; ich muss das Ölbild fotografieren lassen, das eine mir verwandte Malerin diesen Herbst trefflich gemacht hat. Danach muss fotografiert werden. Das „Marx“ ist ein Conservatorien-Erlebnis meines Karl und doch wohl etwas leichte Arbeit.
Von Wildenbruchs Dramen wollen Erich Schmidt, Fontane, und ich denke, auch Heyse, nicht viel wissen; er hat sie nicht gelesen, weil ihm seine Novellen nicht gefallen haben. Mir scheint nur der Angelpunkt, die Achse des Dramas etwas zu schwach, weil zu gesucht zu sein.Eine gute Fotografie von Ihnen würde mich freilich erfreuen; wagen Sie es nur einmal wieder.
Ich schreibe dies Letzte in Hast, weil die Mädchen mit den heutigen Expeditionen nach der entfernten Post sollen. Also von uns allen hier ein fröhlich Fest Ihnen und Ihrer geehrten Schwester! Und ein baldig Sehen in der D. Rundschau!
Herzlich Ihr alter, Ihr Th. Storm

Anton Tschechow

Wanka

Wanka Shukow, ein neunjähriger Junge, der seit drei Monaten bei dem Schuhmacher Aljachin in der Lehre war, legte sich in der Nacht vor dem Weihnachtsfest nicht schlafen.

Er wartete, bis der Meister, die Meisterin und die Gesellen zum Gottesdienst gegangen waren; dann nahm er ein Fläschchen Tinte und einen Federhalter einer rostigen Feder aus dem Schrank des Meisters, bereitete ein zerknittertes Stück Papier vor sich aus und begann zu schreiben. Doch ehe er den ersten Buchstaben auf das Papier malte, blickte er ängstlich zur Tür und zum Fenster, schaute zu der dunklen Ikone hinüber und seufzte tief. Das Papier lag auf der Bank, und Wanka kniete davor.

„Liebes Großväterchen Konstantin Makaritsch", begann er, „ich schreibe Dir einen Brief. Ich wünsche Dir ein frohes Weihnachtsfest und Gottes Segen. Ich habe weder Vater noch Mutter, Du bist alles, was ich habe." Wanka schaute zu den dunklen Fensterscheiben, in denen sich der Schein der Talgkerze spiegelte, und sah Großvater deutlich vor sich. Konstantin Makaritsch diente bei den Herren Shiwarew als Nachtwächter. Er war ein kleiner, magerer, ungewöhnlich lebhafter Mann von fünfundsechzig Jahren, der immer lachte und scherzte und kleine Trinkeraugen hatte. Am Tag schlief er in der Gesindeküche oder neckte die Mägde. In der Nacht machte er die Runde um das Gut, in einen weiten Schafspelz gehüllt, und bei jedem Schritt stieß er seinen Knüttel auf die Erde. Die alte Hündin Kaschtanka und der Hund Wjun trotteten mit hängenden Köpfen hinter im her. Dieser Wjun war besonders brav und zutraulich und sah seine eigenen Leute genauso freundlich an wie Fremde, aber man konnte ihm nie trauen. Hinter seiner Sanftheit und Demut verbarg sich eine wahrhaft jesuitische

Bosheit. Kein anderer Hund brachte es so gut fertig wie Wjun, sich lautlos heranzuschleichen und die Leute in die Wade zu zwicken, in den Vorratskeller zu schlüpfen oder einem Bauern ein Huhn zu stehlen. Es verging keine Woche, ohne dass er halbtot geprügelt wurde, und die Bauern hatten ihn schon zweimal aufhängen wollen, aber er kam immer wieder davon.

In diesem Augenblick stand der Großvater gewiss vor dem Tor, blinzelte zu den leuchtend roten Fenstern der Dorfkirche hinüber, stampfte mit den Füßen, die in Filzstiefeln steckten, und trieb seine Possen mit den Bauern auf dem Hof. Er hat seinen Knüttel am Gürtel hängen, klatschte in die Hände, krümmte sich vor Kälte zusammen und kniff mit greisenhaftem Kichern bald das Stubenmädchen, bald die Köchin.

„Wollen wir vielleicht eine Prise nehmen?", fragte er und hält den Mägden seine Tabakdose hin.

Die Weiber nehmen ein bisschen Schnupftabak und niesen. Das macht dem Alten ein unbeschreibliches Vergnügen, er bricht in schallendes Gelächter aus und schreit: „Schnell fort damit, sonst friert's dir an der Nase fest!"

Er lässt auch die Hunde schnupfen. Kaschtanka niest, verzieht die Schnauzte und trottet beleidigt davon. Wjun niest nicht vor lauter

Respekt und wedelt nur mit dem Schwanz. Das Wetter ist herrlich kalt und klar, kein Windhauch regt sich. Es ist dunkle Nacht, aber das ganze Dorf, seine weißen Dächer und Rauchfahnen aus dem Schonstein, die von Raureif versilberten Bäume und die Schneewehen – all das kann man deutlich sehen. Am Himmel funkeln glitzernde Sterne, und die Milchstraße zeichnet sich so klar ab, als sei sie für die Feiertage mit

Schnee abgerieben und blank geputzt worden. Wanka seufzt, taucht die Feder in die Tinte und schreibt weiter: „Gestern Abend habe ich eine schwere Tracht Prügel bekommen. Der Meister hat mich an den Haaren auf den Hof geschleift und mich mit dem Riemen geschlagen, weil ich eingeschlafen war, als ich sein kleines Kind wiegen sollte. Und in dieser Woche musste ich für die Meisterin einen Hering putzen. Ich hatte am Schwanz angefangen, und da hat sie den Hering genommen und mir seine Schnauze in den Mund gesteckt. Die Gesellen hänseln mich, schicken mich ins Wirtshaus Schnaps holen, und ich muss die Gurken des Meisters für sie stehlen. Dann schlägt mich der Meister mit dem ersten besten Ding, das ihm unter die Finger kommt. Ich habe fast nichts zu essen. Morgens gibt es Brot, mittags Grütze und abends wieder Brot. Tee und Kohlesuppe bekommen nur der Meister und die Meisterin. Ich muss im Hausflur schlafen. Lieber Großvater, nimm mich um Gottes willen weg von hier, hol mich heim ins Dorf, und ich will auch mein Leben lang für Dich beten. Hole mich, oder ich muss sterben ..."

Wanka verzog den Mund, rieb sich mit seiner schmutzigen, kleinen Faust die Augen und schluchzte.

„Ich will Dir auch den Tabak reiben", fuhr er fort, „ich will für Dich beten und wenn ich etwas Böses tu, dann schlag mich mit der Peitsche wie Sidors Ziege. Und wenn Du meinst, dass ich keine Arbeit finde, dann will ich den Verwalter bitten, dass er mich die Schuhe putzen lässt, oder ich helfe dem Hirten Fedja. Liebes Großväterchen, ich kann es hier nicht mehr aushalten, ich sterbe noch. Ich wollte schon heimlaufen ins Dorf, aber ich habe keine Stiefel, und ich fürchte mich vor Kälte. Wenn ich groß bin, will ich für Dich sorgen, und keiner soll Dich kränken; und wenn Du stirbst, dann will ich für die Ruhe Deiner Seele beten, wie ich auch für Mutter Pelageja bete.

Moskau ist eine große Stadt, hier gibt es viele vornehme Häuser und viele Pferde, aber keine Schafe, und die Hunde hier sind nicht böse. Hier gehen die Kinder zu Weihnachten nicht vor die Häuser singen, und in der Kirche darf niemand auf die Empore und singen, und in einem Schaufenster habe ich Angelhaken und Angel für alle Fische gesehen, die es überhaupt gibt. Ein Haken war so groß, dass man einen

Wels von dreißig Pfund damit fangen kann. Ich habe Geschäfte gesehen, wo man Gewehre kaufen kann, genau solche, wie unser Herr eins hat, und ich glaube, so ein Gewehr kostet hundert Rubel. Und in den Fleischerläden gibt es Birkhühner, Rebhühner und Hasen, aber wer sie geschossen hat, das haben mir die Leute in dem Laden nicht gesagt. Liebes Großväterchen, wenn unser Herr uns einen Weihnachtsbaum gibt, dann nimm eine von den goldenen Walnüssen und leg sie in meine grüne Schachtel. Bitte die junge Herrin Olga Ignatjewna darum und sag ihr, es sei für Wanka."

Wanka stöhnte und starrte wieder auf das Fenster. Er musste dran denken, dass der Großvater vor dem Fest immer in den Wald ging, um den Weihnachtsbaum für die Herrschaft zu holen, und dabei nahm er Wanka jedes Mal mit. Bevor der Großvater den Baum fällte, rauchte er eine Pfeife, nahm eine Prise und trieb seine Späße mit dem halb erfrorenen Wanka. Die jungen Tannen, ganz in Raureif gehüllt, standen regungslos da und warteten, welche von ihnen nun sterben müsste. Irgendwo in der Nähe sprang ein Hase auf und hüpfte über eine Schneewehe. Dann schrie Großvater: „Fang ihn, fang ihn! O, du kurzschwänziger Teufel!" Wenn der Baum gefällt war, schleppte ihn Großvater ins Herrenhaus, und dort wurde er prächtig geschmückt. Die junge Herrin, Olga Ignatjewna, die Wanka besonders gerne hatte, half eifrig mit. Als Wankas Mutter Pelageja noch lebte und Hausmädchen auf dem Gut war, steckte Olga Ignatjewna dem Kleinen Zuckerwerk zu, und wenn sie nichts zu tun hatte, lehrte sie ihn lesen und schreiben und sogar Quadille tanzen. Als Pelageja starb, wurde der Waisenknabe Wanka zu seinem Großvater in die Gesindeküche gebracht und dann nach Moskau zu dem Schuhmacher Aljachin in die Lehre gegeben.

„Komm bald, lieber Großvater!", schrieb Wanka. „Ich bitte Dich um Christi willen, nimm mich weg von hier! Habe Mitleid mit einem armen Waisenkind! Hier schlagen sie mich, und ich bin furchtbar hungrig und so traurig, dass ich es gar nicht sagen kann. Ich weine den ganzen Tag. Gestern hat mich der Meister mit dem Leisten auf den Kopf geschlagen. Mein Leben ist ein einziges Elend, schlimmer als ein Hundeleben ... Grüß Aljona, den einäugigen Jegorka und den Kut-

scher und gib niemanden meine Harmonika. Ich bleibe Dein Enkel Iwan Shukow. Lieber Großvater, bitte, bitte, komm!"
Wanka faltete das Blatt viermal zusammen und steckte es in einen Umschlag, den er am Tag zuvor für eine Kopeke gekauft hatte. Er dachte eine Weile nach, tauchte die Feder in die Tinte und schrieb die Adresse: „An das Dorf. An meinen Großvater."
Dann kratze er sich am Kopf und überlegte wieder und fügte hinzu: „Konstantin Makaritsch."
Glücklich, dass ihn niemand beim Schreiben gestört hatte, setzte er seine Mütze auf und rannte, ohne seinen Pelz anzuziehen, auf die Straße hinaus. Gestern hatte er in der Geflügelhandlung erfahren, dass man Briefe in den Briefkasten steckt und dass sie von dort mit der Posttroika mit den bimmelnden Glöckchen von betrunkenen Kutschern in die ganze weite Welt gebracht würden. Wanka lief zum nächsten Briefkasten und steckte seinen kostbaren Brief hinein ...
Eine Stunde später schlief er fest, von freudiger Hoffnung in Schlummer gewiegt. Im Traum sah er einen großen Ofen. Auf dem Ofen saß sein Großvater, baumelte mit den Füßen und las den Köchinnen seinen Brief vor, und der Hund Wjun schlich schweifwedelnd um den Ofen.

Christkind

Robert Reinick

Die Nacht vor dem Heiligen Abend,
da liegen die Kinder im Traum;
sie träumen von schönen Sachen
und von dem Weihnachtsbaum.

Und während sie schlafen und träumen,
wird es am Himmel klar,
und durch den Himmel fliegen
drei Engel wunderbar.

Sie tragen ein holdes Kindlein,
das ist der Heil'ge Christ;
es ist so fromm und freundlich,
wie keins auf Erden ist.

Und wie es durch den Himmel
still über die Häuser fliegt,
schaut es in jedes Bettchen,
wo nur ein Kindlein liegt,

und freut sich über alle,
die fromm und freundlich sind;
denn solche liebt von Herzen
das liebe Himmelskind.

Wird sie auch reich bedenken
mit Lust aufs allerbest'
und wird sie schön beschenken
zum lieben Weihnachtsfest.

Heut schlafen noch die Kinder
und sehn es nur im Traum,
doch morgen tanzen und springen
sie um den Weihnachtsbaum.

Markt und Straßen steh'n verlassen,
Joseph von Eichendorff

Markt und Straßen steh'n verlassen,
still erleuchtet jedes Haus,
sinnend geh ich durch die Gassen,
alles sieht so festlich aus.

An den Fenstern haben Frauen
buntes Spielzeug fromm geschmückt,
tausend Kindlein stehn und schauen,
sind so wunderstill beglückt.

Und ich wandre aus den Mauern
bis hinaus ins freie Feld,
hehres Glänzen, heil'ges Schauern!
Wie so weit und still die Welt!

Sterne hoch die Kreise schlingen,
aus des Schnees Einsamkeit
steigt's wie wundersames Singen –
o du gnadenreiche Zeit!

Theodor Storm

Brief an Gottfried Keller

Hademarschen,
22. Dezember 1882

Da bin ich, lieber Freund, um Ihnen, so gut es durch so viel Ferne geschehen kann, zu dem mir ewig jungen Kindheitsfest die Hand zu schütteln. Unten spielt meine Jüngste allerlei süße Melodien, und im ganzen Hause weihnachtet es sehr. Zwei Tage lang nichts als Kisten gepackt und Pakete gemacht und Weihnachtsbriefe an Alt und Jung in alle Welt gesendet; ich habe diesmal nur meine zwei Jüngsten, die Gertrud und Dodo, zu Hause, und morgen kommt aus Varel noch mein Musikus, das heißt Musiklehrer. Aber die breitästige zwölf Fuß hohe Tanne steht schon im großen Zimmer, an den letzten Abenden ist fleißige Hausarbeit gehalten: der goldene Märchenzweig, dito die Traubenbüschel des Erlensamens und große Fichtenzapfen, an denen diesmal lebensgroße Kreuzschnäbel von Papiermaché sich anklammern werden, während zwei desgleichen Rotkehlchen neben ihrem Nest mit Eiern im Tannengrün sitzen, feine weiße Netze, deren Inhalt sorgsam in Gold und andere nach Lichtfarben gewählte Papiere gewickelt ist, alles liegt parat, und morgen helfe ich, den Baum schmücken.

Wenn dann aber am Weihnachtsbaum die Lichter brennen und die Kinder ihr Weihnachtslied anstimmen, dann überfällt's mich doch: Wo sind sie alle, die sich einst mit dir gefreut? – Antwort: Wo auch

VOR WEIHNACHTEN
Karl Gerok

Die Kindlein sitzen im Zimmer
– Weihnachten ist nicht mehr weit –
bei traulichem Lampenschimmer
und jubeln: „Es schneit, es schneit!"

Das leichte Flockengewimmel,
es schwebt durch die dämmernde Nacht
herunter vom hohen Himmel
vorüber am Fenster so sacht.

Und wo ein Flöckchen im Tanze
den Scheiben vorüberschweift,
da flimmert's in silbernem Glanze,
vom Lichte der Lampe bestreift.

Die Kindlein sehn's mit Frohlocken,
sie drängen ans Fenster sich dicht,
sie verfolgen die silbernen Flocken,
die Mutter lächelt und spricht:

„Wisst, Kinder, die Engelein schneidern
im Himmel jetzt früh und spät;
an Puppenbettchen und Kleidern
wird auf Weihnachten genäht.

Da fällt von Säckchen und Röckchen
manch silberner Flitter beiseit,
von Bettchen manch Federflöckchen;
auf Erden sagt man: Es schneit.

Und seid ihr lieb und vernünftig,
ist manches für euch auch bestellt;
wer weiß, was Schönes euch künftig
vom Tische der Engelein fällt!"

Die Mutter spricht's; – vor Entzücken
den Kleinen das Herz da lacht;
sie träumen mit seligen Blicken
hinaus in die zaub'rische Nacht.

ich bald sein werde. – Und das Geschick deiner Lieben? – Ein ewiges Dunkel für dich. Lieber Freund, ich werde sentimental, und das schickt sich nicht für alte Leute. Also will ich Ihnen lieber erzählen, dass ich mir C. F. Meyers Gedichte und, um ihn nach Gebühr zu ehren, auch seinen ‚Jürg Jenatsch' zu Weihnachten geschenkt habe. Letzteren habe ich noch nicht, in Ersterem aber schon manches und mit rechter Freude gelesen, auch wiederholt schon vorgelesen, wozu sich die Sachen, wie Sie schon schreiben, teilweise besonders eignen. Mich freut der Besitz dieses Buches, man hat doch wieder etwas in der Hand, was bei einer Gedichtsammlung lange nicht mehr der Fall gewesen ist.

Doch genug für heute. Die Meinen grüßen Sie mit mir. Möge auch über Sie die Märchenstille dieses Festes kommen ...
Ich grüße Sie herzlich,
Ihr Th. Storm

Das Weihnachtsfest

Der Christabend

Karl Ludwig Theodor Lieth

Mit stillem Schweigen sinket herab die Heil'ge Nacht,
gar hell und lieblich blinket des Abendsternes Pracht;
als wollte er mich fragen, wer heut geboren ist:
Ich kann es ihm wohl sagen, es ist der Heil'ge Christ.

Der Heil'ge kam von oben und war der Kinder Freund,
ihn will ich liebend loben, dass er's so gut gemeint,
voll Milde und Erbarmen, mit Vaterlieb' und Lust,
trug er sie auf den Armen, drückt er sie an die Brust.

Wohl nicht in Menschenweise wohnt er auf Erden mehr,
nur unsichtbar und leise noch wandelt er umher;
er suchet seine Kleinen und sucht von Haus zu Haus,
und wo sie fromm erscheinen, da geht er ein und aus.

Ich will zur Ruh' mich legen, und betend schlaf' ich ein!
Ich träum' von seinen Segen
und möchte bei ihm sein.
Möchte ihm mich dankend neigen,
dem lieben, Heil'gen Christ,
der in der Weihnacht Schweigen
so nah den Kindern ist.

Adalbert Stifter

Das Fest der Weihnacht

Eines der schönsten Feste feiert die Kirche fast mitten im Winter, wo beinahe die längsten Nächte und kürzesten Tage sind, wo die Sonne am schiefsten gegen unsere Gefilde steht, und Schnee alle Fluren deckt, das Fest der Weihnacht.

Wie in vielen Ländern der Tag vor dem Geburtsfeste des Herrn der Christabend heißt, so heißt er bei uns der Heilige Abend, der darauffolgende Tag der heilige Tag und die dazwischen liegende Nacht die Weihnacht. Die katholische Kirche begeht den Christtag als den Tag der Geburt des Heilands mit ihrer allergrößten kirchlichen Feier, in den meisten Gegenden wird schon die Mitternachtsstunde als die Geburtsstunde des Herrn mit prangender Nachtfeier geheiligt, zu der die Glocken durch die stille winterliche Mitternachtluft laden, zu der die Bewohner mit Lichtern oder auf dunklen, wohlbekannten Pfaden aus schneeigen Bergen an bereiften Wäldern vorbei und durch knarrende Obstgärten zu der Kirche eilen, aus der die feierlichen Töne kommen, und die aus der Mitte des in beeiste Bäume gehüllten Dorfes mit den langen, beleuchteten Fenstern emporragt.

Mit dem Kirchenfeste ist auch ein häusliches verbunden. Es hat sich fast in allen christlichen Ländern verbreitet, dass man den Kindern die Ankunft des Christkindleins – auch eines Kindes, des wunderbarsten, das je auf der Welt war – als ein heiteres, glänzendes feierliches Ding zeigt, das durch das ganze Leben fortwirkt und manchmal noch spät im Alter bei trüben schwermütigen oder rührenden Erinnerungen gleichsam als Rückblick in die einstige Zeit mit den bunten schimmernden Fittichen durch den öden, traurigen und ausgeleerten Nachthimmel fliegt.

Man pflegt den Kindern die Geschenke zu geben, die das Heilige

Christkindlein gebracht hat, um ihnen Freude zu machen. Das tut man gewöhnlich am Heiligen Abend, wenn die tiefe Dämmerung eingetreten ist. Man zündet Lichter und meistens sehr viele an, die oft mit den kleinen Kerzlein auf den schönen grünen Ästen eines Tannen- oder Fichtenbäumchens schweben, das mitten in der Stube steht. Die Kinder dürfen nicht eher kommen, als bis das Zeichen gegeben wird, dass der Heilige Christ zugegen gewesen ist und die Geschenke, die er mitgebracht, hinterlassen hat. Dann geht die Tür auf, die Kleinen dürfen hinein, und bei dem herrlichen schimmernden Lichterglanze sehen sie die Dinge auf dem Baume hängen oder auf dem Tische herumgebreitet, die alle Vorstellungen ihrer Einbildungskraft weit übertreffen, die sie sich nicht anzurühren getrauen und die sie endlich, wenn sie sie bekommen haben, den ganzen Abend in ihren Ärmchen herumtragen und mit sich in das Bett nehmen. Wenn sie dann zuweilen in ihre Träume hinein die Glockentöne der Mitternacht hören, durch welche die Großen in die Kirche zur Andacht gerufen werden, dann mag es ihnen sein, als zögen jetzt die Englein durch den Himmel oder als kehre der Heilige Christ nach Hause, welcher nunmehr bei allen Kindern gewesen ist und jedem von ihnen ein herrliches Geschenk hinterbracht hat.

Wenn dann der folgende Tag, der Christtag, kommt, so ist er ihnen so feierlich, wenn sie frühmorgens mit ihren schönsten Kleidern angetan in der warmen Stube stehen, wenn der Vater und die Mutter sich zum Kirchgang schmücken, wenn zu Mittage ein feierliches Mahl ist, ein besseres als in jedem Tage des ganzen Jahres, und wenn nachmittags oder gegen den Abend hin Freunde und Bekannte kommen, auf den Stühlen und Bänken herumsitzen, miteinander reden und behaglich durch die Fenster in die Wintergegend hinausschauen können, wo entweder die langsamen Flocken niederfallen oder ein trübender Nebel um die Berge steht oder die blutrote kalte Sonne hinabsinkt. An verschiedenen Stellen der Stube, entweder auf einem Stühlchen oder auf der Bank oder auf dem Fensterbrettchen liegen die zauberischen, nun aber schon bekannteren und vertrauteren Geschenke von gestern Abend herum.

Hierauf vergeht der lange Winter, es kommt der Frühling und der unendlich dauernde Sommer – und wenn die Mutter wieder vom Heiligen Christe erzählt, dass nun bald sein Festtag sein wird und dass er auch diesmal herabkommen werde, ist es den Kindern, als sei seit seinem letzten Erscheinen eine ewige Zeit vergangen und als liege die damalige Freude in einer weiten, nebelgrauen Ferne. Weil dieses Fest so lange nachhält, weil sein Abglanz so hoch in das Alter hinaufreicht, so stehen wir so gerne dabei, wenn die Kinder dasselbe begehen und sich darüber freuen.

Christgeschenk

Johann Wolfgang von Goethe

Mein süßes Liebchen! Hier in Schachtelwänden
gar mannigfalt geformte Süßigkeiten.
Die Früchte sind es heil'ger Weihnachtszeiten,
gebackne nur, den Kindern auszuspenden!

Dir möcht ich dann mit süßem Redewenden
poetisch Zuckerbrot zum Fest bereiten.
Allein was soll's mit solchen Eitelkeiten?
Weg den Versuch, mit Schmeichelei zu blenden!

Doch gibt es noch ein Süßes, das vom Innern
zum Innern spricht, genießbar in der Ferne,
das kann nur bis zu dir hinüberwehen.

Und fühlst du dann ein freundliches Erinnern,
als blinkten froh dir wohlbekannte Sterne,
wirst du die kleinste Gabe nicht verschmähen.

Paula Dehmel

Wie der alte Christian Weihnachten feierte

„Kind“, sagte am Vortage des Weihnachtsfestes meine gute Mutter zu mir, „Kind, geh, bring’ dem alten Christian seine Kuchenstolle und dieses Paket. Sag’, ich ließ’ ihn schön grüßen, und er möchte das Fest und das neue Jahr gesund und ruhig verleben. Diesmal wär’ zu viel Arbeit, ich könnt’ nicht selber abkommen.“

Ich blickte etwas erstaunt und beunruhigt von meinem Buche auf. Ich kannte den mürrischen alten Waldhüter recht gut. Wie oft hatte ich mich als kleines Mädchen vor seinem großen rostigen Schnurrbart gefürchtet, wenn er uns beim Beerensuchen auf verbotenen Plätzen überraschte und uns mit seinem Brummbass aufschreckte und davonjagte.

Jetzt freilich hatten wir ihn nicht mehr zu fürchten, denn er war schon seit zwei Jahren pensioniert. Nach dem Tode des alten Försters, dem er sehr ergeben war, hatte auch er um seine Entlassung gebeten. Das Reißen in den Füßen sei zu arg, meinte er, er könne nicht mehr stundenlang im Walde umherlaufen; und mein Vater, der Arzt im Städtchen war, hatte ihm das gewünschte Attest ausgesellt. Seitdem hatten wir einen neuen Förster und einen neuen Waldhüter, und beide nahmen es nicht so genau mit uns Kindern. Der alte Christian Merkenthin aber zog zur Witwe Klemm draußen in der Vorstadt, die dem Walde am nächsten lag, und ließ sich selten blicken. Zu ihm sollte ich nun gehen.

Meiner Mutter, der meine Unruhe nicht entgangen war, lächelte: „Geh’ nur, Kind, er ist in seiner Stube anders als du ihn sonst kennst, und du bist schon groß und verständig genug, um deine Freude an dem prächtigen alten Manne zu haben.“

Ich nahm meinen Mut zusammen, als ich die gute Mutter so reden

hörte, klappte mein Buch zu, langte Hut und Mantel vom Riegel und machte mich gehbereit. „Wenn du dem Christian ein wenig Gesellschaft leisten willst, kannst du das gerne tun", sagte meine Mutter noch, indem sie mir sogleich die Pakete in den Arm legte, „um sechseinhalb Uhr wird beschert, da musst du wieder hier sein."
Ich nickte still, sagte ihr Lebewohl und ging mit leiser Neugier im Herzen und etwas Bangigkeit die Hauptstraße der Stadt hinunter. Ich beschleunigte meine Schritte und war bald aus der Häuserreihe heraus. Die Wiesen, die sich bis zum Waldrande ausbreiteten, lagen im tiefen Schnee, und auf den kahlen Ästen der Kirschbäume, die die Chaussee begrenzten, hockten und flatterten Hunderte von Krähen, die wohl vergebens nach Futter suchten. An den beiden verschneiten Kornmühlen vorbei, die leise im Winde knarrten, kam ich mit rot gefrorener Nase und steifen Fingern endlich bei dem Häuschen der Witwe Klemm an, wo mich ein kleiner schwarzer Spitz mit wütendem Gebell ansprang. Die Frau des Hauses, die auf sein Kläffen herauskam, rief ihn zurück und maß mit großen Augen den unerwarteten Besuch. Auf meine Bitte führte sie mich jedoch bereitwillig die steile Holztreppe hinan auf den kleinen, mit frischem Sand bestreuten Flur, wo sie an eine der Türen klopfte. Ohne lange das Herein abzuwarten, öffnete sie, steckte den Kopf in die Spalte und meldete: „Eine kleine Jungfer wünscht Euch zu sprechen, Herr Merkenthin", worauf sie die Tür weit aufsperrte und mit einem schnellen, neugierigen Blicke verschwand.
Dichter Tabaksqualm umfing mich, als ich zögernd näher trat und die Tür hinter mir zu-

zog; und zuerst sah ich weiter nichts, als die mir wohlbekannte, aufrechte Gestalt mit der Jagdjoppe und den hohen Wasserstiefeln, die er, wie ich sah, auch im Hause trug. Auf sein knurriges, doch nicht gerade unfreundliches: „Na, was bringst denn du?“, kam ich mutig näher und legte meine Pakete auf den Tisch.

„Das schickt Euch Mutter, Herr Merkenthin, und Ihr möchtet es nicht übel nehmen, wenn sie diesmal nicht selber käme, es wäre zu viel im Hause zu tun.“ Der Alte hatte unterdessen die Stolle ausgewickelt und die Strickjacke und die Strümpfe mit kritischen Blicken gemustert. Die Besichtigung schien zu seiner Zufriedenheit ausgefallen zu sein, denn er legte alles wie zärtlich unter den kleinen Tannenbaum, der auf einer weißen Serviette auf der Kommode stand, versenkte sich in Betrachtung seiner Schätze oder hing sonst seinen Gedanken nach. Jedenfalls schien er meine kleine Anwesenheit ganz vergessen zu haben.

Meine Augen hatten sich indessen an den Rauch gewöhnt und ich ließ sie nun in dem kleinen Zimmer umherwandern. Die Wand, an der ich lehnte, wurde fast ganz von einem großen schwarzen Ledersofa ausgefüllt, das mit seinem eingesunkenen Sitz und seinen breiten Armlehnen gewiss von Urgroßmutters Zeiten herstammte. Neben mir, auf einer der Lehnen, lag eine große graue Katze zusammengerollt und schlief. Ich streichelte ihr dickes Fell, da erhob sie sich langsam, machte einen Buckel und gab mir deutlich zu verstehen, dass sie noch mehr gestreichelt sein wollte. In demselben Augenblicke flatterte etwas über mir, und als ich hochsah, kam ein größerer Vogel und setzte sich auf meine Schulter.

Der alte Christian drehte sich um und brummte: „Magst du Tiere leiden, kleine Doktorin?“ Ich nickte eifrig und stand ganz still, um den kleinen Gast auf der Schulter nicht zu verscheuchen. Des Alten Stimme wurde jetzt etwas sanfter: „Ich mag eigentlich keine Vögel im Zimmer. Was in den Wald gehört, soll im Walde bleiben, aber der Bengel will nicht wieder fort, trotzdem der gebrochene Flügel lange auskuriert ist. Es ist ein Star und ein kluger Vogel“, fügte er hinzu, und ich sah, wie seine Augen liebevoll nach dem Tierchen hinblickten.

„Verträgt er sich denn mit der Katze?“, fragte ich. „O, mein Peter weiß schon, wie weit er gehen darf“, knurrte der Alte, „und allein lass ich die beiden nicht, einer von ihnen spaziert in die Küche, wenn ich fortgehe. Aber nun setz dich doch auf das Sofa, du hast einen weiten Weg gehabt in der Kälte, ich will dir was Warmes zu trinken holen."

Er verschwand durch die Tür, und ich streichelte abwechselnd den Vogel, der ruhig auf meiner Schulter blieb, und die Katze, die sich wohlig an meinem Ärmel rieb. Eine geschnitzte Wanduhr tickte laut, und über mich kam ein warmes Gefühl von Heimlichkeit und Weihnachtsfreude. Die Tannenzweige, die hinter dem kleinen Spiegel über der Kommode steckten, und das mit weißen Lichtern geschmückte Bäumchen verbreiteten einen lieben Duft. Selbst der Tabaksqualm kam mir nun recht gemütlich vor.
Christian kam mit einem Glase Grog aus der Küche, legte einen Pfefferkuchen auf ein vergoldetes Tellerchen, das er aus der obersten Kommodenschublade nahm, und reichte mir beides. Der alte Mann sah recht hilflos und ungeschickt dabei aus, aber mir gefiel es, und mein junges Herz fing an, den bärbeißigen Geber zu verstehen und zu lieben, wie nur Kinder lieben können, schnell und unmittelbar. Ich wollte ihm eigentlich sagen, dass uns solche Getränke verboten seien, fürchtete aber, ihn zu kränken und schwieg. Tapfer trank ich die scharfe heiße Brühe, im Stillen hoffend, dass meine Eltern es mir verzeihen würden. War ich doch damals schon zwölf oder dreizehn Jahre alt und begriff, dass Recht und Unrecht nicht so leicht zu sondern sind wie Äpfel und Nüsse und dass man sein Herz so erziehen muss, dass es ohne große Mühe das kleinere Unrecht und das größere Recht herausfühlt.
Der alte Christian sah befriedigt zu, wie ich schluckweise trank und meinen Pfefferkuchen mit der Katze und dem Star teilte. Plötzlich sagte er: „Hast du Zeit, eine Stunde mit mir in den Wald zu gehen? Du

kannst mir tragen helfen." Ich nickte und sah ihn erwartungsvoll an. „Nun ja", fuhr er fort, als er meine fragenden Augen sah, „nun ja, die Kreatur soll doch auch wissen, dass Weihnachten ist." Damit nahm er den Starmatz von meiner Schulter, ging in die Küche, und ich hörte an seinem Zureden, dass er den Vogel in seinen Bauer sperrte. Mir brannten die Backen vor Freude. Ich ahnte wohl, was der alte Waldhüter, der sein halbes Leben in Gemeinschaft mit den Tieren des Waldes zugebracht hatte, tun wollte, und ich war glücklich, dieser seltsamen Bescherung beiwohnen zu dürfen. War ich doch von klein auf daran gewöhnt, auch die Tiere als Gottesgeschöpfe zu betrachten, sie zu schonen und zu lieben, wie ein erwachsener Bruder seine unmündigen Geschwister schonen und lieben soll.

Als der alte Christian gleich darauf mit seiner Pelzmütze, den Wasserstiefeln und einem Sack über der Schulter wieder in die Wohnstube trat, glich er ganz und gar dem Weihnachtsmann aus den Märchen, und ich ließ mir wie im Traum den vollgepackten Henkelkorb über den Arm hängen. Er nahm noch einen Spaten und mehrere Tannenzweige mit und schritt mir voran und die Treppe hinab. „Adjes, Frau Klemm", rief er durch die halb offene Küchentür seiner Wirtin zu, „In ein bis zwei Stunden bin ich wieder da."

„Gut, Herr Merkenthin", klang es zurück, und ich ging und öffnete die Haustür. Der Spitz ließ uns mit leisem Knurren passieren. „Die Menschen sind auch misstrauisch, warum sollte es das Viehzeug nicht sein", sagte mein Begleiter, „ihm kommt noch mehr Übles zu als unsereinem", und damit schritten wir der ungefähr eine Viertelstunde entfernten Schonung zu.

Die Sonne neigte sich schon tief nach Westen und stand wie eine blutrote Scheibe am Himmel; ein kühler Wind strich über die Felder. Wir mussten am Ortskirchhof vorbei, und mein Blick streifte die in tiefen Schnee gebetteten Gräber. Nie war ich bisher im Winter hierhergekommen. Ich kannte den Kirchhof nur voller Grün und Blumen, und eine Ahnung von der Feierlichkeit alles Gewesenen streifte meine junge Seele.

Der alte Christian war stehen geblieben. „Warte ein paar Minuten", sagte er, „ich bin gleich wieder hier." Damit stellte er den Sack neben mich, nahm den Spaten und die grünen Zweige und verschwand hinter der eisernen Pforte. Ich sah ihm nach. Ein Schwarm Krähen flog bei seinem Eintritt in die Höhe, und ich verfolgte mit meinen Blicken die Vögel, wie sie krächzend dem Walde zuflogen. Ob die Tiere auch etwas vom Tode wussten? ...

Aus dem Hause des Totengräbers, der ein Stück weiter die Straße hinauf wohnte, klang plötzlich doppelstimmig: „O, du fröhliche, o, du selige, Gnaden bringende Weihnachtszeit", und mein bewegliches Kinderherz streifte mit einem Lächeln die kleine Wehmut ab und wurde wieder hell und weihnachtsfröhlich, als gäbe es keine Kirchhöfe und keine hungrigen Krähen mehr auf der Welt. Jetzt kam auch der alte Christian zurück, aber ohne die grünen Zweige. „Hab' meiner guten Frau und der kleinen Käte da drin bloß sagen wollen, dass ich am Weihnachtsabend an sie denke", brummte er, nahm, ohne mich weiter anzusehen, seinen Sack auf und ging etwas schneller als vorher dem Walde zu.

Ich ließ ihn vorausgehen und horchte auf den Klang des Weihnachtsliedes, der noch eine ganze Weile mit uns mitging; mir war, als wäre ich in der Kirche. Ich hätte dem alten Manne, der seine liebsten Menschen hatte begraben müssen und nun allein unter dem Weihnachtsbaum stehen würde, so herzlich gern etwas Liebes gesagt. Aber ich wusste nicht, wie ich das beginnen sollte, und so ging ich schweigend hinter ihm her. Unvermutet kam mir da meine liebe Mutter in den Sinn. Ich begriff, warum sie gerade dem alten Christian heut eine Herzensfreude bereiten wollte, und eine große Dankbarkeit überkam mich, ein neues, schönes Gefühl von Liebe und Erkenntnis.

Der Wald, der sich jetzt vor uns ausbreitete, kam mir in seiner weißen Einsamkeit fast schöner vor als im Sommer. Der Wind hatte sich gelegt, wir hörten nur den weichen Ton unserer Schritte und dann und wann ein leise Knacken im Holze, dass von dürren Ästen herrührte, denen die Schneelast zu schwer geworden war.

Christian blieb stehen: „Nun wollen wir unsere Weihnachtstische herrichten", sagte er, nahm seinen großen Sack von den Schultern und band ihn auf. Was da nicht alles zum Vorschein kam! Hammer und Zange, Bindfaden und Nägel, Messer und Schere; und wozu er wohl alle die Strohmatten und zugespitzten Stäbe brauchen würde, die er aus den Tiefen des Sackes hervorholte. Meine Neugierde sollte bald gestillt werden, denn ich musste meinen Korb hinsetzen und ihm bei seiner wunderlichen Arbeit behilflich sein.

Da, wo dichtes Astwerk den Schnee abgefangen hatte, sodass der Boden nur wenig damit bedeckt war, bauten wir unsere Speisekammern. Zwei Ecken einer Matte banden wir etwa meterhoch an einem Baumstamm fest, während die beiden anderen Ecken auf zwei in der Nähe eingebohrten Pfählen befestigt wurden.

So entstand ein gedeckter kleiner Raum, der den hungrigen Tieren gut zugängig war. Wir säuberten ihn vollends vom Schnee, und nun kamen auch mein Korb und sein Inhalt an die Reihe. „Hier am Waldrand hält sich Meister Lampe gern auf", sagte der alte Christian; dabei langte er Kohlblätter und Rüben aus dem Korbe, um sie dem Häschen aufzubauen und um ihm etwas seinen Winterhunger zu stillen. „Es ist ein Jammer, wie viel Gutes unnütz auf dem Kehrichthaufen verkommt", fügte er hinzu, „wo doch so viel dankbares kleines Gesindel in der Welt umherläuft, ja, ja, der Mensch denkt kaum an seinesgleichen, wie sollte er der Kreatur gedenken." Ich nickte ernsthaft und nachdenklich, und dann gingen wir weiter.

Alle fünfhundert Schritte etwa schufen wir ein neues Tischlein-deckdich. Aber nicht bloß für die Hasen, auch für die Vögel wurde liebevoll gesorgt. Futterkästen mit allerlei Samen, Sonnenblumen- und Kürbiskernen wurden in Ast und Strauch untergebracht. Talgklöße und Speckschwarten, ja ein paar ganze Gänsegerippe und Bratenkeulen mussten sich die Bäume aufbinden lassen. „Die sind für die Meisen und Spechte, auch für die Rotkehlchen und das andere kleine Viehzeug, denen der Flug übers Meer zu weit ist", meinte der Christian, „hoffentlich naschen ihnen die Krähen und Dohlen nicht das Beste weg. Aber die wollen doch auch leben", fügte er leise hinzu, „auch dem Bösesten knurrt der Magen, ja, wenn der Hunger nicht wäre, wenn der Hunger nicht wäre!"

So stapften wir weiter durch den dichten Schnee, und während unser Gepäck immer leichter wurde, wurden unsere Herzen immer heller und weihnachtsfreudiger, und ich weiß nicht, wie es kam, plötzlich war mir das schöne Lied auf den Lippen, und ich sang es leise vor mich hin: „Es ist ein Reis entsprungen aus einer Wurzel zart …"

Der Alte hörte andächtig zu, und als es zu Ende war, wiederholte er: „Mitten im kalten Winter – ja, mitten im kalten Winter, da blüht's oft drinnen am besten auf, aber das wirst du nicht verstehen, kleine Doktorin."

Nein, ich verstand es damals noch nicht, jedoch ich fühlte, dass der alte Christian was Liebes damit meinte, und fasste nach seiner alten runzligen Hand.

Das Schönste vom Tage sollten wir aber noch erleben. In einer Lichtung stand plötzlich ein großer Hirsch vor uns, und mehrere junge Hirsche und Hirschkühe kamen hinter ihm her. Er hob den Kopf mit dem schönen Geweih und sah uns klug und furchtlos an. Auf das leise Pfeifen des Alten kam er zutraulich näher und das ganze Rudel mit ihm. Wir warfen ihnen Brot und Kartoffeln zu, die sie sogleich verzehrten, ja, der große Hirsch wurde so dreist, dass er aus meiner ausgestreckten Hand ein Stück Brot nahm, und ihr könnt euch gewiss denken, wie sehr ich mich darüber freute.

„Es ist Schonzeit, da weiß die Kreatur, dass sie was riskieren kann", brummte der Alte; aber auch aus seinen umbuschten grauen Augen

zuckte die Freude über das hübsche Bild. Das schrille Geläut eines Schlittens, der auf der nahen Landstraße daherkam, ließ unsere lieben Gäste jäh auffahren und die Flucht ergreifen. Ich sah ihnen bedauernd nach. „Sie sind schon wieder hier, kleine Doktorin", sagte Christian, „hier ist seit vielen Jahren ihr Futterplatz."

Nun sah ich erst, dass etwa hundert Schritte von uns ein kleines, festes Strohdach auf Pfählen aufgerichtet war und dass noch geringe Futterreste verstreut umherlagen. Mein Begleiter nahm aus dem Korbe reichlich Rosskastanien, Eicheln, getrocknete Lupinen und das noch übrige Brot und baute es dem Wilde als Weihnachtsgabe auf. „Kommen die Rehe auch hierher?", fragte ich und hoffte im Stillen, auch diese hübschen Tiere nahebei sehen zu dürfen. „Nein, denen müssen wir woanders bescheren", meinte der Alte, „die haben eine feine Nase und lieben den Hirschgeruch nicht. Und kiesätig ist die Bande auch", fügte er hinzu, „wenn sie nichts Grünes mehr finden, fressen sie höchstens ein bisschen Korn und feines Heu. Na, sie sollen auch ihr Teilchen kriegen. Aber aus der Hand werden sie dir wohl kaum fressen, du kleine Hexe, es ist ein furchtsames Chor; komm, ich weiß die Stellen, wo sie gern äsen, sie sollen heute auch was extra Leckeres haben."

Wir gingen noch etwas tiefer in den Wald und fanden bald an einer ziemlich versteckten kleinen Lichtung Spuren von Rehwild und einen ähnlichen Futterplatz wie zuvor. Hier legten wir Korn und Heu nieder und verhielten uns eine Weile mäuschenstill; die kleinen Gäste wollten sich aber nicht blicken lassen. „Morgen früh werden sie die Bescherung schon finden", schmunzelte der Alte und band noch den Rest unserer Vorräte für die Vögel in die Bäume.

Es war auch mittlerweile Zeit geworden, an den Heimweg zu denken. Die Sonne war lange untergegangen, und nur der Schnee leuchtete

uns aus dem Dickicht hinaus. Es war empfindlich kalt geworden, ich schlug den Mantelkragen hoch und steckte die fast erstarrten Hände in die Ärmel.
„Komm nur, kleine Doktorin", tröstete mich mein Begleiter, „der Schneiderwirt wohnt nicht weit von hier, der hat einen feinen Schlitten, und haste-nicht-gesehn sind wir zu Hause, das wäre doch noch ein Extraweihnachtsspaß, wie?" Und damit zog er mich frierende kleine Person durch das Gewirr der Stämme auf nur ihm bekannten Pfaden vorwärts, und bald waren wir auf der Landstraße. Hier grüßte uns schon von Weitem das grüne Licht einer Laterne, die zum Wirtshaus zum Bären gehörte. Peter Holtzen, ein früherer Schneider, hauste darin, und man nannte ihn in der ganzen Gegend den Schneiderwirt. Wir traten mit Behagen in die warme Wirtsstube, und die gute Mutter Holtzen zog mir gleich die nassen Schuhe und Strümpfe aus und hing sie über die Messinghaken, die in den riesigen grünen Kachelofen eingeschraubt waren. Meine nackten Füße steckte sie in warme Pantoffeln, brachte mir eine Tasse heiße Milch, und nach ein paar Minuten wusste ich nichts mehr von Frost und Kälte.
Der alte Christian trank ein Glas Warmbier, rauchte dazu sein Pfeifchen und plauderte mit Peter, dem Schneiderwirt, über die Schlachten bei Wörth und Sedan, und wie kalt es in diesem Winter gewesen war; und ich hörte den beiden alten Soldaten mit Interesse zu.
„Bist 'ne wackre Dirn", sagte der alte Christian zu mir, als wir eine halbe Stunde später in dem hübschen Wirtsschlitten unter lustigem Geläute nach Hause fuhren, „bist 'ne wackre Dirn, kleine Doktorin, ich ließ das Vater und Mutter extra bestellen und viele Grüße und schönen Dank dazu." Damit sprang er vor seiner Tür aus dem Schlitten, winkte noch mal mit der Pfeife, und der Kutscher fuhr weiter meinem elterlichen Hause zu. Ich lief die Treppe hinauf und fiel meiner Mutter um den Hals. Mein Herz war zu voll; erst nach und nach konnte ich von allem erzählen. Aber nie zuvor hatten mir die Lichter am Tannenbaum so hell gestrahlt, und nie zuvor hatte ich Eltern und Geschwister so lieb gehabt wie an diesem Weihnachtsabend!
Zwischen dem alten Christian und mir entspann sich seit jenem Tage eine wirkliche Freundschaft, die bis zum Tode des alten Man-

Weihnachten
Wilhelm Hey

Wenn ich in Bethlehem wär',
du Christuskind,
lief ich zur Krippe hin,
o wie geschwind!
Drinnen liegst du auf Heu,
auf hartem Stroh,
blickst uns doch an so treu,
so lieb und froh!
Und wer nur recht dich liebt,
Groß oder Klein,
der ist nie mehr betrübt,
soll sich stets freu'n.
Kann ich denn nicht zu dir,
zur Krippe geh'n,
kommst du doch gern zu mir,
kannst hier mich sehn.
Sieh in mein Herz hinein,
ob's recht dich liebt,
mit allen Kräften sein
sich dir ergibt.

nes dauerte. Oft saß ich an freien Nachmittagen in seinem Stübchen, las ihm die Zeitung vor oder beschäftigte mich mit seinen Haustieren, für die ich meist diesen oder jenen Leckerbissen bereithielt. Am Tage vor Weihnachten aber gingen wir regelmäßig in den Wald, um die Tiere zu füttern, und ich sammelte schon Wochen vorher für unsere Lieblinge. Manch ein echtes und kluges Wort ist damals aus dem Munde des alten Christian in meine Seele geglitten und hat dort eigene Weihnachtskerzen angezündet, die hell und lieblich auf meinem Lebensweg leuchteten.

WEIHNACHTEN

Dass Jesus ausgerechnet am 25. Dezember im Stall zu Bethlehem auf die Welt kam, ist ziemlich unwahrscheinlich. Inzwischen gibt es andere Daten, zum Beispiel die Monate März oder April. Doch als das Christentum im 4. Jahrhundert zur Staatsreligion erklärt wurde, bot der Mithraskult Gelegenheit, die Geburt dieses Sonnengottes, die am 25. Dezember gefeiert wurde, durch die Geburt Jesu zu ersetzen. Doch das war nicht der einzige Grund. Man rechnete damals vom 25. März, dem Fest der Verkündigung des Engels Gabriel an Maria plus neun Monate – und kam als Geburtsdatum auf den 25. Dezember. Dieses konstruierte Weihnachtsdatum verweist auch auf ein verändertes Glaubensverständnis. Denn in den ersten vier christlichen Jahrhunderten stand die Auferstehung Christi im Mittelpunkt der Betrachtung und Verehrung, nicht seine Geburt. Erst dann feierte man auch die Menschwerdung des Gottessohnes und verehrte von da an seine Mutter, Maria.

Weihnachten war im Mittelalter ein öffentliches Fest. Weihnachtsmärkte und Umzüge, Krippenspiele auf den Straßen und andere Festlichkeiten bestimmten das Fest. Die Intimität des Festes im vertrauten Familienkreis gibt es erst seit ungefähr 150 Jahren. Nach der Aufklärung stellte man das Weihnachtsgeschehen nicht mehr öffentlich zur Schau. Es fand nun im Wohnzimmer, in der privaten Familienatmosphäre statt. Hier entwickelte es sich zu einem Fest der ganzen Familie, die Generationen unter dem Tannenbaum, der vielerorts auch Christbaum hieß, vereinte.

Still ist die Nacht

Annette von Droste-Hülshoff

Still ist die Nacht: In seinem Zelt geborgen,
der Schriftgelehrte späht mit finstren Sorgen,
wann Judas mächtiger Tyrann erscheint.
Den Vorhang lüftet er nachstarrend lange
dem Stern, der gleitet über Äthers Wange
wie Freudenzähre, die der Himmel weint.

Und fern vom Zelte über einem Stalle
da ist's, als ob aufs niedre Dach er falle;
in tausend Radien sein Licht er gießt.
Ein Meteor, so dachte der Gelehrte,
als langsam er zu seinen Büchern kehrte.
O weißt du, wen das niedre Dach umschließt?

In einer Krippe ruht ein neugeboren
und schlummernd Kindlein; wie im Traum verloren
die Mutter kniet, Weib und Jungfrau doch.
Ein ernster, schlichter Mann rückt tief erschüttert
das Lager ihnen; seine Rechte zittert
dem Schleier nahe um den Mantel noch.

Und an der Türe steh'n geringe Leute,
mühsel'ge Hirten, doch die Ersten heute.
Und in den Lüften klingt es süß und lind,
verlorne Töne von der Engel Liede:
„Dem Höchsten Ehr' und allen Menschen Friede,
die eines guten Willens sind!"

KARTOFFELSALAT

Kartoffelsalat ist wahrscheinlich das beliebteste Essen am Heiligabend überhaupt. Je nach Region variieren die Rezepte: In Süddeutschland wird der Kartoffelsalat eher mit, in Norddeutschland häufig ohne Mayonnaise zubereitet. Häufig werden alte Familienrezepte über Generationen verwendet und weitergegeben.

Kartoffelsalat

ZUTATEN:

1,5 kg Kartoffeln, festkochend,
250 g Mayonnaise, 250 ml Gemüsebrühe oder Geflügelbrühe,
3 EL Weißweinessig, 6 Eier, hart gekocht, 1 Apfel, 6 Gewürzgurken,
1 Zwiebel, Salz und Pfeffer

Die gekochten Kartoffeln schälen und in Würfel oder Scheiben schneiden. Brühe aufkochen und die fein gehackte Zwiebel etwa 2–3 Minuten darin kochen lassen, den Essig dazugeben. Vom Herd nehmen und abkühlen lassen. Die Brühe-Zwiebel-Mischung über die Kartoffeln geben, unterrühren und etwas ziehen lassen. Eier und Zwiebel schälen und klein schneiden, Apfel und Gewürzgurken klein schneiden, alles in die Mayonnaise geben, mit Salz und Pfeffer würzen. Die Kartoffeln dazugeben und nochmal umrühren. Kalt stellen und etwa 2 Stunden ziehen lassen.

HERINGSSALAT

Heringssalat

ZUTATEN:

250 g Heringsfilets, 200 g Käse (Gouda oder Emmentaler),
200 g Fleischwurst, 1 großer Apfel,
3 Gewürzgurken, 200 g Schmand,
3 Lorbeerblätter, 6 Lorbeeren, Salz, Pfeffer

Käse, Wurst, Apfel und saure Gurken sehr fein würfeln. Heringsfilets grob würfeln. Alles in einer Schüssel vermischen und mit einem Schuss Gurkenwasser übergießen. Den Schmand, Lorbeerblätter und Lorbeeren hinzufügen und gut durchmischen. Mit Salz und Pfeffer abschmecken. Salat für mindestens 2 Stunden kalt stellen und ziehen lassen.

In der Norddeutschen Küche ist Heringssalat die traditionelle Speise am Heiligabend.

Nun tragt ins Zimmer mir herein ...
Marie Herbert

Nun tragt ins Zimmer mir herein
den grünen Tannenbaum.
Ich möchte einmal träumen noch
den süßen Weihnachtstraum.
Die goldnen Nüsse bringt herbei
aus dem verschlossnen Spind,
die roten Kugeln auch, die
noch nicht all zerbrochen sind.

Und packt die alte Krippe aus:
den Stall mit seinem Stern,
Maria und den Josef fromm
und unsern lieben Herrn.

Die Weisen aus dem Morgenland,
der Engel goldne Schar,
den Hirten, dessen runder Kopf
einst voller Locken war.

Und setzt dich nieder ans Klavier,
damit das süße Lied
vom Jesulein aus Davids Stamm
die Seele mir durchzieht.

Dann schließ ich meine Augen zu,
des Lebens Qual verrinnt.
Ich knie am alten Krippchen hin
und bin ein selig Kind.

Hermann Hesse

Unter dem Christbaum

Das Erlebnis, dessen ich mich heute erinnere, hat nicht einmal Minuten gedauert, nur Sekunden. Aber in den Sekunden des Erwachens und Sehendwerdens sieht man viel, und das Erinnern und Aufzeichnen braucht, wie bei Träumen, das Vielfache an Zeit als das Erleben selbst.

Es war in unsrem Vaterhaus in Calw, und es war Weihnachtsabend im „schönen Zimmer", die Kerzen brannten am hohen Baum, und wir hatten das zweite Lied gesungen. Der feierlichste und höchste Augenblick war schon vorüber, der war das Vorlesen des Evangeliums: Da stand unser Vater hoch aufgerichtet vor dem Baum, das kleine Testament in der Hand, und halb las er, halb sprach er auswendig mit festlicher Betonung die Geschichte von Jesu Geburt: „Und es waren Hirten daselbst auf dem Felde bei den Hürden, die hüteten des Nachts ihre Herde ..." Dies war das Herz und der Kern unsres Christfestes: das Stehen um den Baum, die bewegte Stimme des Vaters, der Blick in die Ecke des Zimmers, wo auf halbrundem Tisch zwischen Felsen und Moos die Stadt Bethlehem aufgebaut war, die letzte freudige Spannung auf die Bescherung, auf die Geschenke, und bei alledem im Herzen der leise Widerstreit, der zu allen unsern Festen gehörte, der sie uns ein wenig verdarb und störte und sie zugleich erhöhte und steigerte: der Widerstreit zwischen Welt und Gottesreich, zwischen natürlicher Freude und frommer Freude. War es auch nicht so schlimm wie an Ostern, und war auch am Geburtsfest des Herrn Jesus ohne Zweifel Freude nicht nur erlaubt, sondern geboten, so war doch die Freude über Jesu Geburt im Stalle zu Bethlehem und die Freude am Baum und Kerzenlicht und am Duft der Lebkuchen und Zimmetsterne, und die drängende Spannung im Herzen, ob man wirklich das seit Wochen Gewünschte auf dem Gabentisch finden werde, eine wunderlich unreine Mischung. Indessen das war nun so, zu den Festen gehörte ebenso wie die Kerzen und die Lieder auch die leise Betretenheit und dieser sanftbange kleine Beigeschmack von schlechtem Gewissen. Wenn ein Geburtstag im Hause gefeiert wurde, so begann die Feier stets mit dem Singen eines Liedes, das mit der zweifelnden Frage anhob:

Nun, es war eine Freude, trotzdem, und als Kind hatte ich Jahr um Jahr über das Fragezeichen hinweggesungen und war überzeugt gewesen, daß das „Mensch geboren sein" wirklich eine Freude sei, zumal an Geburtstagen. Und so waren wir auch heut, an diesem Christabend, alle von Herzen fröhlich.

Das Evangelium war gesprochen, das zweite Lied war gesungen, ich hatte schon während des Singens die Tischecke erspäht, wo meine Geschenke aufgebaut waren, und jetzt näherte sich jeder seinem Platze, die Mägde wurden von der Mutter an die ihren geführt. Es war im Zimmer schon warm geworden und die Luft ganz überfüllt vom Geflimmer der Kerzen, vom Wachs- und Harzgeruch und vom starken Duft des Backwerks. Die Mägde flüsterten aufgeregt miteinander und zeigten sich und betasteten ihre Sachen, eben hatte meine jüngere Schwester ihre Geschenke entdeckt und stieß einen lauten Jubelruf aus. Ich war damals entweder dreizehn oder vierzehn Jahre alt.

Ich hatte mich, wie wir alle, vom Christbaume weg und den Tischen zugewendet, wo die Geschenke lagen, ich hatte meinen Platz mit suchenden Augen entdeckt und strebte jetzt auf ihn zu. Dabei mußte ich meinen kleinen Bruder Hans und ein niedriges Kinder-Spieltischchen umgehen, auf dem seine Bescherung aufgebaut war. Mit einem Blick streifte ich seine Geschenke, ihr Mittelpunkt und Prunkstück war ein Satz von winzig kleinem Tongeschirr; drollig liliputanische Tellerchen, Krügchen, Täßchen standen da beisammen, komisch und rührend in ihrer hübschen Kleinheit, jede Tasse war kleiner als ein Fingerhut. Über dieses tönerne Zwerggeschirr gebeugt, mit vorgestrecktem Kopf, stand mein kleiner Bruder, und im Vorbeigehen sah ich eine Sekunde lang sein Kindergesicht – er war fünf Jahre jünger als ich – und habe es in dem halben Jahrhundert, das seitdem vergangen ist, manche Male in Erinnerung so wiedergesehen, wie es mir in jener Sekunde

sich offenbarte: ein still strahlendes, leicht zum Lächeln zusammengenommenes, von Glück und Freude ganz und gar verklärtes und verzaubertes Kindergesicht.
Dies war das ganze Erlebnis. Es war schon vorüber, als ich mit dem nächsten Schritt bei meinen Geschenken angekommen war und von ihnen in Anspruch genommen wurde, Geschenke, von denen ich heute keins mehr mir vorstellen und benennen kann, während ich Hansens Töpfchen noch in genauester Erinnerung habe. Im Herzen blieb das Bild bewahrt, bis heute, und im Herzen geschah alsbald, kaum daß mein Auge das Brudergesicht wahrgenommen hatte, eine mannigfaltige Bewegung und Erschütterung. Die erste Regung im Herzen war die einer starken Zärtlichkeit gegen den kleinen Hans, gemischt jedoch mit einem Gefühl von Abstand und Überlegenheit, denn hübsch und entzückend zwar, aber kindisch erschien mir solche Verklärtheit und Beseligung über diesen kleinen tönernen Kram, den man beim Hafner für ein paar Groschen haben konnte. Indessen widersprach schon die nächste Zuckung des Herzens wieder: sofort nämlich, oder eigentlich schon gleichzeitig empfand ich meine Verachtung für diese Krügelchen und Täßchen als etwas Schmähliches, ja Gemeines, und noch schmählicher war mein Gefühl von Klügersein und von Überlegenheit über den Kleineren, der sich noch so bis zur Entrücktheit zu freuen vermochte und für den die Weihnacht, die Täßchen und das alles noch den vollen Zauberglanz und die Heiligkeit hatten, die sie einst auch für mich gehabt hatten. Das war der Kern und Sinn dieses Erlebnisses, das Aufweckende und Erschreckende: Es gab den Begriff „Einst" für mich! Hans war ein Kind, ich aber wußte plötzlich, daß ich keines mehr sei und nie mehr sein würde! Hans erlebte sein Gabentischchen wie ein Paradies, und ich war nicht nur solchen Glückes nicht mehr fähig, sondern ich fühlte mich ihm mit Stolz entwachsen, mit Stolz und doch auch beinah mit

Neid. Ich blickte zu meinem Bruder, der eben noch meinesgleichen gewesen war, aus einer Distanz hinüber, von oben und kritisch, und fühlte zugleich Scham darüber, daß ich ihn und sein Tongeschirr so hatte betrachten können, so zwischen Mitleid und Verachtung, so zwischen Überheblichkeit und Neid. Ein Augenblick hatte diese Distanz geschaffen, hatte diese tiefe Kluft aufgerissen. Ich sah und wußte plötzlich: Ich war kein Kind mehr, ich war älter und klüger als Hans, und war auch böser und kälter.

Es war an jenem Christabend nichts geschehen, als daß ein kleines Stück Wachstum in mir drängte und Unbehagen schuf, daß im Prozeß meiner Ichwerdung einer von tausend Ringen sich schloß – aber er tat es nicht, wie fast alle, im Dunkeln, ich war einen Augenblick wach und mit Bewußtsein dabei, und ich wußte zwar nicht, konnte es aber am Widerstreit meiner Empfindungen deutlich spüren, daß es kein Wachstum gibt, das nicht ein Sterben enthält. Es fiel in jenem Augenblick ein Blatt vom Baum, es welkte eine Schuppe von mir ab. Dies geschieht in jeder Stunde unseres Lebens, es ist des Werdens und Welkens kein Ende, aber nur sehr selten sind wir wach und achten einen Augenblick auf das, was in uns vorgeht. Seit der Sekunde, in der ich das Entzücken im Gesicht meines Bruders gesehen, wußte ich über mich und über das Leben eine Menge Dinge, die ich beim Eintritt in dies festlich duftende Zimmer und beim Mitsingen des Weihnachtsliedes noch nicht gewußt hatte.

Bei den vielen späteren Malen, in denen ich mich des Erlebnisses erinnerte, war es mir jedesmal merkwürdig, wie genau in ihm die beiden gegensätzlichen Hälften ausgewogen waren: Dem gesteigerten Selbstgefühl entsprach ein dunkles Gefühl von Schuld, dem Gefühl von Erwachsensein ein Gefühl von Verarmung, dem Klugsein und Überlegensein eine Regung von schlechtem Gewissen, der spöttischen Distanz zum kleineren Bruder ein Bedürfnis, ihn dafür um Verzeihung zu bitten und seine Unschuld als den höheren Wert anzuerkennen. Das klingt alles recht unnaiv und kompliziert, aber in den Momenten des Wachseins sind wir eben keineswegs naiv; in den Momenten, in denen wir nackt der Wahrheit gegenüberstehen, fehlt uns stets die Sicherheit eines guten Gewissens und das Behagen des unbedingten Glaubens an uns selber. Im Augenblick des Wachseins könnte möglicherweise ein Mensch sich töten, niemals aber einen andern. Im Augenblick des Wachseins ist der Mensch stets sehr gefährdet, denn er steht nun offen und muß die Wahrheit in sich einlassen, und die Wahrheit lieben zu lernen und als Lebenselement zu empfinden, dazu gehört viel, denn zunächst einmal ist der Mensch Kreatur und steht der Wahrheit durchaus als Feind gegenüber. Und in der Tat ist ja die Wahrheit niemals so, wie man sie sich wünschen und wählen würde, aber immer ist sie unerbittlich.

Und so hatte auch mich in der Sekunde des Wachseins die Wahrheit angeblickt. Man konnte sie gleich nachher wieder zu vergessen suchen, man konnte sie nachträglich mildern und beschönigen, und das tat man denn auch, jedesmal tat man es. Dennoch blieb von jedem Erwachen ein Blitz zurück, ein Sprung in der glatten Oberfläche des Lebens, ein Schreck, eine Mahnung. Und sooft man sich eines Erwachens später erinnert, sind es nicht die Reflexionen und Beschönigungen, deren man wieder inne wird, sondern des Erlebnis selbst: der Blitz, der Schreck.

Ich hatte, selbst beinah noch Kind, plötzlich die von mir abgewelkte Kindheit leibhaftig vor mir gesehen, im Gesicht des Brüderchens, und die Betrachtungen und Erkenntnisse, die sich mir daraus in den folgenden Stunden und Tagen ergaben, waren nur abblätternde Schalen, sie lagen schon alle im Erlebnis selber. Das meine war eigentlich ein hübsches und freundliches gewesen; was ich gesehen hatte und wofür mir für einen Moment die Augen geöffnet worden waren, war ein liebenswertes, sanftes und holdes Bild. Die Seligkeit auf einem Kindergesicht hatte ich gesehen. Trotzdem war es Blitz und Schreck, denn der Inhalt eines jeden Wachwerdens ist der gleiche, es gibt Millionen Gesichter der Wahrheit, aber nur eine Wahrheit. Mir war gezeigt worden, daß der kleine Hans etwas besaß, etwas sehr Schönes und Kostbares. Ich aber hatte es verloren, ich besaß es nicht mehr, und vielleicht hatte ich damit das Allerbeste, das einzige wirklich Wertvolle verloren, denn selig werden ja die Kinder gepriesen, und zu den Erwachsenen wird gesagt, wenn sie ins Reich Gottes wollen: „Wahrlich, so ihr nicht werdet wie dieser Kinder eines ..." Ich hatte das Glück und die Unschuld verloren und hatte es nur daran gemerkt, daß ich es mit Augen, außerhalb meiner, auf dem Gesicht eines andern gesehen hatte. Auch diese Einsicht gehörte zur Frucht des Erlebnisses: Was man besitzt, das sieht man nicht und davon weiß man kaum. Auch ich war ein Kind gewesen und hatte nichts davon gewußt. Jetzt hatte ich Augen bekommen und sah. In Gestalt eines Lächelns und Augenschimmers, in Gestalt eines zarten Leuchtens hatte ich das Glück zu sehen bekommen, das Glück, das man nur besitzen kann, solange man es nicht sieht. Es sah wunderbar strahlend und herzgewinnend aus, das Glück. Aber es hatte auch etwas, worüber man lächeln und dem man sich überlegen fühlen konnte, es war kindlich, und ich war sogar geneigt, es etwas kindisch zu finden, etwas dümmlich. Es forderte zum Neid heraus, aber auch zum Spott, und wenn ich schon des Glücks nicht mehr fähig war, so war ich dafür des Spottes fähig und der Kritik. Und wahrscheinlich hatten die Jünger des Heilands einst genauso auf die seliggepriesenen Kinder geblickt wie ich auf Hans, mit Neid nämlich und zugleich mit etwas Spottlust. Sie wußten sich erwachsen, wußten sich klüger, erfahrener, wissender, sie waren überlegen. Nur daß eben die Erwachsenheit, Klugheit und Überlegenheit kein Glück war und nicht seliggepriesen wurde und keinen ins Reich Gottes führen konnte.

VOM HIMMEL IN DIE TIEFSTEN KLÜFTE

Theodor Storm

Vom Himmel in die tiefsten Klüfte
ein milder Stern herniederlacht.
Vom Tannenwalde steigen Düfte
und hauchen durch die Winterlüfte,
und kerzenhelle wird die Nacht.

Mir ist das Herz so froh erschrocken,
das ist die liebe Weihnachtszeit!
Ich höre fernher Kirchenglocken
mich lieblich heimatlich verlocken
in märchenstille Herrlichkeit.

Ein frommer Zauber hält mich wieder,
anbetend, staunend muss ich steh'n;
Es sinkt auf meine Augenlider
ein goldner Kindertraum hernieder,
ich fühl's, ein Wunder ist gescheh'n.

Heilige Nacht

Gerhard von Amyntor

Das Licht wird aus dem Schoß der Nacht geboren,
es leuchten Sterne nur auf dunklem Grunde,
drum, Menschenkind, gib nimmer dich verloren
und harr' getrost der weihnachtlichen Stunde!

Wenn du beharrst, es nah'n auch deiner Kammer
dereinst die Hirten mit der frohen Kunde –
die Nacht wird hell, es schwinden Not und Jammer,
und Lobgesang tönt von der Engel Mund.

Theodor Meyer-Merian

Frau Ursulas Bescherung

Es war ein altmodischer Winter, draußen auf Weg und Steg, Feldern und Bergen alles verschneit bis auf die schwarzen Tannen, von denen der scharfe Wind den Schnee schon wieder heruntergeschüttelt. Es war gerade der Heilige Abend und dunkelte bereits. Da begannen von den Kirchtürmen der Stadt die Glocken den Festtag einzuläuten, eine nach der andern und dann alle zusammen, dass es lieblich und erhebend klang und man, wenn man auch gar nicht wollte, an die gnadenreiche Weihnacht denken musste und an das süße Christkind und wie wunderbar der alte Segen alljährlich wieder neu werde. Leute aus den Dörfern der Umgegend waren noch auf der Straße, sie hatten gearbeitet in der Stadt drin, nun eilten sie, schneller als an andern Abenden, über den knarrenden Schnee heimzu. Mancher davon trug noch etwas Eingewickeltes unterm Arm, die Weihnachtsgeschenke für Weib und Kinder. Die meisten waren schon vorbei, und aus der Dunkelheit tauchte hin und wieder, da und dort von einem Bauernhofe oder aus einem der zerstreuten Häuslein, ein Licht auf wie ein Sternlein.

Ganz zuletzt kam noch ein armes Weiblein, und das war die Frau Ursula, die in der Stadt um Taglohn mit Fegen und Reinigen auf den morgenden Festtag hin nachgeholfen hatte. Sie wohnte eine gute halbe Stunde weit weg in dem Dorfe und hatte das lange Jahr hindurch den Weg nach der Stadt bei allem Wetter manch liebes Mal gemessen, am frühen Morgen hin, am späten Abend wieder zurück. Wie mühsam das war, sie fühlte sich darum nicht unglücklich, im Gegenteil – nur umso vergnügter sah sie aus, wenn es brav Bestellungen gab; verdiente doch, namentlich zur Winterzeit, ihr Mann mit seiner Maurerarbeit gar wenig, während die drei Kinder im Winter wie im Sommer gleichen Appetit hatten, ja die Kälte bei ihnen noch zu zehren schien.

– Um dieser Kinder willen, und damit die Haushaltung im ordentlichen Gange bliebe und sie niemanden beschwerlich fallen müssten, scheute dann Frau Ursula weder mühsame, raue Arbeit noch krumme Finger, wenn's Stein und Bein fror. – Heute aber ging sie nicht froh, sie ließ den Kopf hängen. Wohl trug sie einen hübschen, wohlverdienten Batzen im Sacke heim; sogar einen lebkuchenen Reiter, ein paar Stücklein Gerstenzucker, einen Bogen mit Bildern und einige kleine rote Äpfelchen hatte sie gekauft. Alles zur Weihnachtsbescherung für ihre Kleinen. Aber Frau Ursula hatte einen großen Fehler begangen: Sie hatte zu lange jene Christbäume angesehen, welche bei ihren reichen Kunden gerüstet wurden und die sich beinahe beugten unter der Last von all dem bunten Zuckerzeug, den kostbaren Spielwaren und der Menge sonstiger Herrlichkeiten, wie man sie nur zu ersinnen vermochte. Bis jetzt war die arme Frau mit ihrem Lose zufrieden gewesen. Als sie aber bei den Reichen all den Reichtum an Gaben ausgebreitet sah und an die Freude denken musste, welche damit den Stadtkindern gleichsam im Übermaße gewährt wurde, da waren der Mutter natürlich auch die eigenen Kinder eingefallen. Je länger sie nun aber auf die Pracht und die Fülle hinsah, umso mehr verlor sie sich darin und legte unvermerkt den Maßstab davon an jene Bescherung, die sie nach Hause trug, um sie ihren Kindern zu schenken. Hätten die Schätze eines Königreiches vor ihr ausgebreitet gelegen, sie würde nicht so missgestimmt, ja neidisch darauf geworden sein, wie sie es hier war über diese Spielzeuge und die Zuckerherrlichkeiten; denn nicht an sich dachte sie ja, sondern einzig an ihre Kinder. Es tat ihr heimlich weh, dass sie zur Weihnacht mit so ärmlicher Gabe, nur mit einem Lebkuchen, ein paar schlecht gemalten Bogen und gewöhnlichen Äpfel sollten abgefunden werden, indessen eine Menge Herrlichkeiten, die ihr Mareili, ihren Fritz und den kleinen Xaveri in den Himmel versetzt hätten, hier in

CHRISTBAUM

Ada Christen

Hörst auch du die leisen Stimmen
aus den bunten Kerzlein dringen?
Die vergessenen Gebete
aus den Tannenzweiglein singen?
Hörst auch du das schüchternfrohe,
helle Kinderlachen klingen?
Schaust auch du den stillen Engel
mit den reinen, weißen Schwingen?...
Schaust auch du dich selber wieder
fern und fremd nur wie im Traume?
Grüßt auch dich mit Märchenaugen
deine Kindheit aus dem Baume? ...

der Stadt unter der übrigen Masse gar nicht einmal bemerkt würden. – Mit dieser Verstimmung im mütterlichen Herzen und dem kleinen Päcklein dürftiger Weihnachtsherrlichkeiten im Korbe schritt Frau Ursula durch die Dämmerung ihrer ärmlichen Wohnung zu. Sie wurde fast verstimmter, als ihre Kinder sich freudig um die Mutter drängten und den Korb beguckten, weil sie wohl vermuteten, das heilige Weihnachtskindlein könnte ihnen was darin zugeschickt haben. Ihn zu öffnen, wagte freilich keines, und so blieb denn der bedeutsame Korb ruhig auf dem Schranke stehen, wohin er gleich gestellt worden. Erst nach der Suppe, die nun gekocht und gegessen wurde, und nachdem die Kinder in die Nebenkammer zu Bette gegangen, schritt Frau Ursula daran, das magere, in einen alten Gartentopf gepflanzte Tannenbäumlein mit den wenigen Gaben zu behängen: alles an die äußeren Ästlein, damit es doch ein wenig etwas vorstelle. Als jedes hing und die zwei neuen Taschentüchlein, die das Mareili noch beschert bekam, um den Fuß des Baumes ziemlich breit hingelegt worden, wurden zum Schluss noch etliche Kerzlein an die Zweige geklebt. Während dieser Arbeit hatte sich das fast bittere Gefühl in ein mehr wehmütiges, und in ein Paar feuchte Augen aufgelöst; dann legte sich die gute Frau zu Bette, müde an Leib und Seele, um Not und Sorgen zu verschlafen. Als Frau Ursula vor Mitternacht erwachte, leise aufstand und sich ankleidete und die Kerzlein anzündete, da sah ihr Gesicht noch recht verzagt und kleinmütig aus und blickte mehr traurig als heiter auf die Lichtlein, welche die dürftige Bescherung recht sichtbar machten. Nur die Besorgnis, die kurzen Lichtstümpflein möchten unnütz verbrennen, überwand ein längeres Zögern und ließ sie rasch die Kleinen wecken. – Mareili sprang als Erste aus dem Bette, war es doch schon eine Weile wach und hatte nur nicht dergleichen getan, sondern nur verstohlen geblinzelt. Bald war aller Schlaf aus den Äuglein gerieben und helle Freude dafür darin angezündet. – Wie schön waren doch die Lichtlein in den grünen Zweigen! Wie appetitlich lachten die Äpfel mit ihren roten Backen! Und dann der köstliche rote und weiße Gerstenzucker, der an den Fäden dazwischenhing! Und vor allem das Hauptstück, der große Lebkuchenreiter mit vergoldetem Hut. Und dies alles vom lieben Christkindlein gebracht! –

Mareili konnte beinah den Blick nicht mehr wenden von den zwei rot gestreiften Taschentüchlein und ward nicht wenig stolz darauf, dass es die nun selber säumen solle. Fast wie die Äpfel, so rote Bäcklein bekamen die Kinder vor lauter Eifer und Lust an ihrer Bescherung, und in den bloßen Hemdlein umherhüpfend, fragten sie die Mutter einmal ums andere, ob das Christkind das alles hergebracht, oder machten Plan über Plan, was sie mit jedem Stücklein besonders anfangen, wie sie es teilen wollten, und wer zuerst abbeißen dürfe an dieser und jener Süßigkeit. Frau Ursula, die anfangs etwas kleinlaut danebengestanden und sich zur Heiterkeit gezwungen, um die der andern nicht zu verderben, sah sich bald in die allgemeine Freude hineingezogen, sie dachte des armen Gottessohnes im Stalle zu Bethlehem, sie wusste nicht wie? Der große Christbaum in der Stadt mit seiner kostbaren Bescherung war ihr ganz aus dem Sinne gekommen, sie lachte innerlich vergnügt, und ihre Blicke glänzten nicht anders als die der Kleinen auch. Als sähe Ursula mit den Augen der Kinder, so gefiel ihr nun selbst ihr Bäumlein, das sie doch erst so betrübt angeschaut und woran noch dieselben gewöhnlichen Äpfel, die paar Zuckerstücklein und der einzige Lebkuchen hingen. Aber in dem heimlichen Schatten der grünen Ästlein schienen noch verborgene Herrlichkeiten zu ruhen, aus den zitternden Flämmchen der Kerzen etwas Besonderes und Feierliches zu strahlen, das einen eigenen Schimmer über alles andere ausgoss und es gleichsam verklärte; es war wie das Leuchten des Himmels über dem Stalle zu Bethlehem in der ersten Christnacht. Dieses drang auch in das Herz der Mutter, und in ihrer unverhohlenen Freude daran nahm sie mit ganzer Seele teil an all dem kindischen Gerede und auch an der kindlichen Glückseligkeit. Sie sagte sich's freilich nicht und wusste es selbst nicht einmal klar; aber was sie inwendig verspürte und was auch ihr Herz erheiterte und durchwärmte und sie selbst wieder zum Kinde werden ließ, das war doch nur das Gefühl, dass die Freude und der Segen der Weihnachtsbescherung nicht von kostbarer Herrlichkeit und vielen Geschenken abhänge, sondern auch vom dürftigsten Christbäumchen unsichtbar als Hauptbescherung leuchtet, die heilige Zufriedenheit und das köstliche Bewusstsein: „Auch uns ist der Heiland geboren!“

Tannen

Alexander Graf von Württemberg

Der Pirschgang führte mich ins Tal
zu immer grünen Tannen.
Mir war 's, als wollten sie zumal
mich von der Stelle bannen.

Doch ragten sie in Waldeslust
wie wunderschlanke Dirnen.
Es quoll des Harzes frischer Duft
aus schwarz umlockten Stirnen.

Es mahnte mich der süße Hauch
an fröhliche Weihnachten,
und an des Pfeffertages Brauch,
an wilde Knabenschlachten.

Die schönen Zeiten sind entfloh'n
und kehren nimmer wieder,
als in der Leier weichem Ton
der Wehmut sanfte Lieder.

In meine Seele trat geschwind
mein liebstes Bild: Ich dachte,
wie mir daheim ob meinem Kind
die holde Gattin wachte.

Nun fasst ich ohne Unterlass
ein Tännchen in die Augen.
Das soll fürwahr als Weihnachtsspaß
für meinen Buben taugen!

WEIHNACHTSBAUM

Obwohl die Tradition, Bäume zu schmücken, schon jahrhundertealt ist, verbreitete sich hierzulande erst im 19. Jahrhundert allgemein der Brauch, Weihnachtsbäume aufzustellen. Christbäume werden mit Glaskugeln, Lametta, Strohsternen, Engelfiguren und Kerzen, manchmal auch mit Spielzeug, Äpfeln und Nüssen bestückt. Die schlichte Fichte oder Rotfichte wird dabei in vielen Familien von der Nordmanntanne abgelöst. Im evangelischen Raum steht der Weihnachtsbaum bis zum Fest der Erscheinung des Herrn am 6. Januar, in vielen katholischen Kirchen und Familien bleibt er bis zum Fest der Darstellung des Herrn am 2. Februar – vorausgesetzt, er nadelt nicht. Die ersten Christbaumkugeln wurden um 1830 geblasen, das Lametta kam 1878 als Neuerung in Nürnberg in Gebrauch. Immergrüne Pflanzen wie der Nadelbaum sind ein Symbol für Lebenskraft und Dauer und geben der Hoffnung auf bleibende Gesundheit Ausdruck.

Die ersten Aufzeichnungen über den Christbaum und seinen Schmuck stammen aus dem Jahre 1605 im Elsass. Wenige Jahre später, 1611, stattete Herzogin Dorothea Sybille von Schlesien ihren Weihnachtsbaum mit Kerzen aus. Johann Heinrich Jung-Stilling erinnerte sich 1793 in seinen Kindheitserlebnissen an einen erleuchteten Lebensbaum mit vergoldeten Nüssen. Goethe spricht in „Die Leiden des jungen Werther" 1774 von einem „aufgeputzten Baum". Schiller hoffte 1789, dass Lotte von Lengefeld (seine spätere Gattin) in Weimar einen „grünen Baum im Zimmer aufrichten" werde. Johann Peter Hebel erwähnte ihn 1805 im Lied „Die Mutter am Christabend". Und auch in E. T. A. Hoffmanns Märchen „Nussknacker und Mausekönig" von 1816 wird der geschmückte Tannenbaum in den schillerndsten Farben geschildert:

„Der große Tannenbaum in der Mitte trug viele goldne und silberne Äpfel, und wie Knospen und Blüten keimten Zuckermandeln und bunte Bonbons und was es sonst noch für schönes Naschwerk gibt, aus allen Ästen. Als das Schönste an dem Wunderbaum musste aber wohl gerühmt werden, dass in seinen dunkeln Zweigen hundert kleine Lichter wie Sternlein funkelten und er selbst in sich hinein- und herausleuchtend die Kinder freundlich einlud seine Blüten und Früchte zu pflücken."

Der Traum
Heinrich Hoffmann von Fallersleben

Ich lag und schlief da träumte mir
ein wunderschöner Traum:
Es stand auf unserm Tisch vor mir
ein hoher Weihnachtsbaum.

Und bunte Lichter ohne Zahl,
die brannten ringsumher;
die Zweige waren allzumal
von goldnen Äpfeln schwer.

Und Zuckerpuppen hingen dran;
das war mal eine Pracht!
Da gab 's, was ich nur wünschen kann
und was mir Freude macht.

Und als ich nach dem Baume sah
und ganz verwundert stand,
nach einem Apfel griff ich da,
und alles, alles schwand.

Christbaum

Peter Cornelius

Wie schön geschmückt der festliche Raum!
Die Lichter funkeln am Weihnachtsbaum!
O fröhliche Zeit! O seliger Traum!
Die Mutter sitzt in der Kinder Kreis;
nun schweiget alles auf ihr Geheiß:
Sie singet des Christkinds Lob und Preis.
Und rings, vom Weihnachtsbaum erhellt,
ist schön in Bildern aufgestellt
des heiligen Buches Palmenwelt.
Die Kinder schauen der Bilder Pracht,
und haben wohl des Singen acht,
das tönt so süß in der Weihenacht!
O glücklicher Kreis im festlichen Raum!
O goldne Lichter am Weihnachtsbaum!
O fröhliche Zeit! O seliger Traum!

GÄNSEBRATEN

Zum klassischen Festtagsschmaus an Weihnachten gehört ein Gänsebraten, am besten mit Rotkohl. Bei diesem traditionellen Rezept wird die Gans mit Äpfeln, Backpflaumen und Weißbrot gefüllt. Besonders gut schmeckt der Rotkohl zur Gans, wenn er mit Äpfeln, einem Lorbeerblatt, einer mit Gewürznelken gespickten Zwiebel, Fleischbrühe und Rotwein gekocht wird. Hier gilt, ähnlich wie beim Sauerkraut, dass er nach dem zweiten Aufwärmen eigentlich noch besser schmeckt.

Gänsebraten

ZUTATEN:

1 küchenfertige Gans, 4-5 kg, Salz, Pfeffer, 1 TL Majoran, 1 TL Beifuß, 3 Äpfel, 150 g Backpflaumen, 2 Zwiebeln, 200 g Weißbrot, gewürfelt

Die Gans innen und außen gründlich abspülen, trocknen, innen mit Salz, Pfeffer, Majoran und Beifuß würzen. Die Äpfel vierteln, Kerngehäuse entfernen, Zwiebeln schälen und würfeln. Äpfel, Zwiebelwürfel, Brotwürfel und Backpflaumen in die Gans geben. Die Gans zubinden oder mit Hilfe von Rouladennadeln verschließen und von außen salzen und pfeffern.
Den Backofen auf 200 °C vorheizen. Die Gans mit der Brust nach unten in die Saftpfanne oder einen Bräter legen und 375 ml kochendes Wasser dazugießen. Im Ofen bei 180 °C ca. 2 bis 3 Stunden garen, dabei die Gans nach etwa 30 min wenden, später ab und zu mit Bratenfett begießen. Gans mit kaltem Salzwasser bestreichen und 10 min bei 250 °C braten, sodass die Haut knusprig wird.

Es ist ein Ros entsprungen

Text: Mainz um 1587 / 88, Str. 3 und 4: Friedrich Layriz 1844
Satz: Michael Praetorius 1609

Das Röslein, das ich meine,
davon Jesaja sagt,
ist Maria, die reine,
die uns das Blümlein bracht.
Aus Gottes ewgen Rat
hat sie ein Kind geboren
und blieb doch reine Magd.

Das Blümelein, so kleine,
das duftet uns so süß,
mit seinem hellen Scheine
vertreibt's die Finsternis.
Wahr' Mensch und wahrer Gott,
hilft uns aus allem Leide,
rettet von Sünd und Tod.

Lob, Ehr sei Gott, dem Vater,
dem Sohn und Heilgen Geist.
Maria, Mutter Gottes,
dein Hilf an uns beweis
und bitt dein liebes Kind,
es möge uns behüten,
verzeihen alle Sünd.

Christa Spilling-Nöker

Vom lieben, bösen Weihnachtsmann

Ich kann mich noch genau erinnern. Fünf Jahre war ich alt und mein sehnlichster Wunsch war der, zu Weihnachten einen Puppenwagen zu bekommen, damit meine geliebten Schildkrötpuppen auch einmal an die frische Luft kamen. Endlich war Heiliger Abend. Über die Mittagszeit wurden wir Kinder noch für eine Weile ins Bett gelegt, um „vorzuschlafen", wie es meine Mutter nannte, weil es ja doch am Abend etwas länger gehen würde, als sonst. Was für ein irrwitziger Einfall, der nur dem Hirn von Erwachsenen entspringen konnte, die scheinbar nie Kind gewesen waren. Wie sollte man denn allen Ernstes schlafen können, wenn man schon vom Lichterglanz der Kerzen und dem Weihnachtsmann träumte und von der Erfüllung seines sehnlichsten Wunsches. Ich betrachtete eine Stunde lang den Stuck an der Decke und die langweiligen Gardinen vor dem Fenster und begann etwas von dem zu ahnen, was die Menschheit unter Ewigkeit verstand, bis meine Mutter kam und mich von den endlosen Qualen des Herumliegens erlöste.

Adrett angezogen, durften mein Bruder und ich uns noch mit einem Malbuch beschäftigen, dem alljährlichen Geschenk unseres Großonkels in Amerika. Da gab es auf billigem grauem Papier Gestalten zum Ausmalen, Zahlen zu Formen und Figuren zu verbinden und allerlei mehr, das half, die Zeit zu verkürzen. Endlich trafen die Oma und die Großtante ein und das innigst erwartete Glöckchen rief uns in das festlich erleuchtete Weihnachtszimmer. Es war wundervoll. Die Kerzen am Tannenbaum spiegelten sich in Kugeln und Lametta, der Tisch war hübsch gedeckt mit Tannenzweigen und kleinen Engelchen. In dem Tischleuchter standen Haushaltskerzen, die mein Bruder in der Schule liebevoll mit grünen Tannenzweigen und roten Kerzen aus farbigem Wachs verziert hatte.

Das Kaffeetrinken zog sich für meine erwartungsvolle Seele endlos hin. Was für Belanglosigkeiten erzählten sich die alten Damen, während sie unbedingt noch ein zweites Stück der mit Puderzucker bestäubten Apfelsinentorte essen mussten, dem traditionellen Weihnachtskuchen, der unserer Mutter zwar viel Mühe, meinem Gaumen aber wenig Freude bereitete.
Endlich war es so weit. Alle hatten ihre Kuchenteller leer gegessen, die Kaffeekanne hatte ihren letzten Tropfen hergegeben, das Geschirr wurde abgeräumt und in die Küche getragen. Eifrig half ich, Tassen und Teller abzutrocknen, denn bevor die Küche nicht aufgeräumt war, konnte man bedauerlicherweise nicht mit dem Weihnachtsmann rechnen. Irgendwie schien der einen siebten Sinn dafür zu haben, wann bei uns alles soweit weggeräumt war, dass seine Stunde schlagen konnte.
Mein Bruder und ich setzten uns in seinem Zimmer ans Fenster, um die Straße zu überwachen. Von hier aus musste man doch den Weihnachtsmann kommen sehen. Aber nichts geschah. Die Zeit dehnte sich ins Unendliche. Plötzlich klingelte es. Die Mutter rief uns: „Das wird der Weihnachtsmann sein, Kinder, macht die Tür auf!" Wie konnte das möglich sein? Wir hatten doch auf der Straße niemanden kommen sehen. „Der Weihnachtsmann war wohl schon im Haus bei den anderen Kindern", gab die Mutter eine logische Erklärung auf diese Fragen ab. Aber was interessierte einen mit fünf Jahren schon irgendeine Logik. Vor der Tür stand jedenfalls der heiß ersehnte Weihnachtsmann mit rotem Mantel und langem weißen Bart und einem großen, prall gefüllten Sack auf dem Rücken. Es entging mir allerdings nicht, dass er keinen Puppenwagen dabeihatte, aber ich war wohl viel zu aufgeregt, um diese Enttäuschung in diesem angespannten Augenblick realisieren zu können. Jedenfalls durften wir den Weihnachtsmann unbedenklich in die Wohnung lassen, was ansonsten für fremde Leute nicht so ohne Weiteres galt.
„Wohnen hier die Kinder Ernst und Christa", fragte der Weihnachtsmann mit tiefer Stimme. Wir nickten eifrig. „Könnt ihr mir denn ein Gedicht aufsagen?" Natürlich konnten wir, denn wir hatten für den Ernstfall eifrig geprobt. Dann kam die obligatorische Frage, ob wir

auch immer artig gewesen seien. Wir nickten sicherheitshalber wieder, doch der Weihnachtsmann blätterte in seinem goldenen Buch und befand, während er mit der Rute drohte, dass ich oft geschrien habe und keineswegs immer ein braves Kind gewesen sei. Zu allem Elend nickte die Mutter dazu. „Dann nehme ich dich jetzt mit in den Wald", sagte der Weihnachtsmann und packte mich fest an der Hand. Niemand widersprach. Keiner aus der Familie empörte sich und versuchte, den bösen Weihnachtsmann davon abzuhalten, ihre Tochter bzw. Enkelin zu entführen. Auch mein „großer" Bruder, der mit seinen neun Jahren sonst schon einmal gerne auf der Straße den anderen Kindern gegenüber den Beschützer für seine kleine Schwester gespielt hatte, versagte in dieser Situation völlig. Unser Vater glänzte ohnehin wieder durch Abwesenheit, wie in jedem Jahr, wenn Bescherung war. Angeblich war er dann immer gerade auf der Toilette. Der Schrecken saß mir in allen Gliedern. Vorbei war es mit dem Lichterglanz des Wohnzimmers; Kälte erwartete mich stattdessen und Einsamkeit, zusammen mit diesem bösen Weihnachtsmann, dessen Erscheinen ich vor wenigen Stunden noch sehnsüchtig herbeigewünscht hatte.
Wir kamen bis in den Wohnungsflur. Die Angst schnürte mir die Kehle zu, als der Weihnachtsmann das Licht anknipste und ich unmittelbar vor mir den ersehnten Puppenwagen erblickte, einen kleinen Korbwagen, wie sie derzeit in Mode gewesen waren. Der Weihnachtsmann schob mich zusammen mit dem Puppenwagen zurück in das Wohnzimmer. Meine Mutter, die mich zuvor, meiner kindlichen Wahrnehmung nach, dem Weihnachtsmann kampflos überlassen hatte, zeigte sich sichtlich erfreut, dass ich wieder da war. Meine kindliche Begeisterung über die Erfüllung meines sehnlichsten Wunsches überdeckte jetzt die zuvor ausgestandenen Ängste. Liebevoll wurden alle Puppen einzeln nacheinander unter die hellblaue Spitzendecke verfrachtet und über den langen Korridor kutschiert. Am ersten Weihnachtstag gab es dann natürlich kein Halten mehr. Zum Glück war trockenes und sonniges Wetter, sodass ich am Vormittag, unter der Begleitung meines Vaters, mit dem neuen Puppenwagen einmal „um den Block" fahren und die neidvollen Blicke einiger Nachbarskinder auskosten durfte.

Wenn ich heute, als erwachsene Frau, an dieses eindrückliche Weihnachtsfest zurückdenke, erschrecke ich über die Unbedachtheit meiner Eltern. Offensichtlich hatten sie die ganze inszenierte Situation als spannendes Spiel betrachtet, fanden ihren Einfall witzig und originell. Ich aber hatte mit meinen fünf Jahren nicht erahnen können, dass sich hinter der Maske des Weihnachtsmannes mein Vater verbarg, und dass mein älterer Bruder darüber seit Langem aufgeklärt war. Woher hätte ich wissen können, dass die Mutter selbst zwischendurch schnell den Puppenwagen in den Flur geschoben hatte? Ich nahm die ganze Situation natürlich völlig ernst; meinem Eindruck nach schien meine Familie entweder nichts dagegengehabt zu haben, dass der Weihnachtsmann mich mitnehmen wollte oder, noch schlimmer, sogar ganz froh zu sein, dass sie ihren „Schreihals", wie sie mich damals oft nannten, auf so bequeme Art und Weise ganz los wurden. Für mich jedenfalls ist dieses Weihnachtsfest neben der großen Freude über den Puppenwagen mit traumatischen Erinnerungen und Verlustängsten verbunden.

Ich steh an deiner Krippen hier

Text: Paul Gerhardt 1653

Melodie: Wittenberg 1529

Da ich noch nicht geboren war,
da bist du mir geboren
und hast mich dir zu eigen gar,
eh ich dich kannt, erkoren.
Eh ich durch deine Hand gemacht,
da hast du schon bei dir bedacht,
wie du mein wolltest werden.

Ich lag in tiefster Todesnacht,
du warest meine Sonne,
die Sonne, die mir zugebracht
Licht, Leben, Freud und Wonne.
O Sonne, die das werte Licht

des Glaubens in mir zugericht',
wie schön sind deine Strahlen!

Ich sehe dich mit Freuden an
und kann mich nicht sattsehen;
und weil ich nun nichts weiter kann,
bleib ich anbetend stehen.
O dass mein Sinn ein Abgrund wär
und meine Seel ein weites Meer,
dass ich dich möchte fassen!

O dass doch so ein lieber Stern
soll in der Krippen liegen!
Für edle Kinder großer Herrn
gehören güldne Wiegen.
Ach Heu und Stroh ist viel zu schlecht.
Samt, Seide, Purpur wären recht,
dies Kindlein drauf zu legen!

Eins aber, hoff ich, wirst du mir,
mein Heiland, nicht versagen:
dass ich dich möge für und für
in, bei und an mir tragen.
So lass mich doch dein Kripplein sein;
komm, komm und lege bei mir ein
dich und all deine Freuden.

Ottilie Wildermuth

Bärbels Weihnachten

Es ist der heilige Weihnachtsabend. Da herrscht in der Stadt eine emsige, stille Geschäftigkeit in den Häusern und auf den Straßen: die Vorbotin der fröhlichen Bescherung. Man sieht Dienstboten eifrig dahertrippeln, die noch etwas Vergessenes oder spät Gefertigtes auf den Weihnachtstisch holen müssen, bunte Wachslichter oder Zuckerwaren an den Christbaum. Schusterjungen tragen ein Paar glänzende nagelneue Stiefel. Der Sattler bringt das neu beschlagene Wiegenpferd, die Putzjungfer ein rosenrotes Hütchen – alles noch zur Verherrlichung des Festes.

Oben, in der großen Stube, wo das Licht so verheißungsvoll durch die Gardinen schimmert, da waltet die Mutter als die Stellvertreterin des lieben Christkindes. Sie ordnet und rüstet und bereitet, und die Kinder sitzen mit mühsam bezähmter Ungeduld in der Kinderstube, um auf den glückseligen Augenblick zu warten, wo der Ruf ertönt und ihnen der Lichtglanz entgegenströmt.

Auf dem Dorfe wird, in Schwaben wenigstens, der Christabend nicht so umständlich gefeiert. Er gleicht dort mehr jener wunderbaren Nacht, wo in tiefer Stille im armen Stalle der Glanz der heiligen Weihnacht aufging, wo nur schlichte Hirten sich sammelten um die Krippe und hoch oben vom Himmel her der selige Festchor erklang.

Sobald es dunkel wird, werden Kunkeln und Spinnräder, alles Arbeitsgerät beiseitegestellt. „Seid still, Kinder, 's ist der Heilige Abend", ermahnt man die Kleinen in jedem ordentlichen Haus. Der Vater liest wohl in der Bibel oder man plaudert zusammen von alten Zeiten und geht guter Zeit zur Ruh.

Die einfache Bescherung macht den Müttern auf dem Dorfe wenig Sorge und Müh. Ein Weihnachtsbaum wird meist nur den kleinsten Kindern angezündet; man beschert da in der Stille der Nacht, sodass die Kinder frühmorgens ihre kleinen Gaben am Bett finden und glauben, das Christkindlein habe sie gebracht, während sie schliefen; ein paar Äpfel und Nüsse, wenn 's hoch kommt ein Lebkuchenherz. Nur wer so glücklich ist, einen wohlhabenden Paten oder eine reiche Patin zu haben, darf am Morgen des Weihnachtsfestes einen Besuch bei ihnen machen mit der Frage: „Guten Morgen, Dote und Göderich, was hat 's Christkind gebracht?" Gibt es dann ein Tellerchen mit Backwerk, ein Halstüchlein oder eine neue Weste, so ist das schon ein unerhörter Reichtum.

Es war ein klarer, kalter Winterabend und die Sterne spiegelten sich im Neckarfluss, an dessen Ufer der Fährmann, im Dorfe der Fergenhannes genannt, auf und ab ging, um sich die Kälte zu vertreiben, bis die Stunde schlug, wo er seine Fähre verlassen durfte. Neben ihm trippelte Bärbele, sein sechsjähriges Töchterlein, ihre erstarrten Hände in die Schürze gewickelt. Sie wollte durchaus nicht gelten lassen, dass sie fror, weil sie so gern beim Vater an der Fähre blieb, um mit überzufahren, wenn Leute kamen.

Vom Dorfe hörte man noch die Pumpe der Brunnen und das Brüllen des Viehs. Von dem nahen Hügel fuhren mit lautem Geschrei die Knaben blitzschnell auf ihren Bergschlitten herab. Jetzt aber erscholl die Bergglocke vom Turm. „Bet, Bärbele!", sagte der Vater, indem er seine wollene Mütze abnahm und die Hände faltete. Auch Bärbele legte die Händchen zusammen und sprach andächtig den Vers, den sie die Mutter zur Betglocke gelehrt hatte:

„Lieber Mensch, was mag bedeuten
dieses späte Glockenläuten?
Das bedeutet abermal
deines Lebens Ziel und Zahl.
Wie der Tag hat abgenommen,
so wird auch der Tod bald kommen.
Lieber Mensch, so schicke dich,
dass du sterbest seliglich."

Die Knaben drüben waren beim ersten Schall der Betglocke rasch mit ihren Schlitten abgezogen. Der Ferge trug seine Ruderstangen in das kleine steinerne Häuschen, das von einem riesigen Wachholder beschattet am Ufer stand und warf noch einen langen, aufmerksamen Blick über den mondbeschienenen Fluss bis auf den Flusspfad, der vom jenseitigen Ufer ans Wasser führte. Drüben war alles ruhig, nur an den Fenstern des Schlösschens, das nicht fern vom Ufer stand, sah man, seit langer Zeit zum ersten Male wieder, Licht. Der Ferge kettete die Schiffe fest an den Pflock und schickte sich mit Bärbele zum Heimgehen an.
„Aber, was ich weiß, Vater!“, sagte die Kleine.
„So, was weißt?“
„Ich darf heut Nacht aufbleiben, bis man's Kindl wiegt!“ (Das Kindlein wiegen nennt man die Sitte die sich in vielen schwäbischen Dörfern erhalten hat, wo die Schulknaben um Mitternacht vor dem Christfest einen Weihnachtschoral vom Kirchturm singen.)

LASST UNS DAS KINDLEIN WIEGEN

Lasst uns das Kindlein wiegen,
das Herz zum Kripplein biegen.
Lasst uns im Geist erfreuen,
das Kindlein benedeien:
O Jesulein süß, o Jesulein süß.

Lasst uns dem Kindlein singen,
ihm unser Opfer bringen,
ihm alle Ehr beweisen
mit Loben und mit Preisen:
O Jesulein süß, o Jesulein süß.

„Du?“, sagte der Vater, „o, du wirst schläfrig.“
„Gewiss nicht“, versicherte die Kleine, indem sie fröhlich an seiner Hand hüpfte, „die Mutter hat mir's versprochen; aber der Base ihr Christoph, der hat's gut, der darf selber mitsingen! Ich möchte auch ein Bube sein, dann könnt' ich auch einmal Ferge werden.“
„Da wärst was rechts“, sagte der Vater, der wie die meisten Väter seinem Kinde einen glücklicheren Beruf wünschte, als ihm der seinige erschien.
„Ei, das ist nett, so im Schiff liegen, wenn die warme Sonne scheint und immer wieder andere Leute herüber- und hinüberführen oder gar das große Wagenschiff mit ganzen Wagen oder Chaisen!“
Unter dem Geplauder der Kleinen waren sie an dem Wohnhaus des Fergen angekommen, das ganz vorn, noch etwas abseits vom Dorfe, lag. Durch den engen, geschwärzten Flur, der zugleich Küche war, trat man in die niedere Stube. Annemarie, des Fergen Weib, und Christine, die Witwe, die in dem Dachkämmerlein des Hauses zur Miete wohn-

te und der Kürze halber Base genannt wurde, saßen am Ofen beim Scheine des Quelllämpchens beisammen. Die Spinnräder waren beiseitegestellt. Sie plauderten angelegentlich von all den überstandenen Sorgen und Trübsalen ihres Lebens, während Christoph, der Sohn der Base, ein etwas unmüßiger Junge, sich in der Ecke der Stube damit unterhielt, der Katze den Pelz zu streicheln, bis es Funken gab.

„Guten Abend beisammen", sagte der Ferge, indem er eintrat und seinen dicken groben Rock mit einem alten gestrickten Wams vertauschte; denn Schlafrock und Pantoffel sind auf dem Dorf noch nicht Mode, zumal in der Hütte eines armen Fergen.

„Du kommst wieder zuletzt", sagte Annemarie, „der andere Ferge ist schon lange daheim."

„Warum sollten wir alle erfrieren?", sagte gutmütig Hannes, „es kommen heut ja wenig Leute; hab' ihn heimgehen lassen, ein andermal ist's an mir."

„Ja, an dich kommt's nie", murmelte das Weib, „du bist nur zu gut."

„Nichts Neues passiert, Hausherr?", fragte die gesprächige Base.

„Passiert alleweil nichts", sagte gleichmütig der Ferge, „doch ja, Verwalters von drüben sind ein paarmal hin und her gefahren mit allerlei Sachen; morgen kommt richtig die neue Herrschaft."

„Ein absonderlich Geflüster, dass sie herziehen so mitten im Winter", meinte Annemarie, „und auch nicht recht schicklich, an einem so hohen Fest so ein Getu' anzustellen."

„Drum hat der junge Herr alles neu herrichten lassen", berichtete Bärbele, „Verwalters Liese hat mir's erzählt."

„Ja, die weß alles, der kleine Fürwitz", lachte wohlgefällig der Ferge, „die babbelt wie ein Altes."

„So schöne Tapeten seien da", erzählte Bärbele weiter, „und goldige Kronleuchter und Teppiche, o, ich möchte 's nur sehen. Und das alles kriegt die junge Frau zum Christtag. Mich lässt Verwalter Liese vielleicht einmal hineinsehen, wenn sie wieder verreist sind!" Und die Kleine hüpfte wieder bei dem bloßen Gedanken an die Herrlichkeit, die sie möglicherweise noch sehen dürfe.

Annemarie brachte die Kartoffeln und Suppe; von einem Festmahl am Heiligen Abend wusste man nichts. Erst am Christfest wurden süße

Birnschnitze gespeist, die Base wurde zu Tisch geladen, was sie nur nach vielen Umständen annahm und sich zu jeder Kartoffel noch besonders nötigen ließ. Christoph war nicht so umständlich, der langte tapfer zu und ließ sich's gehörig schmecken. Bärbele war viel früher fertig und zupfte ihn ungeduldig am Wams: „Singt ihr noch nicht?“, fragte sie leis.

„Ist noch z' bald“, sagte Christoph kurz.

„Komm, wir wollen 'nausgehen und ein bisschen horchen, ob die anderen Buben noch nicht kommen!“, bat Bärbele, und Christoph ließ sich endlich dazu bewegen, obgleich er lieber am warmen Ofen sitzen geblieben wäre. Es freute ihn, dass ihn das kleine Mädchen so mit Respekt betrachtete, seit sie wusste, dass er vom Turm singen dürfe.

Als die Kinder fort waren, holte Annemarie aus der Schublade ihrer einzigen Kommode die schönen roten Äpfel, das große bunt verzierte Lebkuchenherz und die Nüsse, die zu Bärbeles Bescherung bestimmt waren, und ordnete sie auf dem weißen, blau bemalten Porzellanteller, dem schönsten Stück ihres einfachen Gerätes.

„Ist fast zu hoffärtig für uns“, meinte Hannes, „so ein Staatslebkuchen wäre ja für den Spezial (Dekan) recht.“

„Ach was“, entschuldigte Annemarie, „das arme Kind hat ja nicht einmal eine Dote, wie die Kinder anderer Leute, da müssen die Eltern ein Übriges tun.“

„Ja, so ein Tröpflein, das die Nottaufe erhalten, dauert mich nachher immer“, sagte die Base, „wenn es dann sein Lebtag ohne Döte und Dote herumlaufen muss.“ (Döte und Dote, die Taufpaten, sind nämlich auf dem Dorf in Schwaben gar wichtige Personen für ihre Patchen. Arme Leute wählen gewöhnlich wohlhabende Paten, und auch dem Ärmsten wird fast nie diese Bitte abgeschlagen. Außer der reichlicheren Weihnachtsgabe erhält das Patchen an der Konfirmation einen Teil des Anzugs, manchmal gar ein silberbeschlagenes Gebetbuch vom Herrn Döte oder der Frau Dote und wird da zu Gast geladen. Auch in späteren Jahren nimmt sich manchmal eine gute Dote noch mütterlich eines verwaisten Kindes an.)

„Nun, was das betrifft“, entgegnete Annemarie mit einigem Stolz, „so hätte unser Bärbele eigentlich eine fürnehme Dote, nur dass sie nicht da ist."

„Ja, das ist eben gerade die Hauptsache, Hausfrau", meinte die Base, „aber wie ist's denn da zugegangen mit Bärbeles Taufe? Ich hab' nur die Leute davon sagen hören, ich war ja dazumal noch nicht hier."

„Der Hannes weiß 's besser als ich", sagte Annemarie, „ich war dazumal so schwach, dass ich kaum aufsehen konnte."

Hannes war nicht sehr aufgelegt zum Plaudern, am Ende aber ließ er sich doch von der neugierigen Base bewegen, mit seiner Geschichte herauszurücken.

„Heute sind 's gerade sechs Jahr", hub er an, „es war fast eine Nacht wie diese im Vollmond, schier so hell wie am Tag, ich musste draußen am Neckar sein, da der andere Ferge krank lag, und ich tat's bitter ungern, denn das Bärbele war eben geboren worden und mein Weib lag gar schwach und krank daheim. Ich wollt' aber doch aushalten bis zum Betglockenläuten und schaute als so hinüber auf die andere Seite, wo das Schlösslein steht, in dem die alte gnädige Frau noch gelebt hat, und hab' weiter an nichts gedacht als an mein Weib daheim. Da hör' ich auf einmal einen hellen Schrei vom andern Ufer drüben und seh' ein Weibsbild dem Wasser zuspringen und ein paar Mannspersonen mit Schreien und Johlen ihr nach. Da schrei' ich aus aller Macht hinüber: „Ich komm', und stoß' ab, so schnell ich kann; die Kerle drüben springen davon, und ich komm' noch eben recht, dass ich das arme erschrockene Jungferle, das ganz bis zum Wasser her gesprungen war, ins Schiff tragen und herüberführen kann. Es war ein junges Fräulein und so erschrocken, dass sie lang schier gar nicht schnaufen, geschweige denn reden konnte."

„Eine schöne Jungfer?", fragte Christine.

„FRÖHLICHE WEIHNACHT ÜBERALL!"

„Fröhliche Weihnacht überall!"
tönet durch die Lüfte froher Schall.
Weihnachtston, Weihnachtsbaum,
Weihnachtsduft in jedem Raum!
„Fröhliche Weihnacht überall!"
tönet durch die Lüfte froher Schall.

Darum alle stimmet
in den Jubelton,
denn es kommt das Licht der Welt
von des Vaters Thron.
„Fröhliche Weihnacht überall!"
tönet durch die Lüfte froher Schall.

Licht auf dunklem Wege,
unser Licht bist du;
denn du führst, die dir vertraun,
ein zu sel'ger Ruh'.
„Fröhliche Weihnacht überall!"
tönet durch die Lüfte froher Schall.

„Darauf hab' ich nicht geguckt", sagte Hannes trocken; Annemarie aber versicherte: „Bildschön, Base, bildschön. Sie hatte so schöne rote Bäcklein und ein feines himmelblaues Kleid und goldiges helles Haar mit lauter Locken und einen Pelz! Die Königin kann es nicht fürnehmer haben."

„So, ich hab' geglaubt, du habest vor Schwäche nichts gesehen?", sagte Hannes mit komischer Verwunderung.

„Ach was! Erzähl's nur weiter", rief Annemarie.

„Also wie wir herüberkamen", fuhr Hannes fort, „erzählt sie mir nach und nach, dass sie auf Besuch sei im Schloss drüben, und weil der Mond so schön geschienen habe, so habe sie und noch so ein Fräulein drüben ein bisschen lustwandeln wollen. Die vornehmen Leute haben oft gespäßige Gelüste, statt dass sie froh sein sollten in ihrer warmen Stube. Also, wie die zwei da 'rumspazieren, kommen ein paar rauschige Burschen daher, die sie erschrecken und ängstigen mit ihrem wüsten Geschrei. Die verzagten Jungferlein springen auseinander und wissen nicht wohin: die eine dem Schloss zu, die andere gegen den Neckar, wo ich sie dann geholt habe. Wie wir hübsch am Ufer waren und die Burschen drüben fort, wollte sie, ich sollte sie gleich wieder hinüberführen und bis ans Schloss begleiten, sie wollte mir ein gutes Trinkgeld geben. Aber es läutete Betglocke, und eine Nachbarin kam heraus und rief mir, ich solle gleich heimkommen, mein Kindlein sei so schwach und werde sterben. Da wusst' ich nicht, was mit dem Jungferle anfangen, es war niemand um den Weg, der sie hätte hinüberführen können, und jeden lass' ich auch nicht an mein Schiff. So sagt' ich ihr, sie soll derweil mit mir in mein Haus kommen. Sobald ich daheim weg könne, wollt' ich sie wieder heimbringen, und sie ging gutwillig mit, weil sie wohl musste. Wie ich heimkomm', ist das Tröpfle, das Bärbele, so schwach wie ein Lichtlein am Auslöschen, und mein Weib weinte, dass es ohne die heilige Taufe sterben sollte. Ich lass' das Jungferle am Ofen sitzen und spring' zum Herrn Pfarrer, der auch gleich mit mir kam, wie er ging und stand. Er konnte nicht mehr die heiligen Gefäße mitnehmen, ich brachte das Wasser in unserm Krug. Das Jungferle hatte das Kindlein auf dem Arm und weinte. ‚Wollen Sie Taufzeugin sein?', fragte der Herr Pfarrer, der sich wohl auch verwunderte, wie eine so fürnehme Jungfer in unser armseliges Häuslein komme. ‚In Gottes Namen ja', sagte sie und stellt sich mit dem Kindlein vor ihn. ‚Wie soll das Kindlein heißen?', fragt er wieder. ‚Barbara', rief mein Weib, ihre Mutter selig hat so geheßen. – ‚Amalie', sagte das Fräulein leise, und der Pfarrer tauft es Barbara Amalie. Dann hat er so schön andächtig dazu gebetet und das Kindlein, ob es zum Leben oder zum Tode bestimmt sei, dem Herrn so getreulich empfohlen, dass unsere Herzen ganz getröstet wurden.

Kaum war der Herr Pfarrer fort, so rufen mir die Nachbarsleute, am Ufer drüben laufe man mit Fackeln und Laternen herum und schreie herüber, es scheine, dass sie jemand suchen. ‚Ach, da sucht man mich!', rief das Fräulein, legte das Kindlein, das sie seither auf dem Arm gewiegt hatte, in sein Bettlein und sprang dem Neckar zu, so geschwind, dass ich kaum nachkam. Als ich sie hinübergeführt, waren drüben Bediente vom Schloss und Mägde und Frauenzimmer, und es war ein Gefrage und Geküss, dass man meinte, sie sei eben von den Toten auferstanden. Ich aber fuhr in der Stille wieder herüber, mich trieb 's zu meinem Kindlein, ich fürchtete, ich treffe es tot. Aber es war noch am Leben, und der liebe Gott hat es uns erhalten bis auf den heutigen Tag."

„Und die vornehme Dote hat ihm gar nichts gegeben?", fragte Christine.

„Ein goldenes Kreuzlein mit blauen Steinen, das sie an einem schwarzen Samtbändlein um den Hals trug, hat sie ihm aufs Kissen gelegt", sagte Annemarie, „und die alte gnädige Frau von drüben hat meinem Mann einen Taler Trinkgeld geschickt und mir eine Flasche alten Wein. Die Fräulein Dote aber hat nichts mehr von sich hören lassen."

„Das war aber doch nicht schön", meinte Christine, „wenn's auch nur eine Nottaufe war, die Dote ist sie doch immerhin."

„Es ist ihr nicht so übel zunehmen“, sagte entschuldigend Annemarie, „wahrscheinlich ist sie bald heimgereist und vielleicht weit fort. Die alte Frau ist gleich nachher gestorben, der junge Herr in die Fremde gereist, da ist sie wohl nicht wieder in die Gegend gekommen. Für uns war es doch ein guter Abend: das große Trinkgeld, und auch das Kind hat ja ein schönes Andenken. Und wie das schwächliche Kindlein so gediehen ist, habe ich oft denken müssen, das Fräulein habe ihm doch Glück gebracht, weil sie so gar schön und holdselig war und so andächtig gebetet hat unter der Taufe.“

DER HEILAND IST GEBOREN

Der Heiland ist geboren,
freu dich, o Christenheit,
sonst warn wir gar verloren
in alle Ewigkeit.
Freut euch von Herzen,
ihr Christen all',
kommt her zum Kindlein
in dem Stall.

Annemarie hatte unter dem Reden ihre kleine Bescherung versteckt, denn Bärbele und Christoph waren ziemlich erfroren wieder hereingekommen und horchten aufmerksam ihrer Rede zu. Bärbele hörte gar zu gern von der unbekannten Dote erzählen, und es war ein Fest für sie, wenn sie das goldenen Kreuzchen sehen oder gar einmal umhängen durfte. Sie hatte keine Feenmärchen gehört oder gelesen, aber wunderbar wie eine Fee erschien das holdselige Fräulein im himmelblauen Kleid in ihren Träumen, und sie meinte oft, die Dote müsse doch einmal wiederkommen.

Hannes war sehr müde und schläfrig und legte sich bald zu Bette, die Frauen aber hatten den Kindern versprochen aufzubleiben, bis man das Kindlein wiege. So suchten sie sich und die Kinder wach zu erhalten mit allerlei Geschichten und Gesprächen. Bärbele hatte viel schöne Weihnachtsreimlein von der Mutter gelernt und war stolz, dass sie fast noch mehr wusste als der große Christoph. Am Ende aber schlummerte sie doch ein auf dem Schemel zu Füßen der Mutter, die wie die Christine auf dem Stuhl eingeschlafen war, Christoph hatte sich hinausgeschlichen, um sich mit den andern Knaben in der Schule zu versammeln, bis es Zeit sein würde, auf den Kirchturm zu steigen.

Bärbele wachte auf, als es still, ganz still in der Stube war. Die Mutter und Christine schliefen noch, das Lämplein war erloschen, nur das klare Mondlicht erhellte das Stüblein. Sie schlich leise hinaus und blickte hinauf zum Turm, wo man einige Lichtlein funkeln sah. In dem Augenblick schlug die Glocke zwölf und von oben erklang von all den

hellen Kinderstimmen das Wiegenlied des göttlichen Kindes: „Ehre sei Gott in der Höhe, der Herr ist geboren!"
Das klang dem Kinde so wunderbar, wahrhaftig wie eine Stimme vom Himmel, sie dachte nicht mehr an die vornehme Pate, nicht an alle Herrlichkeit der Welt, die nicht für sie bestimmt war. Es war ihr, als habe sie einen Strahl von dem Glanz des Himmels gesehen und tief, tief drückte sich das heilige Gefühl der Weihnacht in ihre junge Seele.
Der Morgen des heiligen Christfestes war angebrochen, ein klarer, frischer Wintermorgen. Wie Tausende von Brillanten schimmerte der Schnee im Sonnenschein. Im Dorf herrschte die feierliche Stille, die auf dem Lande so schön den Sonntag vor den Arbeitstagen auszeichnete. In den Häusern rüstete man sich zum Kirchgang. Nur Kinder sah man auf den Straßen, die blau gefrorenen Gesichtchen glänzend von der Freude des Morgens, da und dort biss eins in den köstlichen Lebkuchen. Aus Häusern, wo man reichlicher bescherte, kamen kleine Mädchen mit rosenroten Schürzchen und einer neuen Puppe auf dem Arm. Dicke Buben, die in eine hölzerne Trompete bliesen, und die andern sammelten sich um die Glücklichen und staunten die neuen Schätze an.
Bärbele hatte keine Puppe und kein neues Schürzchen. Mit dem verzierten Lebkuchen hatte die Mutter all ihre Mittel erschöpft; aber ihr Winterkleidchen, aus einem alten Rock der Mutter verfertigt, war sauber und warm, ihr blondes Haar war schön glänzend und glatt gekämmt und in Zöpfen geflochten, die zu ihrem großen Stolz hinten gerade wie Wegzeiger hinausstanden. Sie war so vergnügt wie die andern und stellte sich mit dem schönen Lebkuchen, den sie gar nicht wagte anzubeißen, stolz unter die kleine Schar.
Aber als die Kinder zusammenstanden und sich erzählten, bis wenn sie zu dem Döte oder der Dote bestellt seien, als nach der Kirche da und dort eines mit strahlendem Gesicht reich beladen mit den Geschenken einherzog, die kleinen Geschwister neugierig und jubelnd hinterdrein – da ward der Bärbele doch das kleine Herzchen schwer, und sie schlich sich betrübt zur Mutter, um zum hundertsten Male zu fragen, warum denn sie keine Dote habe. Um sie zu trösten, band ihr die Mutter das schöne goldene Kreuzchen um und versicherte ihr, das

sei eigentlich mehr wert als alles, was die anderen Kinder von ihren Paten bekommen. Nun war die Kleine wieder vollkommen glücklich, hob ihr Köpflein, so hoch sie vermochte, nur damit jedermann den neuen Schmuck an ihrem Hälschen sehen und bewundern konnte.

Nachmittags war im Dorf große Bewegung und die Straße stand voll Leute. Der gnädige Herr vom Schlösslein drüben sollte mit seiner neuen Frau und vielen Gästen auf Schlitten durchs Dorf kommen. Sie hatten geglaubt, der Neckar werde fest genug gefroren sein, um die Fahrt auf Schlitten hinüberwagen zu können; dem war aber nicht so und die Fergen hielten das große Wagenschiff bereit, um sie hinüberzubefördern. Ein großer Schlitten war im Dorf eine seltene Erscheinung, da gewöhnlich hier der Neckar den Schlittenfahrten ein Ziel setzte. Drum war Alt und Jung in Bewegung, da man auch neugierig war, den jungen Herrn Baron wiederzusehen.

Die Voreltern des Barons hatten freilich eine größere Bedeutung für die Dorfbewohner gehabt, ihnen hatte das Dorf mit einigen anderen der Gegend zu eigen gehört. Jetzt hatte der junge Baron nur noch einige Rechte, den Besitz des Schlösschens und der schönen Güter, die dazu gehörten. Aber er war doch immer noch eine wichtige Person für die Bauern, die ihn hatten unter sich aufwachsen sehen. Die alte gnädige Frau war sehr gut gegen die Armen gewesen, und man freute sich, das lang verschlossene Herrenhaus endlich wieder geöffnet zu sehen.

„Sie kommen, sie kommen!“, schrien atemlos ein paar Knaben, die vors Dorf hinaus der Schlittenfahrt entgegengegangen waren und nun mit den Pferden um die Wette hereinsprangen. Unter lustigem Schellengeklingel, mit mutigen Rossen bespannt, fuhren drei elegante Schlitten, mit Tiger- und Bärenfellen bedeckt, durch’s Dorf. Man erkannte den jungen Herrn an der freundlichen Höflichkeit, mit der er ringsum grüßte. Auch die

Dame neben ihm in dem weißen Pelz, dem blauen Samthut mit wehenden Federn verneigte sich freundlich; ihr Gesicht aber konnte man nicht recht sehen, da sie es mit einem feinen blauen Schleier vor dem Wind geschützt hatte.
Am Neckarufer gab es zum großen Vergnügen der Zuschauer einen langen Aufenthalt. Ein Teil der Herren und Damen wollte aussteigen und sich im Kahn übersetzen lassen, indes man die Schlitten langsam auf dem Wagenschiff überfuhr. Während die anderen mühselig und langsam aus ihren Umhüllungen krochen, schlüpfte die junge Baronesse gewandt aus dem warmen Fußsack und hüpfte aus dem Wagen. Die Bewunderung der Kinder, die mit aufgesperrten Mäulern zusahen, wurde durch die zierlichen Atlasstiefelchen, mit weißem Pelz besetzt, aufs Höchste gesteigert.
Der Fergenhannes hatte seinen besten Sonntagsstaat angelegt, den dreispitzigen Hut statt der Pudelmütze aufgesetzt und stand bereit, seine vornehmen Kunden überzufahren. Der Wind wehte den Schleier zurück von dem schönen blühenden Gesicht der Dame, und dem sonst so schweigsamen Fergen entschlüpfte ein Ausruf der Überraschung. Die Dame beachtete es nicht, sie blieb einen Augenblick stehen, eh sie das Schiff betrat, und blickte nachdenklich über den Fluss hinüber. „Da drüben bin ich einmal in großer Angst gestanden", sagte sie lächelnd zu ihrem Gemahl, „ich habe dir 's schon einmal erzählt, es war am Weihnachtsabend. Ich war immer ängstlich und leicht zu erschrecken."
„Drum brauchst du guten Schutz", sagte zärtlich der Baron und half ihr sorgsam in das Schiff.
Dem Christoph hatte der Ferge erlaubt, dass er rudern helfen durfte. Bärbele hatte sich ihr Vorrecht als des Fährmanns Töchterlein nicht nehmen lassen: Sie saß in ihrem Feststaat am Schnabel des Schiffs und schaute halb in Angst, halb in Freude mit ihren großen runden Augen nach der schönen Dame, die ihr wie ein leibhafter Engel vom Himmel vorkam. Jetzt blickte auch die Dame auf das Kind und rief verwundert: „Das ist ja mein blaues Kreuzchen, das ich so gern als Kind und als Mädchen getragen! Kind, woher hast du das?"
„Von meiner Dote", sagte Bärbele sehr bestimmt, in geheimer Angst, man wolle ihr ihr Kleinod nehmen.

RAUREIF VOR WEIHNACHT

Anna Ritter

Das Christkind ist durch den Wald gegangen,
sein Schleier blieb an den Zweigen hangen,
da fror er fest in der Winterluft
und glänzt heut' morgen wie lauter Duft.
Ich gehe still durch des Christkinds Garten,
im Herzen regt sich ein süß Erwarten:
Ist schon die Erde so reich bedacht,
was hat es mir da erst mitgebracht.

„Was ist eine Dote?", fragte die Dame, der diese Benennung fremd war, die aber eine plötzliche Erinnerung überflog. „Eine Dote ist eine, wo einem ein schönes Christkindl (Weihnachtsgeschenk) gibt!", rief Christoph herzhaft herüber, erschrak aber wieder über seine eigene Keckheit.

Bärbele hatte die Mutter von frühsten Jahren an so oft und viel gefragt: „Was ist eine Dote?", dass sie die Antwort auswendig wusste und jetzt wie ein Sprüchlein andächtig hersagte: „Meine Dote hat in der heiligen Taufe für mich versprochen, dass ich dem lieben Gott wolle treu sein, sie hat auch versprochen, dass sie sich an Seel' und Leib um mich annehmen wolle."

„Hat sie das?", fragte die Dame, der nun wieder die volle Erinnerung an jenen Weihnachtsabend erwachte, während der Ferge, der sie gleich erkannt, vom Ufer stieß, halb verlegen, halb verwundert über sein keckes kleines Mädchen.

„Und wie heißt denn deine Dote, mein Kind?", fragte nun die Baronesse wieder, indem sie sich liebevoll zu der Kleinen niederbeugte.

„Amalie", erwiderte Bärbele bestimmt, „und sie ist ein vornehmes Fräulein und ich heiße Barbara Amalie."

„Und Ihr habt mich geführt!", rief die Dame, sich rasch zu dem Ferge wendend, „und das ist das schwache Kindlein, das ich in der niederen Stube über die Taufe hielt in jener Nacht, die mir nachher immer wie ein Traum vorkam?"

„Wann war denn das?", fragte der junge Baron, der nicht recht begriff, wovon die Rede sei.

„O, du warst damals schon auf der Reise und ich war noch bei deiner Mutter", sagte die junge Frau, und während der Ferge unter dem Rudern dem gnädigen Herrn die einfache Geschichte jener Nacht erzählte, hatte sie das Kind zu sich auf die Bank gesetzt und streichelte seine frischen kalten Wangen und sagte ihm, dass sie die Dote Amalie sei, was dem Bärbele nun das Wunderbarste von allem erschien.

Sie waren am Ufer angekommen und Hannes wollte eilig abstoßen, um die anderen herüberzuholen. Bärbele wäre gern wie ein Fischlein geschwind hinübergeschwommen, um der Mutter die merkwürdige Geschichte zu verkünden. Die Baronesse sagte nur noch im Aussteigen: „Bärbele, liebes Kind, willst du diesen Nachmittag mit deiner Mutter zu uns herüberkommen? Bitte, komm gewiss, ganz gewiss!", und sie ging mit ihrem Gemahl zu Fuß voraus, da die Schlitten noch nicht übergeschifft waren.

Bärbele aber, sobald der Vater am anderen Ufer angefahren war, wollte nichts mehr sehen von Damen und Herren. Sie sprang, so schnell ihre Füßchen gehen wollten, zur Mutter und schrie ganz atemlos: „Mutter, Mutter! Die Dote, die Dote Amalie – und sie ist so arg schön. Und sie ist die neue gnädig Frau, und wir sollen zu ihr kommen!" Annemarie hatte nun zu tun, bis sie das Kind beruhigte, und nach und nach die Sache erfuhr; da war's ihr denn freilich auch fast so merkwürdig wie ihrem Bärbele.

Ja, es war so. Die neue gnädige Frau war die unbekannte Dote, die damals als ganz junges Fräulein in die arme Fergenhütte gekommen war. Die Zeit und ein rascher Wechsel von Erlebnissen hatten sie ganz das kleine Patchen vergessen lassen, das sie auch schon für sterbend gehalten, als sie es damals auf den Armen hielt; nun aber wollte sie das Versäumnis gutmachen.

Es war beinahe Abend, als endlich Frau Annemarie sich ein Herz gefasst hatte und im allerschönsten Putz mit ihrem Bärbele am Schloss drüben ankam. Der Vater hatte sie nur bis ans Ufer begleitet. Mit Herzklopfen stiegen sie die neuen Treppen hinauf und betraten das schöne Vorzimmer, in dem sie die Kammerjungfer warten hieß. Sie durften nicht lange warten. Bald kam die junge Frau Baronin selbst, die nun ohne die vielen warmen Hüllen dem Bärbele erst recht wie ein Engel vorkam. Sie bot der schüchternen Annemarie herzlich die Hand, freute sich, dass sie wieder so gesund und rüstig sei und erzählte ihr die Ursache, warum sie so lange nicht mehr in die Gegend gekommen sei, sodass die gute Frau ganz zutraulich wurde.

„Aber ich muss anzünden!", rief plötzlich die Dame und eilte rasch davon. Nach einer Weile klang ein silbernes Glöckchen, und Bärbele und ihre Mutter wurden von der Kammerfrau in den großen Saal geführt. Ach, was für eine Herrlichkeit ging da dem armen Kinde auf! Zur anderen Türe waren all die Herren und Damen eingetreten, aber Bärbele scheute sich nicht vor ihnen; sie meinte fast, sie sei geradewegs in den Himmel hineingekommen, da kam es auf ein paar Engel mehr oder weniger nicht mehr an. Der große Saal war ganz neu und prächtig gemalt und von der Mitte der Decke hing ein kristallener Kronleuchter mit vielen hellen Kerzen, auf den Tischen unten brannten wieder viele Lichter in silbernen Leuchtern und grünen Tannebäumen, die in der Eile noch vom Walde gebracht worden waren. Dazwischen stand prächtiges Zuckerwerk und reiche und zierliche Geschenke, und die Lichter und die Geschenke und all das schöne neue Gerät im Saal flimmerten und funkelten zusammen, dass es Bärbele war wie im Traum und auch Frau Annemarie nichts konnte, als ihre Hände zusammenschlagen.

„Sieh, Kind, das ist deine Bescherung", sagte die Dame vom Schloss und führte Bärbele an einen Tisch, der mit gar herrlichen Dingen besetzt war. „Komm, nimm, das ist alles dein", sagte sie ermutigend, „deine Pate ist dir ja von lange her das Weihnachtsgeschenk schuldig geblieben." Bärbele nahte zögernd mit gefalteten Händchen. Von der Mutter war sie gelehrt worden, eh sie daheim ihre kleine Bescherung in Empfang nahm, vorher ein Weihnachtsverslein zu beten. Darum legte sie auch jetzt die Hände zusammen und betete, was ihr eben im Anblick dieser Pracht einfiel:

„Der Sohn des Vaters, Gott von Art,
ein Gast in der Welt hie ward.
Er führt uns aus dem Jammertal
und macht uns zu Erben in seinem Saal."

Die Herren und Damen, die auf das Bauernmägdlein wie auf ein ergötzliches Schauspiel gesehen hatten, fühlten ihr Herz seltsam bewegt von des Kindes frommen Worten, und die Dote fürchtete fast, ob sie mit ihren reichen Geschenken nicht des Kindes einfachen Sinn verderben könnte. Sie hatte freilich nicht darauf gerechnet, dass sie heute noch einem Patchen bescheren werde. Aber sie hatte ein gutes, freundliches Gemüt und wusste, dass sie überall Kinder treffe, denen sie Freude machen könne. Darum hatte sie allerlei niedliche Kleinigkeiten mitgenommen, die jetzt lauter Wunder waren für Bärbele, dazu guten warmen Kleiderstoff. Und als Königin über allem saß eine prächtige Puppe, Amalies eigene Puppe noch, die sie von den Kinderjahren her aufbewahrt hatte und die nun dem neu entdeckten Patchen geopfert wurde.

Bärbele brauchte eine gute Weile, bis ihre Schüchternheit und Überraschung sie zu Worte kommen ließ, bis sie wagte, so prächtige Dinge als ihr Eigentum anzusehen. Allmählich aber wachte ihre ganze Lebhaftigkeit auf, sie vergaß alles um sich her und brach zum großen Ergötzen ihrer Dote in lauten Jubel aus über jedes kleine Stückchen. „Lueg, Mutter lueg“, rief sie immer wieder, „aber wie schön! Aber das ist noch schöner! Das ist am allerschönsten!“ Freilich verstand sie den Gebrauch all der schönen Dinge nicht so recht, hielt das zierliche Häubchen für einen Halskragen, die gehäkelten Schuhe und das feine weiße Taschentüchlein für ein Halstuch. Aber die Puppe, die prächtige Puppe, die konnte sie gar nicht genug mit ihren verklärten Augen anstaunen.

„Und das hat dir alles die gnädige Frau Dote gegeben“, ermahnte sie die Mutter.

„Ja“, sagte ihr Bärbele halblaut ins Ohr, „aber ich weiß noch was: Der liebe Gott ist eigentlich Schuld dran. Ich habe schon oft heimlich gebetet, er soll machen, dass auch meine schöne Dote wiederkomme."

Gerührt hörte es die Dote und gelobte sich im Stillen, auch durch zu viele Güte nicht den frommen, einfältigen Sinn des Kindes zu verwirren. Als ein Wunder des Dorfes war Bärbele mit ihren Schätzen vom Schloss zurückgekommen, hatte aber all ihren kleinen Kameraden ausgeteilt und besonders ihren großen Kameraden Christoph nicht vergessen.

So wunderbar und herrlich ist es nun freilich nicht immer zugegangen. Die vornehme Pate lernte Maß halten in ihrer Güte. Aber sie hat sich getreulich des Kindes angenommen, und ohne ihr die bescheidene Heimat und den Stand zu entleiden, in den sie Gott gesetzt hat, hat sie ihr vieles noch mitgeteilt, was ihren Geist aufhellte und ihr das Leben bereicherte, und was sie geschickt machte, vielen mit ihren Kräften zu dienen. Bärbele wurde die freundliche, geduldige Gespielin der kleinen Barone und Baronessen, die treue befreundete Dienerin ihrer gütigen Pate, auf die sie sich verlassen konnte in allen Dingen.

Viele Jahre sind nun seit jenem Weihnachtsabend vergangen. Der Fergenhannes und seine gute Annemarie ruhen im Grabe, die Baronin Amalie auch, und ihre Kinder sind in fernen Landen. Das Schloss aber wird schön und sorgfältig im Stande gehalten von der stattlichen Frau Verwalterin, die einmal das kleine Bärbele war. Bärbele ist Witwe und haust mit ihrem Töchterlein Amalie in einem unteren Zimmer des Schlosses. Die schönen Zimmer hütet sie und hält sie in Ehren auf die Zeit, wo die Herrschaft wieder einmal einziehen wird. Die Frau Verwalterin ist weit umher geehrt und gesucht wegen ihrer Herzensgüte und wegen des klugen und verständigen Rats, den Arm und Reich bei ihr finden. Am Abend spaziert sie oft hinunter zur Fähre und plaudert da ein halb Stündchen mit dem Fergen; er heißt nicht mehr Fergenhannes, aber Fergenstoffel und ist Bärbeles alter Kamerad Christoph. Wenn Weihnachten kommt, so erzählt sie wohl ihrer Tochter manchmal von jenem wunderbaren Christfest, wo die fremde Dote gekommen und ihr so viel Herrliches beschert, aber sie schüttelt mit wehmütigem Lächeln den Kopf dazu und sagt: „Das ist nun alles längst vorüber." Wenn aber in der heiligen Weihnacht um die Mitternachtsstunde der Gesang vom Turme tönt „Ehre sei Gott in der Höhe, der Herr ist geboren!“, so schaut sie mit freudig leuchtendem Blick gen Himmel und sagt: „Das geht nicht vorüber, und die schönste Weihnacht ist uns noch aufgehoben.“

Weihnachten bei den Großeltern

Jakob Loewenberg

Heut abend, als wir zu euch gingen,
da war in der Luft ein leises Klingen,
da war ein Rauschen, man wusst' nicht, woher,
als ob man in einem Tannenwald wär',
da huschte vorüber und ging nicht aus
ein heimliches Leuchten von Haus zu Haus.
Der Mond kam über die Dächer gesprungen:
„Wohin noch so spät, ihr kleinen Jungen?
Ihr müsst ja zu Bett, was fällt euch ein?“,
und lachte uns an mit vollem Schein.
Da lachten wir wieder: „Du alter Klöner,
heut Abend ist alles anders und schöner.
Und glaubst du 's nicht, kannst mit uns gehen,
da wirst du ein blaues Wunder sehn.“
Da sprang er leuchtend uns voran,
bei diesem Hause hielt er an.
Wir gingen hinein mit froher Begier,
und Klingen und Rauschen und Leuchten ist hier.

LINZER TORTE

Die Linzer Torte ist eine kulinarische Erinnerung an die Herrschaft der Habsburger und eine typische Weihnachtstorte.

Linzer Torte

ZUTATEN:

300 g Mehl, 250 g Butter, 200 g Zucker, 200 g gemahlene Mandeln, 1 Teelöffel Zimt, 1 Prise gemahlene Nelken, 1 Esslöffel Kakao, 1 Ei, 2 Esslöffel Kirschwasser, Mehl zum Ausrollen, 250 g Johannisbeergelee, 1 Eigelb zum Bestreichen, Salz

Ein Mürbeteig, bestehend aus Mehl, Butter, Zucker, Mandeln, Gewürzen, Ei und Kirschwasser wird 60 Minuten zugedeckt im Kühlschrank ruhen gelassen. Danach werden zwei Drittel der Teigmenge auf dem mit Mehl bestreuten Arbeitsplatz ausgerollt und in eine runde Form gegeben. An den Seiten wird der Teig etwas hochgedrückt. Nun den Teig mehrmals mit einer Gabel einstechen und mit Johannisbeergelee bestreichen. Der restliche Teig wird dann ausgerollt, in Streifen geschnitten und gitterartig auf die Torte gelegt. Nun wird die Fläche mit verquirltem Eigelb bestrichen und bei 160 Grad etwa 50 Minuten gebacken. Zur Linzer Torte serviert man Kaffee, Tee oder auch Wein. Sie bleibt etwa drei Wochen frisch.

WEIHNACHTSLIEDER

Das bekannteste Weihnachtslied ist wohl das „Stille Nacht, heilige Nacht“, das inzwischen weltweit in allen Sprachen gesungen wird. Zum Heiligabend 1818 führten es der Arnsdorfer Dorfschullehrer und Organist Franz Josef Gruber (1787–1863) und der Hilfspfarrer Joseph Mohr (1792–1848) in der Kirche St. Nikola in Oberndorf bei Salzburg erstmals auf. Es gehört heute zum Weltkulturerbe.
Weniger bekannt ist, dass der Professor und Schöpfer des „Deutschlandliedes“, August Heinrich Hoffmann von Fallersleben (1798–1874), sehr viele Weihnachtslieder für Kinder geschrieben hat, so zum Beispiel „Morgen, Kinder, wird ’s was geben“. Zu den geläufigen Weihnachtsliedern gehört auch „Ihr Kinderlein kommet“ von Johann Christoph Friedrich von Schmid (1768–1854). Er war ein römisch-katholischer Priester und Schriftsteller, auch Autor von Kirchenliedern. Doch zunächst war es nur als Gedicht im Umlauf. Dass es heute vor allem als Lied bekannt ist, verdanken wir dem jungen Lehrer und Organisten Friedrich Hermann Eickhoff (1807–1886), der im strengen Winter 1829/30 ein Zimmer im Hause des Leinenhändlers Barth in Gütersloh gemietet hatte. Es war so kalt, dass die Tapeten an den Wänden rissen. Eickhoff saß gern neben dem warmen Ofen seines Vermieters und las in „Denzels Erziehungslehre“. Dort stieß er auf das Gedicht, und zugleich wuchs der Wunsch in ihm, ihm auch passende Noten beizugeben. Er stieß auf die Melodie des Frühlingsliedes „Wie reizend, wie wonnig ist alles umher“ des Lüneburger Komponisten und Musikers Johann Abraham Peter Schulz (1747–1800) aus dem Jahre 1794. Ein paar Tage später sangen die Kinder in der Schule bereits dieses schöne, neue Weihnachtslied, das zu den bekanntesten des Weihnachtzyklus werden sollte.

Ihr Kinderlein, kommet

Text: Christoph von Schmid, 1811
Melodie: Johann Abraham Peter Schulz, 1794

O seht in der Krippe im nächtlichen Stall,
seht hier bei des Lichtleins hellglänzendem Strahl
in reinlichen Windeln das himmlische Kind,
viel schöner und holder, als Engel es sind.

Da liegt es, das Kindlein, auf Heu und auf Stroh,
Maria und Joseph betrachten es froh;
die redlichen Hirten knien betend davor,
hoch oben schwebt jubelnd der Engelein Chor.

O beugt wie die Hirten anbetend die Knie,
erhebet die Hände und danket wie sie;
stimmt freudig, ihr Kinder – wer sollt' sich nicht freun? –,
stimmt freudig zum Jubel der Engel mit ein!

O betet: Du liebes, du göttliches Kind,
was leidest du alles für unsere Sünd!
Ach, hier in der Krippe schon Armut und Not,
am Kreuze dort gar noch den bitteren Tod.

Was geben wir Kinder, was schenken wir dir,
du bestes und liebstes der Kinder, dafür?
Nichts willst du von Schätzen und Reichtum der Welt,
ein Herz nur voll Demut allein dir gefällt.

So nimm unsre Herzen zum Opfer denn hin,
wir geben sie gerne mit fröhlichem Sinn;
und mache sie heilig und selig wie deins
und mach sie auf ewig mit deinem in eins.

QUEMPASSINGEN

Unter „Quempas" versteht man eine frühneuzeitliche Zusammenstellung von zwei lateinischen Weihnachtsliedern: „Quem pastores laudavere" und „Nunc angelorum gloria". Der Begründer des mittelalterlichen Quempassingens ist Michael Praetorius. 1607 erschien seine „Musae Sioniae" mit dem deutschen Text „Den die Hirten lobten sehre". Die beiden Lieder werden in dieser Fassung strophenweise abwechselnd gesungen. Das Quempassingen ist an vielen Orten noch fester Bestandteil weihnachtlichen Brauchtums und wird auch in Gottesdiensten gepflegt.

Quem pastores laudavere
Quibus angeli dixere
Absit vobis iam timere,
Natus est rex gloriae.

Ad quem reges ambulabant,
Aurum, Thus, Myrrham portabant,
Immolabant haec sincere,
Leoni victoriae.

Christo regi Deo nato
Per Mariam nobis dato
Merito resonat vere,
Dulci cum melodia.

Exultemus cum Maria,
In coelesti Hierarchia.
Natum promat voce pia,
Laus, honor et gloria.

Deutsche Übersetzung:

Den die Hirten lobten,
zu denen die Engel sprachen:
Fürchtet euch nicht;
geboren ist der König der Herrlichkeit.

Zu ihm pilgerten Könige,
brachten Gold, Weihrauch und Myrrhe,
opferten es lauteren Sinnes
dem Löwen des Sieges.

Christus, dem König, dem geborenen Gott,
durch Maria uns gegeben,
erschallt es wahrhaftig zu Recht
mit lieblicher Musik.

Lasst uns jubeln mit Maria
in der himmlischen Hierarchie.
Den Sohn erhebe mit frommem Klang
Lob, Ehre und Herrlichkeit.

„Die Glocken läuten eine christliche Gemeinde zusammen"

Weihnachtsbrief von Johann Wolfgang von Goethe (1749–1832) an Johann Christian Kestner

Frankfurt, Weihnachten 1772

Lieber Kestner*,
Christtag früh. Es ist noch Nacht, lieber Kestner, ich bin aufgestanden, um bei Lichte morgens wieder zu schreiben, das mir angenehme Erinnerungen voriger Zeiten zurückruft; ich habe mir Coffee machen lassen, den Festtag zu ehren, und will euch schreiben, bis es Tag ist. Der Türmer hat sein Lied schon geblasen, ich wachte darüber auf. Gelobet seist du, Jesus Christ! Ich hab diese Zeit des Jahrs gar lieb, die Lieder, die man singt, und die Kälte, die eingefallen ist, macht mich vollends vergnügt. ich habe gestern einen herrlichen Tag gehabt, ich fürchtete für den heutigen, aber der ist auch gut begonnen, und da ist mirs fürs Enden nicht angst.
Der Türmer hat sich wieder zu mir gekehrt; der Nordwind bringt mir seine Melodie, als blies er vor meinem Fenster. Gestern, lieber Kestner, war ich mit einigen guten Jungens auf dem Lande; unsre Lustbarkeit war sehr laut und Geschrei und Gelächter von Anfang zu Ende. Das taugt sonst nichts für die kommende Stunde. Doch was können die heiligen Götter nicht wenden, wenn's ihnen beliebt; sie gaben mir einen frohen Abend, ich hatte keinen Wein getrunken, mein Aug war ganz unbefangen über die Natur. Ein schöner Abend, als wir zurückgingen; es ward Nacht. Nun muss ich Dir sagen, das ist immer eine Sympathie für meine Seele, wenn die Sonne lang hinunter ist und die Nacht von Morgen heraus nach Nord und Süd um sich gegriffen hat, und nur noch ein dämmernder Kreis von Abend herausleuchtet. Seht, Kestner, wo das Land flach ist, ist's das herrlichste Schauspiel, ich

habe jünger und wärmer stundenlang so ihr zugesehn hinabdämmern auf meinen Wanderungen. Auf der Brücke hielt ich still. Die düstre Stadt zu beiden Seiten, der still leuchtende Horizont, der Widerschein im Fluss machte einen köstlichen Eindruck in meine Seele, den ich mit beiden Armen umfasste.
Ich lief zu den Gerocks**, ließ mir Bleistift geben und Papier und zeichnete zu meiner großen Freude das ganze Bild so dämmernd warm, als es in meiner Seele stand. Sie hatten alle Freude mit mir darüber, empfanden alles, was ich gemacht hatte, und da war ich's erst gewiss, ich bot ihnen an, drum zu würfeln, sie schlugen es aus und wollen, ich soll 's Mercken *** schicken. Nun hängt es hier an meiner Wand und freut mich heute wie gestern. Wir hatten einen schönen Abend zusammen, wie Leute, denen das Glück ein großes Geschenk gemacht hat, und ich schlief ein, den Heiligen im Himmel dankend, dass sie uns Kinderfreude zum Christ bescheren wollen.
Als ich über den Markt ging und die vielen Lichter und Spielsachen sah, dacht ich an euch und meine Buben, wie ihr ihnen kommen würdet, diesen Augenblick ein himmlischer Bote mit dem blauen Evangelio, und wie aufgerollt sie das Buch erbauen werde.
Hätte ich bei euch sein können, ich hätte wollen so ein Fest Wachsstöcke illuminieren, dass in den kleinen Köpfen ein Widerschein der Herrlichkeit des Himmels geglänzt hätte. Die Torschließer kommen vom Bürgermeister und rasseln mit den Schlüsseln. Das erste Grau des Tags kommt mir über des Nachbarn Haus, und die Glocken läuten eine christliche Gemeinde zusammen. Wohl, ich bin erbaut hier oben auf meiner Stube, die ich lang nicht so lieb hatte als jetzt.
Johann Wolfgang von Goethe

***Johann Georg Christian Kestner** (1741–1800) war ein deutscher Jurist und Archivar, berühmt vor allem als Ehemann von „Werthers Lotte" Charlotte Buff.

Die Familie **Gerock erwähnt Goethe in seinen Aufzeichnungen „Aus meinem Leben: Dichtung und Wahrheit". Sie müssen mehrere Töchter gehabt haben.

*****Johann Heinrich Merck** (1741–1791) war ein bedeutender Darmstädter Herausgeber, Redakteur und Naturforscher, der zur Zeit der Aufklärung Rezensionen und Essays unter anderem zu Fragen der Kunst und erzählende Prosa verfasste.

In dulci jubilo

Worte: Hermann Kletke, 1841
Melodie: deutsche Volksweise

O Jesu parvule, nach dir ist mir so weh.
Tröst mir mein Gemüte, o puer optime,
durch alle deine Güte, o princeps gloriae.
Trahe me post te, trahe me post te.

Ubi sunt gaudia? Nirgends mehr denn da,
wo die Engel singen nova cantica
und die Schellen klingen in regis curia.
Eia qualia, eia qualia.

Klaus Granzow

Ein Weihnachtslied für die Kinder

An einem nebligen Herbsttag des Jahres 1809 legte ein preußisches Segelschiff, das von Karlshamm an der schwedischen Südküste kam, im Hafen von Rügenwalde an. Die wenigen Passagiere gingen eilig an Land, denn ihre Angehörigen und Freunde standen mit Kutschen und Postwagen bereit, um sie nach Hause oder an das Ziel ihrer Reise zu bringen.

Nur ein etwa vierzigjähriger Mann, der schon jetzt einen Winterpelz trug und seinen Kragen so hochgeschlagen hatte, dass man sein Gesicht nicht erkennen konnte, blieb bei dem Kapitän des Schiffes stehen und erkundigte sich nach der Abfahrt des nächsten Küstenschiffes, das den Kurs westwärts nach Kolberg nehmen würde. Er bekam günstigen Bescheid und stieg in das kleine Salzschiff über, das vor dem Bug des preußischen Seglers lag. Der geheimnisvolle Fremde zeigte Zöllnern und französischen Aufsichtsbeamten seine Papiere vor, die ihn als Sprachmeister Allmann auswiesen, und konnte passieren.

In Kolberg angekommen, wollte der Herr aus Südschweden wiederum seine Reise auf dem Seewege fortsetzen, aber ein heftiger, widriger Westwind trieb die flachen Salzschiffe zurück in den Hafen. Da endlich gab der Mann seine Bemühungen auf und begann, seine Habseligkeiten, zwei Koffer und einen großen schwedischen Esskorb, auf ein Fuhrwerk umzuladen, das ihn in anderthalb Tagen über Treptow und Cammin nach Wollin brachte. Von dort aus gelangte er, nach verschiedenen missglückten Segelfahrten, über das Haff, weiter auf dem Landwege in das Städtchen Neuwarp und endlich an die Anklamer Brücke. Hier musste er das schwedische Zollhaus passieren, das wegen seiner strengen Kontrollen berüchtigt war. Aber der Mann gebärdete sich so selbstbewusst und mutig und gab dazu ein so gutes Trinkgeld, dass der Beamte kaum die Sachen anschaute.

Nun erst begann der Fremde seinen schweren Winterpelz, der ihn so lange verhüllt hatte, abzulegen. Er ging in das nahe dem Anklamer Damm stehende Gasthaus und wurde dort offenbar sofort erkannt, denn der Gastwirt rannte selbst hinaus, um das übrige Gepäck aus der Zollstube zu holen. Pustend kam er zurück und rief immer wieder: „Dass Sie endlich wieder da sind, Herr Arndt, dass Sie endlich wieder da sind!" Und seine beleibte Frau fügte mit Tränen in den Augen hinzu: „Wie wird sich Ihr kleiner Sohn freuen nach den drei langen Jahren, die er ohne seinen Vater sein musste."
Ernst Moritz Arndt konnte nicht antworten. Zu froh machte ihn dieses Wiedersehen mit der Heimat. Am liebsten wäre er gleich losgestürmt durch das Peener Bruch zu seinem Sohn und zu seinen Geschwistern nach Trantow. Aber noch war es Tag, noch konnte er unterwegs von Leuten erkannt werden, die er „Schelme" nannte und die ihn sofort an die Franzosen verraten hätten.
So ließ er sich von dem redseligen Gastwirt in ein Gespräch verwickeln, das ihn über die neuesten Vorkommnisse in Vorpommern unterrichtete. Aber was er hörte, war nicht viel Gutes, denn die französische Besatzung lastete immer noch schwer auf dem Land, obwohl es eigentlich von mecklenburgischen Truppen besetzt war, dazu hatten die Schweden ihre Rechte bei Napoleon noch nicht geltend machen können. Nun, das wusste Arndt alles längst, denn er war in den drei Jahren seines schwedischen Exils stets mit den neuesten Nachrichten versorgt worden. Deshalb verließ er, sobald es dämmerte, die gemütliche Wirtsstube und ging schnell den Damm nach Ziethen entlang, wo er linker Hand den Weg nach Gützkow einschlug.
Diese Strecke kannte er gut, denn er hatte sie oft befahren und noch öfter zu Fuß erwandert, wenn er seinen Vater besucht hatte, der hier nach den langen Jahren in Schoritz auf Rügen, wo er geboren war und seine Jugend verlebte, eine neue Gutsverwalterstelle übernommen hatte. Aber der Weg war doch länger, als er ihm in Erinnerung geblieben war, und so bog er hinter dem Rittergut Lüssow – da zudem dichter Nebel aufgekommen war – in eine falsche Fährte und verirrte sich im Peenebruch.
Nach mehreren vergeblichen Orientierungsversuchen geriet er in

einen dichten Tannenwald. Erschöpft hielt er inne und ruhte sich auf einem Baumstupf aus.
Die seltsamsten Gedanken überfielen ihn: Die Flucht vor drei Jahren war ihm geglückt, die Heimkehr unter falschem Namen war ohne Schwierigkeiten verlaufen. Sollte er nun, kurz vor dem Ziel, sich in der pommerschen Heimat verirren? Das konnte doch nicht sein. War er denn in den Jahren des Exils für dieses Land, für diese Menschen ein Fremder geworden? Nein, er hatte auch in der Fremde für dieses Volk, für Deutschland gekämpft, hatte Flugschriften und Aufrufe verfasst und herausgegeben, sooft er nur konnte. Das Heimweh war manchmal sehr stark in ihm gewesen, es hatte ihn oft – im wahrsten Sinne des Wortes – übermannt. So hatte es ihn schließlich nach Deutschland, in die Heimat, zu Sohn und Geschwistern zurückgetrieben. Ob der Junge sich noch an ihn erinnerte? Wohl kaum! Aber Bruder und Schwester würden die Erinnerung an ihn in dem Kleinen wach gehalten haben. Wie er wohl aussah, der kleine Karl Treu, dem er diesen seltsamen Namen auf Wunsch seiner Frau gegeben hatte, die gleich nach seiner Geburt gestorben war.

Er schaute zu den Tannen empor, doch der Nebel versperrte noch immer die Sicht. Er griff in die Zweige, und der kräftige Nadelgeruch erinnerte ihn plötzlich an Weihnachten. Mein Gott, Weihnachten! Bald würde es wieder so weit sein, und er feierte es dann zum ersten Mal nach Jahren wieder zu Hause im Kreis seiner Lieben. In Schweden hatte es nur die Sonnenwendfeiern und die Julfeste gegeben, die ihn so wenig angerührt hatten, obwohl ihn in diesen Tagen eine Frau, die Freiherrin Elisa Maria von Munck in Edeby, mit ihrer tiefen religiösen Überzeugung wieder zum christlichen Glauben zurückgeführt hatte. Und so würde er in diesem Jahr zum ersten Mal wieder als gläubiger Mensch feiern können. Wie würden wohl seine Geschwister diese Veränderung in ihm aufnehmen, da sie ihn nur als Freigeist kannten, der zwar Theologie studiert hatte, aber später entrüstet eine angebotene Pfarrstelle mit Einheirat ablehnte? Konnte er Bruder und Schwester seine Rückkehr zum Glauben überzeugend verständlich machen?

Nun, einen gab es, der ihm blind vertrauen, ihm mit reinem Herzen und klaren Augen begegnen und mit dem er zusammen fröhliche Weihnachtslieder singen würde: Karl Treu. Aber was für Verse und Lieder sollten sie singen und beten? Hatte er nicht alles in der Zwischenzeit verlernt?

Er versuchte sich die einzelnen Zeilen der alten Kirchenlieder ins Gedächtnis zurückzurufen. Aber so sehr er sich auch anstrengte, er kriegte die Advents- und Weihnachtslieder, die er doch alle früher auswendig gelernt hatte, nicht mehr zusammen. Doch wozu bemühte er sich so? War er nicht selbst ein Dichter, ein anerkannter Poet? Weshalb sollte er nicht selbst ein Weihnachtslied erfinden? Ganz einfach müssten die Verse sein, leicht zu lernen und zu behalten, damit alle Kinder es gern sängen. Ja, ein Weihnachtslied für die Kinder sollte es werden, und er und Karl Treu würden es zu der kommenden Weihnacht zum ersten Mal gemeinsam singen.

Eine bekannte Melodie eines Kirchenliedes fiel ihm ein, und schon begann er nach dieser vertrauten Weise die ersten Verse vor sich hin zu sprechen. Er versuchte, sich ganz in die Seele eines gläubigen Kindes hineinzuversetzen, und so gelang ihm wie von selbst Strophe für Strophe, die er alle laut vor sich her sang, um sie leichter im Gedächtnis zu behalten.

Du lieber, heilger, frommer Christ,
der für uns Kinder kommen ist,
damit wir sollen weiß und rein
und rechte Kinder Gottes sein.

Du Licht, vom lieben Gott gesandt
In unser dunkles Erdenland,
du Himmelslicht und Himmelsschein,
damit wir sollen himmlisch sein.

Du lieber, heilger, frommer Christ,
weil heute dein Geburtstag ist,
drum ist auf Erden weit und breit
bei allen Kindern frohe Zeit.

O segne mich, ich bin noch klein,
o mache mir das Herze rein,
o bade mir die Seele hell
in deinem reinen Himmelsquell.

Dass ich wie Engel Gottes sei,
in Demut und in Liebe treu,
dass ich dein bleibe für und für,
du heilger Christ, das schenke mir.

Beim konzentrierten Erfinden der Verse und lauten Sprechen des Gedichtes hatte Ernst Moritz Arndt gar nicht bemerkt, dass inzwischen der Nebel gesunken war und der Mond hell über den Tannen stand. Wie ein Fantasiegebilde sah er nun plötzlich den Kirchturm von Gützkow im Mondlicht glänzen. Es dauerte eine Weile, bis er feststellte, dass es kein Traumbild war, sondern dass er sich wirklich ganz in der Nähe der Kirche befand. Ein unendliches Glücksgefühl durchströmte ihn, das Heimweh verflüchtigte sich, die Sehnsucht stand dicht vor ihrem Ziel.
Als armer Mann mit leeren Händen kam er nach Hause, nur ein Weihnachtslied für sein Kind trug er im Gedächtnis und im Herzen. Das war das einzige Geschenk, das er seinem Karl Treu aus der Fremde mitbrachte. Immer stärker leuchtete der Kirchturm von Gützkow zu ihm herüber. Nun konnte er sich nicht mehr verirren. Mit hastigen Schritten bog er in den langen Hofweg ein. Die Hunde kamen kläffend auf ihn zu gerannt. Bruder und Schwester erschienen mit leuchtenden Kerzen im Hoftor, und zwischen ihnen stürzte ein kleiner Junge weinend vor Freude seinem Vater entgegen.

O Weihnacht!

Nikolaus Lenau

O Weihnacht! Weihnacht, höchste Feier,
wir fassen ihre Wonne nicht;
Sie hüllt in ihre heil'gen Schleier
das heiligste Geheimnis nicht.

Die Sehnsucht, die zum Himmel lauschte
nach dem Erlöser je und je;
die aus Prophetenherzen rauschte
in das verlassne Erdenweh.

Die Sehnsucht, die so lange Tage
nach Gotte hier auf Erden ging
als Träne, Lied, Gebet und Klage:
Sie ward Maria – und empfing.

Das Paradies war uns verloren,
uns blieb die Sünde und das Grab:
Da hat die Jungfrau ihn geboren,
der das Verlorne wiedergab.

Der nun geliebt und nie gesündet,
Versöhnung unsrer Schuld erwarb,
erloschne Sonnen angezündet,
als er für uns am Kreuze starb.

Kindleinwiegen

Das „Kindleinwiegen" hat seinen Ursprung in den kirchlichen Mysterienspielen und geht auf die Freude der Menschen über die Geburt des Erlösers zurück. In der Weihnachtszeit, zuweilen auch an allen Sonn- und Feiertagen bis Mariä Lichtmess, trug der Priester eine Wiege mit dem kleinen Jesuskind in feierlicher Prozession durch die Kirche zum Altar. Während die Gemeinde Weihnachtslieder sang, schaukelte der Priester die Wiege und reichte das göttliche Kind den Gläubigen zum Kuss. Anschließend wurde es unter festlichem Gesang wieder an seinen Aufbewahrungsort – meist die Sakristei – zurückgebracht.
Mit dem Ende der kirchlichen Mysterienspiele kam auch der Brauch des „Kindleinwiegens" zum Erliegen. Eine Weile hielt der Messner, der Küster, diesen Brauch noch aufrecht, indem er das Jesuskind nur den Kindern zum Kuss anbot. Schließlich verschwand dieser Brauch ganz aus der Kirche und wurde noch eine Zeit lang in Frauenklöstern und in Privathäusern gepflegt. Aus Tirol ist überliefert, dass weiß gekleidete Mädchen mit dem Jesuskind in der Wiege in die Häuser zogen, die Wiege auf den Tisch stellten und schaukelten. Dazu sangen sie Weihnachtslieder. Ihre Mühen waren nicht umsonst, denn sie erhielten von den Hausfrauen Süßigkeiten.

Nun singet und seid froh

Text: Hannover 1646
Melodie: „In dulci jubilo“

Sohn Gottes in der Höh, nach dir ist mir so weh.
Tröst mir mein Gemüte, o Kindlein zart und rein,
durch alle deine Güte, o liebstes Jesulein.
Zieh mich hin zu dir, zieh mich hin zu dir.

Groß ist des Vaters Huld, der Sohn tilgt unsre Schuld.
Wir warn all verdorben durch Sünd und Eitelkeit;
so hat er uns erworben die ewig Himmelsfreud.
O welch große Gnad, o welch große Gnad!

Wo ist der Freuden Ort? Nirgends mehr denn dort,
da die Engel singen mit den Heilgen all
und die Psalmen klingen im hohen Himmelssaal.
Eia, wärn wir da, eia, wärn wir da.

Weihnachtsgruß

Peter Rosegger

Da steh'n wir wieder vor den Opferflammen
am Hochaltar der Liebe treu zusammen,
am grünen Baum, am Weihnachtsbaum,
mit kinderfrohem Sinn im trauten Raum.

Von Liebe schwer, dass jeder Zweig sich bieget,
bis hoch hinauf, wo sich die Krone wieget,
streckt er die vielen vollen Arme aus!
Er bringt den Jubel uns ins stille Haus.

O, hört ihr säuseln es in seinen Zweigen,
o, hört ihr klingen sie, die Weihnachtslieder?
O, seht die Engelschar in lichten Reigen,
sie steigt zum lieben Kinderherzen nieder.

Dann grünt und blüht sie auf und reift, die Tugend
im Hauch der Lieb', im gold'nen Lichtessaum.
O, sei mir hoch gegrüßt, du Freund der Jugend,
du Himmelsbote, heil'ger Weihnachtsbaum!

Rudolf Reichenau

Weihnachtsfrühfeier

Wie lange diese Nacht währt!
„Noch nicht Morgen?"
„Nein" – so trübe die Nachtlampe brennt, das sieht man doch, das Himmelbett der Eltern ist wohl leer, aber noch frisch aufgemacht, wie am Abend – sie sind noch gar nicht schlafen gegangen. Es ist kalt – husch in die Kissen zurück! Die Eisblumen am Fenster, die sich immer dichter mit wunderbar verschlungenen Ranken und Blättern überziehen, gestatten dem Sterne, der mit so eigenem Funkeln vom Himmel sieht, kaum noch den Einblick ins Zimmer. Draußen aber knistert der Schnee unter dem Tritte des Wächters oder kreischt laut vor Entsetzen über die frevelhafte Entweihung, wenn ein verspäteter Frachtschlitten die Gleise befährt, die der Frost nicht für irdische Fuhren so spiegelblank geputzt. Horch! Schon wieder dies geheimnisvolle Regen! Und immer lebendiger wird es. Bald ist es wie behutsame Gewichtigkeit einer Männersohle, die sich Mühe gibt, leise zu treten, bald wie Rauschen von Frauenkleidern. Bald knacken verräterische Treppenstufen, bald klingt es wie klappende Schranktüren oder wie Schiebladen, die auf- und zugehen, bald wie ein Flüstern und Räuspern im Flurgange. Jetzt stößt es an, wie wenn große, schwere Kisten getragen werden, oder es fällt gar zu Boden und rollt die Diele entlang, ganz so wie ein Schachteldeckel. Dabei steht das Himmelbett noch immer unberührt.
„Wenn die Auguste Rademacher doch recht hätte! Wenn es doch die Eltern selbst wären, und nicht der Engel die Bescherung brächte!"
Furchtbarer junger Zweifler im Ausschiebebettstellchen, vermessener kleiner Fibelfaust, verzehre dich nicht in vergeblichem Grübeln über das Unfassbare, von dem wir einmal nichts wissen sollen und nichts wissen können. Ist dir der Friede deiner Seele lieb, lege dich ruhig wieder hin und schlummere den Schlummer gläubiger Unschuld wie dein

Schwesterchen, dem das große Geheimnis der Nacht keine andere Unruhe verursacht, als dass es wie ein Fragezeichen sein Beinchen über das Deckbett streckt.

Mitternacht ist vorüber, vom Turme haben Choralklänge die alte Himmelsbotschaft verkündet: Ehre sei Gott in der Höhe, Friede auf Erden und den Menschen ein Wohlgefallen!

Der Nachtlampe Docht fängt an zu verkohlen, das Öl wird knapp, und das Wasser, auf dem es schwimmt, ist ein schlechter Feuerwerker. Prasselnd, zischend, spritzend fährt das Flämmchen noch einmal auf, gerade hell genug, erkennen zu lassen, dass nun auf den Stühlen an dem Himmelbett Kleider liegen, dann ist alles finster und still.

„Noch immer nicht Morgen?"

„Noch lange nicht. Soll ich dir meine Hand geben? Willst du ein Schlückchen Wasser? – So, nun lege dich auf die andere Seite und schlafe weiter."

„Auch jetzt noch nicht?"

„Nein. Schlafe nur ganz ruhig, du wirst schon geweckt werden."

Die Sonne wusste recht gut, weshalb sie gestern Abend so frühzeitig in die entlegenste Südwestecke hinabsank, sie hat einen weiten Weg unten um die ganze Erde herum, ehe sie wieder aufsteigt im Osten. Der Zeit aber ist das ganz recht, sie will wieder einbringen, was in den übergeschäftigen letzten Tagen an rennender Hast zu viel geschah, oder will sie, im demütigen Gefühl ihrer Endlichkeit, ganz und gar vom Posten gehen und der Ewigkeit selbst die Ehrenwache bei den hochheiligen Mysterien überlassen? Dennoch schwingt der Pendel, die Zeigerrücken, der Goldhammer hebt sich, wenn die schleichende Stunde endlich vollbracht ist.

Der Hahn wird unruhig auf seiner Latte, obwohl er weder selbst Bescherung erwartet, noch für seine Familie heimlich aufgebaut hat. Er krähte schon mehrmals und lässt sich nicht länger irre dadurch führen, dass noch Mond und Sterne scheinen, er hat die Uhr im Kopfe. Die Hoftüre wird geöffnet, der Widerhall des Hauses erwacht vom Scharren des Kehrbesens, benutzt aber, verschlafen wie es alle sind nach den vielen Störungen in der Nacht, jede kleine Pause, abermals einzunicken zur köstlichen Nachtruhe. Es poltert im Ofen, Kleider werden geklopft, der wache Morgen schreitet immer dreister einher, dringt immer weiter vor in das Gebiet der Träume und ruft endlich, das blendende Licht in der Hand: „Kinder, steht auf!"

Endlich, endlich ist es Morgen! Morgen, der aber doch immer noch Nacht ist, der einzige Morgen des ganzen Jahres, an dem auch die kleinsten der kleinen Leute bei Lichte aufstehen – dies allein schon ein Ereignis, eine Tat, ein Wunder – das reine Märchen! Nicht selten müssen sehr kräftige Erweckungsmittel angewandt werden, um die fesselnde Kraft der „himmlisch" warmen Betten zu überwinden. Heute fährt das gesamte Aufgebot der Kinderbeine beim ersten Aufruf zugleich heraus – wie ein Bein, und die Schnelligkeit des Ankleidens wird nur von der fröhlichen Verwirrung, die sie erzeugt, übertroffen – und gehemmt. Endlich, trotz aller Konfusion fertig gekleidet, fügen sich die Kleinen, die doch sonst nicht genötigt werden brauchen, nur der kategorisch festgehaltenen Weisung, erst noch ruhig zu frühstücken.

Welch ein Zauber für die Kinderseele, eben wieder erstanden aus dem Schlummer, rein und klar wie der sternhelle Morgen, in der ganzen, unberührten Frische eines neuen Tagesleben, das noch kein, wenn auch nur in unbewusster Trübung nachwirkender, schnell vergessener Streit, keine paradiesaustreibende Unart entstellte – der höchsten Freude des Jahres entgegenzugehen! Welch ein Zauber in der Verschmelzung der Reize aller Tageszeiten und der entgegengesetztesten Stimmungen, in diesem Nachtdunkel, strahlendes Kerzenlicht und Morgenweihe, Entzücken und Andacht in eins verwebenden, gleichsam zeitlosen Wunderwelt! Welch ein Zauber, wenn beim wohlbekannten Klange des Silberglöckchens die Türflügel aufgehen, von unsichtbarer Hand bewegt, als wären es wirklich geflügelte Türen, und die stürmisch Herbeigeeilten, geblendet von all dem Glanze, nun doch im ersten Augenblick wie erstarrt auf der Schwelle stehen bleiben, bis der Eltern ermunterter Zuruf zum Nähertreten auffordert – welch ein Zauber, wenn der ersten allgemeinen Freude die jubelnde Besitzergreifung folgt, wenn ein jeder gerade das findet, was er „sich am meisten gewünscht" – die Mädchen ihre Puppen, die sie gar nicht mehr aus dem Arme lassen, die Knaben Trommeln und Trompetchen, deren lustiger Schall den fernen Ruf der Glocken zur Frühpredigt doch

nicht stört – welch ein Zauber, wenn den Zweigen des Christbaumes jener eigentümliche Duft entströmt, der, mit keinem anderen Wohlgeruch vergleichbar, noch in der der Erinnerung so magisch wirkt, dass die Kinder schon wochenlang vor dem nächsten Feste jeden verlöschenden Wachsstock, von Wonneschauern mit Vorahnung durchrieselt, begrüßen: „Es riecht nach Weihnachten!"
Welch ein Zauber auch dann noch, wenn endlich die Fensterladen aufgemacht, die Vorhänge zurückgeschlagen werden und die letzten tief herabgebrannten, immer matter brennenden Lichtchen im Tannengrün die Morgenröte bescheint. Wie das glüht im Osten, wie die Wolken sich türmen gleich goldigen Schneebergen über den Nachbarhäusern, wie die Rauchsäulen so purpurdurchleuchtet emporwallen! Es ist wie Opferdampf flammender Zedernscheite, der auf seinen Schwingen die Andacht heiliger Beter emporträgt, nicht wie Rauch aus gemeinen Kaminröhren, von gewöhnlicher Feuerstätten, auf denen klafterweise gekauftes Birken- und Kiefernholz brennt und Kaffee gekocht wird wie alle Tage. – Und von der Höhe dieses Morgens die Aussicht nicht wie bei der Abendfeier auf das immer zu frühe Zubettgestecktwerden, nein – auf einen ganz langen Tag, dessen frommes Gebot festlicher Muse die Spiel- und Naschfreuden gleichsam zu einer Gewissenspflicht macht!

KRIPPE

Die Weihnachtskrippe ist heute wohl Bestandteil in jedem christlichen Haushalt (und nicht nur dort), vor allem jedoch in den Kirchen, in denen sie mitunter eine ganze Chorwand einnimmt. Vor dem Hintergrund der Stadt Bethlehem zeigt sie in einem Stall oder in einer Höhle die Geburt des göttlichen Kindes in einer Futterkrippe für Tiere. Ochs und Esel sind daher meist Bestandteil der Darstellungen, zu denen jedoch auch die Hirten als die ersten Gäste im Stall und ihre Schafe zählen. Am 6. Januar kommen die Figuren der „Heiligen Drei Könige" und ihr Gefolge hinzu. Je nach Ort und Lage sind auch örtliche Gegebenheiten – Landschaft, Fluss, Häuserzeilen – in das Krippenpanorama mit eingebaut, über dem meist der Friedensengel als göttlicher Bote der Geburt Jesu schwebt.

Franz von Assisi war wohl der erste Krippenbauer, als er 1223 im Wald von Greccio das weihnachtliche Wunder figürlich nachgestaltete. Von seiner Weihnachtsfeier aus verbreiteten sich die Krippendarstellungen durch die franziskanischen Gemeinschaften in die Kirchen und christlichen Häuser. St. Michael in München und das Magnusstift in Füssen bauten die ersten Krippen in Deutschland. Ihre Glanzzeiten erlebten die Krippen in Deutschland und Italien im 18. Jahrhundert, als die vielfältigsten Formen in Holz, Terrakotta und Ton entstanden. Auch wenn die Aufklärung die Krippen als „Kinderspielzeug" verlachte, kam sie in der Zeit der Romantik zu neuen Ehren und ist heute nicht mehr wegzudenken. Manche Museen beherbergen eine große Anzahl verschiedenster Krippenmodelle, und Krippenmuseen ziehen in den Wintermonaten Tausende Besucher an. Viele Künstler, vor allem in Tirol und Bayern, haben sich auf das Krippenschnitzen verlegt. Organisierte Krippenfreunde sorgen für großflächige Ausstellungen.

Vom Himmel hoch, da komm ich her

Text: Martin Luther, 1535
Melodie: Martin Luther, 1539

Euch ist ein Kindlein heut geborn
von einer Jungfrau auserkorn,
ein Kindelein so zart und fein,
das soll eu'r Freud und Wonne sein.

Es ist der Herr Christ, unser Gott,
der will euch führn aus aller Not,
er will eu'r Heiland selber sein,
von allen Sünden machen rein.

Er bringt euch alle Seligkeit,
die Gott der Vater hat bereit',
dass ihr mit uns im Himmelreich
sollt leben nun und ewiglich.

So merket nun das Zeichen recht:
Die Krippe, Windelein so schlecht,
da findet ihr das Kind gelegt,
das alle Welt erhält und trägt.

Des lasst uns alle fröhlich sein
und mit den Hirten gehn hinein,
zu sehn, was Gott uns hat beschert,
mit seinem lieben Sohn verehrt.

Merk auf, mein Herz, und sieh dorthin!
Was liegt dort in dem Krippelein?
Wes ist das schöne Kindelein?
Es ist das liebe Jesulein.

Sei mir willkommen, edler Gast!
Den Sünder nicht verschmähet hast
und kommst ins Elend her zu mir:
wie soll ich immer danken dir?

Ach, Herr, du Schöpfer aller Ding,
wie bist du worden so gering,
dass du da liegst auf dürrem Gras,
davon ein Rind und Esel aß!

Und wär' die Welt vielmal so weit,
von Edelstein und Gold bereit',
so wär sie doch dir viel zu klein,
zu sein ein enges Wiegelein.

Joachim Ringelnatz

Weihnachtserinnerungen

Kindheitserinnerungen

Der Weihnachtsbescherung gingen besondere intime, überlieferte oder eingeführte Gebräuche, Scherzchen und Sentimentalitäten voraus, und ebensolche familiär geheiligte Bräuche folgten. Es liegt mir fern, mich darüber lustig zu machen. Ich will nur hier auf das in allen Variationen so oft geschilderte Thema nicht weiter eingehen. Weihnachten war auch uns Kindern in jedem Jahr das Fest der Seligkeit, der Herzlichkeit, der Anhänglichkeit, des Reichtums, des Glücks.

Und zu Silvester kriegten wir Pfannkuchen, durften Punsch trinken und um Mitternacht leicht angeheitert am offenen Fenster lauschen. Draußen, drunten läuteten die Glocken, rief man „Prost Neujahr", knallte Feuerwerk. Auch wir durften einmal mutig, als wär's was, aus dem Fenster brüllen: „Prost Neujahr!"

Zu Weihnachten erhielt Ottilie von Onkel Martin entzückende, weiße, prachtvoll bestickte Seide für ein Kleid. Ich warf ein glühendes Streichholz auf den Stoff und hinderte meine Schwester gewaltsam, das zu entfernen. Auf ihr Gezeter sprangen Mutter und Bruder hinzu. Sie entdeckten, dass mein Streichholz ein angekohltes, aber längst ausgekohltes Zündholz war. An der Stelle, wo Verkohlt und Unverbrannt sich trafen, hatte ich einen schmalen roten Stanniolstreifen um das Hölzchen gewunden. Der wirkte in der Kerzenbeleuchtung wie Glut. Ich freute mich meiner kleinen Erfindung.

„Streichholz groß, Streichholz klein,
Armes Streichholz, ganz allein."
(Alter Spielreim)

WEIHNACHTEN IN DER TROPENHITZE

Das Heimweh, jenes Heimweh des Gebirgssohnes, der sich niemals ganz in die Fremde einfindet, ist ihnen oder wird ihnen fremd. Ja, es bildet sich bei ihnen mit der Zeit etwas beinahe Gegenteiliges heraus. Ein Fernweh. Sie müssen immer wieder weit weg und woanders sein und sind es gern. Ohne dass sie darüber die Liebe zur Heimat verlieren.

Wie froh schlägt den Deutschen das Herz, wenn sie nach langer Abwesenheit elbaufwärts fahren und die Hamburger Michaeliskirche in Sicht kommt. Oder wie gespannt erwarten sie in Yokohama – und wie oft lesen sie – einen Brief aus der Heimat. Was bedeutet für den Memelsmann ein Weihnachtspaket von Muttern, das er in Tropenhitze öffnet!

Ich besinne mich auf ein Weihnachten, da ich in solcher Tropenhitze mit einem Dampfer auf der Reede von Maranhao lag. Wir durften nicht an Land, weil die Pest dort herrschte. Wir hatten den Tag über und bis spät in die Heilige Nacht hinein schwer zu arbeiten, um einen bedenklichen Schaden auszubessern.

Hinterher öffneten wir das Weihnachtsgeschenk unserer Reederei: pro Mann eine Flasche Bier. Das Bier war durch die Hitze verdorben. Aber dann hatte einer von uns in eine Holzspiere zwei Löcher gebohrt und in die Löcher zwei Handfeger gesteckt, die Borsten nach unten, sodass das Ganze aussah, wenigstens für uns aussah, wie ein Weihnachtsbaum. Und wir sangen ein Weihnachtslied und hatten Hunger und insgeheim etwas Sehnsucht.

Und hätte damals eine Fee einem von uns nur eine unbelegte und unbeschmierte Scheibe richtigen frischen Brotes geschenkt, der Empfänger wäre hochbeglückt gewesen. Und wir anderen mit ihm. Denn er hätte es unter uns fünfzehn (oder wie viel wir auch sein mochten) geteilt.

HUNGERWEIHNACHT IN HAMBURG

Nachts trieb ich mich dann mit dem Sohn des schlesischen Dienstmannes herum, der auch so heruntergekommen war. Es gab Tage, da wir nicht mehr als eine Semmel zu zweit zu verzehren hatten. Wir schämten uns, Seidlers Großmut noch länger in Anspruch zu nehmen.

Wir nächteten in Hauswinkeln oder auf den Bänken in der Wartehalle auf einem Hafenponton.

Stetig in der Furcht, von Polizisten überrascht zu werden. Mit diesem Freund teilte ich das Essbare eines Weihnachtspaketes, das mein Vater viel zu frühzeitig abgesandt hatte. So war von diesen Fressereien und dem beigelegten Bargeld zu Weihnachten nichts mehr übrig. Ich wanderte am Heiligen Abend hungernd und frierend durch die Straßen der reichen Stadtviertel.

Mein Gedenken war bei den Eltern. Ich wusste um jede Stunde, was da zu Hause vorging. Jetzt aßen sie den italienischen Salat, jetzt sang Mutter am Flügel das schöne Lied *Ich will dich nicht vergessen, wenn alles dich vergisst*. Ich wusste auch, dass Vater vor der Bescherung durch die Straßen gewandert war, um arme Kinder zu beschenken. Und während ich durch die erleuchteten Fenster der Hamburger Patrizier Lichterbäume sah und Weihnachtslieder vernahm, hegte ich so etwas wie eine leise Hoffnung, dass man mich beobachten könnte und dass plötzlich jemand aus einem dieser Häuser herauseilen und zu mir sagen würde: „Kommen Sie zu uns herein, junger Mann, und essen Sie sich erst einmal ordentlich satt."

An die Eltern schrieb ich anderntags einen völlig verlogenen Brief, worin ich lang und breit schilderte, wie ich mich in der Heiligen Nacht an ihren Gaben delektiert hätte und dass ich ihrer gedenkend mit guten Freunden auf das Wohl unserer Lieben angestoßen hätte.

Hermann Multhaupt

Das gestohlene Jesuskind

Die Aufregung war nicht zu überbieten, als Küster Kohus festgestellt hatte, dass das Jesuskind aus der Weihnachtskrippe verschwunden war. Gestern, gegen 17 Uhr, am Vortag des Heiligen Abends, hatte er es eigenhändig auf Heu und Stroh gebettet, nachdem der Stall von Bethlehem an seinem gewohnten Standort aufgestellt worden war und Maria und Josef sowie die Hirten mit ihren Schafen ihren angestammten Platz eingenommen hatten.

Als Erstes unterrichtete Küster Kohus nach Entdeckung des Diebstahls seinen Pfarrer. „Nun erzählen Sie noch einmal in Ruhe, was sich ereignet hat", forderte Pfarrer Neumann den Besucher auf, nachdem er ihm im Pfarrbüro einen Stuhl angeboten hatte.

„Da ist nicht viel zu berichten", erklärte der aufgeregte Küster. „Nachdem ich heute Morgen gegen 9 Uhr die Kirche aufgeschlossen hatte, habe ich mich einigen Arbeiten in der Sakristei gewidmet. Erst später, kurz vor Mittag, als ich mich vergewissern wollte, ob der kleine Wasserlauf, der am Stall von Bethlehem vorüberführt, auch wirklich funktioniert, fiel mir der Diebstahl auf."

„Also muss jemand zwischen neun Uhr und dem Angelusläuten in das Gotteshaus gekommen sein und das Jesuskind mitgenommen haben", stellte Pfarrer Neumann fest. Der Küster bejahte. „Aber wer tut denn so was, Herr Pfarrer?", entrüstete sich Herr Kohus. „Wir haben doch keine historische Krippe, sodass die Figuren Sammelwert besäßen."

„Nein, weiß Gott nicht. Es sind Gipsfiguren, und die sind nicht einmal gut gelungen. Ich hätte dem Pfarrgemeinderat schon längst die Anschaffung einer neuen Krippe vorgeschlagen, wenn unser Haushaltsbudget den Kauf rechtfertigen würde. Doch die Schlüsselzuweisungen fallen ja immer ärmlicher aus."

„Für die älteren Menschen in unserer Gemeinde haben die Gipsfiguren aber durchaus einen Erinnerungswert“, verteidigte Küster Kohus die Krippe. „Sie kennen sie seit Kindertagen und sind gleichsam mit ihnen groß geworden.“
„Ja, ja, das mag ja alles stimmen. Doch jetzt hilft uns das nicht weiter“, wandte Pfarrer Neumann ein. „Jetzt geht es darum, dass wir den Kindergottesdienst mit dem Krippenspiel um 17 Uhr retten. Eine Krippe ohne Jesuskind – unvorstellbar.“
Der Stuhl, auf dem Küster Kohus saß, wurde heiß. Er wandte sich unruhig hin und her. „Es hat wohl auch keinen Sinn, wenn wir in der Nachbargemeinde um Hilfe nachsuchen. Heute ist das Christkind unentbehrlich.“
Pfarrer Neumann nickte. Plötzlich hellten sich die Gesichtszüge von Küster Kohus auf. „Wie wäre es, Herr Pfarrer, wenn wir eine Puppe meiner Enkelin Nicole entsprechend dekorieren und als Ersatzjesuskind in die Krippe legen würden?“
Doch von dem Vorschlag wollte der Pfarrer nichts wissen. Das sei ein Stilbruch, meinte er. Gips bleibe Gips und eine Plastikpuppe werde schwerlich ein Christkind.
Die Gemeindereferentin schob ihren Kopf durch die Tür. Sie wollte mit dem Geistlichen noch einige Texte abstimmen, doch Pfarrer Neumann bedeutete ihr, dafür sei jetzt keine Zeit. Wenn das Jesuskind in der Krippe fehle, erübrige sich alle Abstimmung, dann fiele das Krippenspiel aus und man müsse einen Notfahrplan organisieren.
„Es sollen wieder Rumänen in der Stadt sein“, sagte die Gemeindereferentin, nachdem sie ihren Schreck über die Nachricht verwunden hatte. „Die klauen doch wie die Raben.“
„Vorsicht, Vorsicht, Frau Bienek!“ Der Pfarrer hob warnend den Zeigefinger. „Keine Vorverurteilungen. Wir wollen und dürfen niemanden verdächtigen.“
„Dann sollten wir die Polizei einschalten“, forderte der Küster. „Irgendetwas müssen wir doch unternehmen.“
Die Gemeindereferentin stimmte zu.
„Wegen eines gestohlenen Christkindes wird die Polizei kaum in Erscheinung treten. Da müsste schon ein voller Opferstock geklaut worden sein“, stellte Pfarrer Neumann fest.

„Geld ist eben doch der Maßstab aller Dinge“, seufzte Gemeindereferentin Bienek.

Doch dann schlug sie vor, in die Kirche hinüberzugehen und sich persönlich ein Bild von der Freveltat zu machen. Als die drei das Gotteshaus betreten hatten und vor der Krippe standen, staunten sie nicht schlecht. Das Jesuskind lag an seinem Platz, umgeben von Mutter Maria und dem Nährvater Josef und in geziemendem Abstand standen die Hirten mit ihren Schafen. Das Bächlein rieselte in seinem Bett aus feinen Kieselsteinen durch die Mooswiesen vor dem Stall und sein Plätschern hörte sich allerliebst an.

„Wie muss ich nun das verstehen?“, rief der Pfarrer und schüttelte den Kopf. „Herr Kohus, fehlte das Jesuskind heute Morgen denn tatsächlich in der Krippe?“

„Ich habe doch Augen im Kopf, Herr Pfarrer. Natürlich fehlte es! Meine Hand darauf!“

„Aber Zeugen haben Sie nicht, oder?“

„Nein“, knurrte der Küster, „aber ich gebe Ihnen mein Ehrenwort. Die Krippe war leer!“

Die Gemeindereferentin wollte gerade „Viel Lärm um Nichts“ sagen, da entdeckte sie den Zettel. Er lag am Krippenrand, wo der kleine Holzzaun als Begrenzung des heiligen Bezirks dient, und war mit einem der Kieselsteine beschwert. Frau Bienek zog das Schriftstück hervor uns las: „Entschuldigung, dass ich das Jesuskind für zwei Stunden entführt habe. Meine Großmutter hat sich gefreut wie ein kleines Kind unter dem Weihnachtsbaum. Einmal wollte sie das Jesuskind aus der Kirchenkrippe noch sehen. Vor 45 Jahren hat sie es bei einem Krippenspiel an seinen Platz getragen. Großmutter liegt seit zehn Jahren krank im Bett und wird bald sterben. Ich habe ihr ihren letzten Wunsch erfüllt. Es tut mir leid, wenn ich dadurch Unannehmlichkeiten bereitet habe. Verzeihung, D.“

Krippenlied aus Österreich:

Es wird schon gleich dunkel

Es wird schon gleich dunkel, es wird schon gleich Nacht,
Darum komm ich zu dir her, mein Heiland auf d' Wacht.
Will singen ein Liedlein dem Kindlein, dem kleinen.
Du magst ja nicht schlafen, ich hör dich nur weinen.
Hei, hei, hei, hei,
Schlaf süß, herzlieb's Kind.

Vergiss jetzt, o Kindlein, dein' Kummer, dein Leid,
Dass du da musst leiden im Stall auf der Heid'.
Es zier'n ja die Engel dein Krippelein aus,
Möcht' schöner nicht sein in dem vornehmsten Haus.
Hei, hei, hei, hei,
Schlaf süß, herzlieb's Kind.

O Kindlein, du liegst dort im Kripplein so schön;
Mir scheint, ich kann niemals von dir dort weggehn.
Ich wünsch' dir von Herzen die süßeste Ruh';
Die Engel vom Himmel, die decken dich zu.
Hei, hei, hei, hei,
Schlaf süß, herzlieb's Kind.

Schließ zu deine Äuglein in Ruh' und in Fried'
Und gib mir zum Abschied dein' Segen nur mit.
Dann wird auch mein Schlafen ganz sorgenlos sein,
Dann kann ich mich ruhig auf's Niederleg'n freun.
Hei, hei, hei, hei,
Schlaf süß, herzlieb's Kind.

Monika Hunnius

Der Geiger

Ein junger Musiker war an mich empfohlen, er war Geiger bei einer Kapelle. Es war nur wenige Wochen vor Weihnachten, als er nach Riga gekommen war. Er stand vor mir, noch fast ein Knabe, es war sein erster Ausflug in die Welt. Freunde von mir, die sich für seine Ausbildung interessierten, schrieben, dass ich mich seiner annehmen sollte. Es war ein schönes, dunkles Knabengesicht, in das ich schaute, als er vor mir stand, mit wunderbaren Augen, die mich halb trotzig, halb ängstlich ansahen. Halb trotzig, halb ängstlich war auch sein ganzes Wesen. Er wollte so gern den Künstler markieren, der seinen hohen Flug beginnt. Aber hinter der wallenden Künstlermähne und den etwas flotten Worten fühlte ich ein ängstlich schlagendes Knabenherz. Es war etwas an ihm, das einem Lust machte, ihn an die Hand zu fassen, sachte mit mütterlicher Hand über seine Künstlermähne zu streichen und ihm ganz einfach zu sagen: „Komm nur, du sollst bei mir ein Stück Heimat finden."

Er kam fast täglich zu mir, denn sein Leben bedrückte und beängstigte ihn. Es war so viel Unreifes in ihm, so viel Ahnungslosigkeit von dem, worauf es im Leben ankam. Er war noch wie ein großes Kind. In den ersten Tagen vertraute er mir sofort eine unglückliche „Lebensliebe" an, die ihn aus Deutschland in die Fremde getrieben hatte, und an der er zugrunde zu gehen schwor. Als ich es wagte, die Sache nicht gar zu tragisch zu nehmen, war er beleidigt und kam tagelang nicht zu mir, und es dauerte lange, bis ich ihn versöhnt hatte. Und nun kam Weihnachten heran. Er hatte den ganzen Tag frei und kam schon früh am Morgen zu mir. Ich übergab ihm den Schmuck des Weihnachtsbaumes, er half beim Backen in der Küche. Bei all den Vorbereitungen hatte er bald sein stolzes Künstlertum vergessen, das er sonst wie einen Mantel umgehängt hatte. Mit glühendem Eifer lief er durch die Zimmer, ließ sich noch auf letzte vergessene Besorgung schicken, kam mit hochroten Wangen und erfrorenen Händen wieder heim, lief immer hinter mir drein, um mir zu versichern, es sei ein wunderschöner Tag.

Meine alte Tante, die bei mir lebte, war ganz beglückt über das helle, frohe Knabenlachen, das durch die Zimmer klang. Als wir um den Mittagstisch saßen, erklärte ich, bis halb sechs müssten die Vorbereitungen beendet sein, denn dann ziehen wir alle in die Kirche zum Festgottesdienst. „Ich gehe nicht in die Kirche", sagte er wichtig, indem er den Kopf zurückwarf, „ich halte nichts davon, außerdem bin ich katholisch, ich mag nicht die lutherischen Gottesdienste."

„Haben Sie schon einen mitgemacht?", fragte ich, „kennen Sie unsere Festgottesdienste?" Er schlug verlegen die Augen nieder. „Nein", sagte er ein wenig kleinlaut. „Nun, dann probieren Sie es doch einmal", meinte ich freundlich. Um halb sechs stand er fertig gerüstet vor mir. „Wenn Sie mich mitnehmen", sagte er leise, „möchte ich wohl gern in die Kirche mit Ihnen."

Als wir in unserem alten Dom standen, den die Gemeinde dicht gedrängt Kopf an Kopf füllte, wurde es still. Es war ein liturgischer Gottesdienst; wunderbarer Chorgesang klang durch den Raum. Dazwischen verlas der Pastor die Weihnachtsgeschichte, und wir sangen Weihnachtslieder. Auf dem Altar standen die riesengroßen Tannenbäume voll Lichterglanz. Ich streifte heimlich meinen Nachbarn mit den Blicken, er hatte sich ganz vergessen, sich, seinen Katholizismus, seinen Widerspruch und seinen Trotz. Versunken stand er neben mir, mit dem Blick auf die Weihnachtsbäume, verloren in der Weihe der Stunde, mit einem wunderschönen Ausdruck in seinen großen, strahlenden Augen. Als zum Schluss der Chorgesang leise erklang: „Stille Nacht, heilige Nacht!", da sah ich, wie seine Lippen bebten.

Ich hatte einen großen Strauß Frühlingsblumen bei mir, der zu einer Kranken gebracht werden sollte. Wir gingen zusammen bis vor die Tür der Kranken, dann bat ich ihn hineinzugehen und ihr den Strauß zu bringen. „Aber geben Sie ihn selbst in ihre Hände", sagte ich. Es dauerte lange, bis er wieder zu mir trat. „Nun?", fragte ich. Er konnte zuerst nicht reden. „Ich war bei der Kranken", sagte er endlich bewegt,

„und gab ihr den Strauß. Sie hat mich gar nicht gefragt, wer ich sei, von wo ich käme, sie hat sich nur gefreut." Schweigend wanderten wir durch die verschneiten Straßen meiner Wohnung zu. Heller Lichterglanz schien auf unserem Wege, und in den Häusern zündete man schon die Weihnachtsbäume an. Mein Gefährte schwieg. „Welch ein merkwürdiger Tag", sagte er plötzlich, „mir ist 's, als ob es wirklich Frieden auf Erden wäre."

Und nun kam auch bei uns die Stunde des Bescherens. Meine alte Tante und mein Schützling waren „die Kinder", die hinter der Tür harren mussten, bis das Zeichen zum Herankommen erklang. Und dann öffnete sich die Tür und wir sangen: „Von Himmel hoch, da komm ich her!", und unser Junge bekam seine Geschenke, die ihn in einen Freudenrausch versetzten. Nach dem Abendessen saßen wir im Weihnachtszimmer, es duftete nach Tannen, nach Wachs und all den Frühlingsblumen, die das Zimmer füllten. Da ging ihm das Herz auf, und er erzählte von „zu Hause", ein trostloses, ödes Bild entwarf er uns. Streit zwischen den Eltern, keine Liebe, kein Verstehen; im erbitterten Kampf ums Dasein war in ihrem Hause alle Liebe erloschen und mit der Liebe die Freude. Wir hörten still zu, als sich so Bild auf Bild vor unseren Augen entrollte von seinem Leben, in dem die Sonne gefehlt hatte, und dessen Alltag von keinem Glanz durchstrahlt war. Nun schwieg er. „Armes Kind!", sagte ich unwillkürlich, das Schweigen brechend. Da bückte er sich tief und barg sein Gesicht aufschluchzend in seine Hände. Es war ganz still im Zimmer. Man hörte nur das Knistern eines brennenden kleinen Tannenzweiges, der einem Lichtlein zu nahe gekommen war, und das Schluchzen, das aus seiner jungen Seele brach. Dann ließ er die Hände herabsinken und hob sein tränenüberströmtes Gesicht empor. „Ich habe noch nie ein Weihnachtsfest gehabt", sagte er, „jetzt weiß ich es, dieses war mein erstes Weihnachtsfest."

Süßer die Glocken nie klingen

Text: Friedrich Wilhelm Kritzinger

Melodie: deutsche Volksweise

O, wenn die Glocken erklingen,
schnell sie das Christkindlein hört;
tut sich vom Himmel herschwingen,
eilet hernieder zur Erd.
|: Segnet den Vater, die Mutter, das Kind. :|
Glocken mit heiligem Klang,
klinget die Erde entlang!

Klinget mit lieblichem Schalle
über die Erde noch weit,
dass sich erfreuen doch alle
seliger Weihnachtszeit.
|: Alle aufjauchzen mit einem Gesang. :|
Glocken mit heiligem Klang,
klinget die Erde entlang!

WEIHNACHTSPUNSCH

Der Punsch wird schon von Friedrich Schiller in seinem „Punschlied“ besungen. Auch Wolfgang Amadeus Mozart, der dieses „Getränk von Wasser, Rhum, Zucker und Limonien“ bei einer Englandreise kennenlernte, war begeistert.

Die Vanilleschote längs aufschlitzen, das Vanillemark herauskratzen und zusammen mit Vanilleschote, Zimtstange, Nelken und Kardamom in einen Topf geben. Sternanis mit Rosinen, Mandeln, dem Saft und der abgeriebenen Schale von Orange und Zitrone sowie Zucker dazugeben. Mit dem Rotwein aufgießen. Zugedeckt erhitzen (nicht kochen!), den Rum untermischen und servieren. Dieser Punsch hat es in sich! Alternativ kann der Rum weggelassen oder durch heißen Früchtetee ersetzt werden.

PUNSCHLIED

Friedrich Schiller

Vier Elemente,
Innig gesellt,
Bilden das Leben,
Bauen die Welt.

Presst der Zitrone
Saftigen Stern,
Herb ist des Lebens
Innerster Kern.

Jetzt mit des Zuckers
Linderndem Saft
Zähmet die herbe
Brennende Kraft.

Weihnachtspunsch

ZUTATEN:

1 Flasche Rotwein, trocken,
1 Vanilleschote, 1 Stange Zimt,
6–7 Nelken, 4–5 Sternanis,
1 Prise Kardamom, 50 g Rosinen,
50 g Mandeln, grob gehackt,
1 Orange, ungespritzt, 1 Zitrone,
ungespritzt, 5 EL Zucker,
200 ml Rum, Salz

RAUNÄCHTE

Die Vorabende der Feste in der Advents- und Weihnachtszeit, besonders die Abende des 20., 24. und 31. Dezember sowie der 5. Januar, gelten als Rau- oder Rauchnächte. Der Volksglauben empfiehlt an diesen Tagen zum Schutz vor bösen Geistern die Ausräucherung des Hauses. Der Priester zog früher mit dem Weihrauchfass, das auf der Kohlenglut auch geweihte Kräuter verbrannte, durch das Haus und segnete die Räume. Er bekam dafür eine Abgabe, zum Beispiel „Rauchwein“ oder das „Rauchhuhn“. In Polen, auch in

Gießet des Wassers
Sprudelnden Schwall,
Wasser umfänget
ruhig das All.

Tropfen des Geistes
Gießet hinein,
Leben dem Leben
Gibt er allein.

Eh es verdüftet,
Schöpfet es schnell,
Nur wenn er glühet,
Labet der Quell.

Oberschlesien, ist die sogenannte „Kolenda" noch verbreitet, eine Häuserweihe um den Dreikönigstag. Heidnische Vorstellungen verbanden mit den Raunächten auch einen Blick in die Zukunft und den Brauch des Verkleidens.

WEIHNACHTSSTERNE

In vielen vorwiegend evangelischen Kirchen hängt in der Weihnachtszeit über dem Altar oder im Chorraum ein vielzackiger großer leuchtender Weihnachtsstern. Er geht auf die „Herrnhuter Brüdergemeine" zurück, eine aus der böhmischen Reformation herkommende überkonfessionell-christliche Glaubensbewegung, die ihren Stammsitz in Herrnhut in der Oberlausitz hat. Ursprünglich war ein Stern mit 110 Zacken 1821 zum 50. Jubiläum der „Unitas-Knabenanstalt" in Niesky angefertigt worden, das allerdings erst im Januar gefeiert wurde. Doch der Stern wurde zum Schmuckstück in den schlichten weißen Sälen der Brüdergemeine. Seine kommerzielle Anfertigung begann zu Beginn des 20. Jahrhunderts. Eine eigene „Sterngesellschaft mbH" in Herrnhut produzierte eine Version mit 25 Zacken, die auch zu DDR-Zeiten nicht eingestellt wurde. Heute gibt es 60 verschiedene Sterne, die neben Zubehör und Beleuchtung in mehreren Behindertenwerkstätten entstehen. Etwa 240 000 Exemplare verlassen jährlich die Produktionsstätten. Darüber hinaus gibt es natürlich viele Strohsterne, die zu Weihnachten nach vielen Bastelanleitungen hergestellt werden. – Und natürlich gibt es den „Weihnachtsstern" als Pflanze, auch Adventsstern, Christstern oder Poinsettie genannt. Er stammt ursprünglich aus Mittel- und Südamerika. Von dort brachte ihn der Naturforscher Alexander von Humboldt erstmals 1804 nach Europa mit.

Erich Kästner

Sechsundvierzig Heiligabende

Fünfundvierzigmal hintereinander hab' ich mit meinen Eltern zusammen die Kerzen am Christbaum brennen sehen. Als Flaschenkind, als Schuljunge, als Seminarist, als Soldat, als Student, als angehender Journalist, als verbotener Schriftsteller. In Kriegen und im Frieden. In traurigen und in frohen Zeiten. Vor einem Jahr zum letzten Mal. Als es Dresden, meine Vaterstadt, noch gab.

Diesmal werden meine Eltern am Heiligabend allein sein. Im Vorderzimmer werden sie sitzen und schweigend vor sich hinstarren. Das heißt, der Vater wird nicht sitzen, sondern am Ofen lehnen. Hoffentlich hat er eine Zigarre im Mund. Denn rauchen tut er für sein Leben gern. „Vater hält den Ofen, damit er nicht umfällt", sagte meine Mutter früher. Mit einem Mal wird er „Gute Nacht" murmeln und klein und gebückt, denn er ist fast achtzig Jahre alt, in sein Schlafzimmer gehen.

Nun sitzt sie ganz einsam und verlassen. Ein paarmal hört sie ihn nebenan noch husten. Schließlich wird es in der Wohnung vollkommen still sein ... Bei Grüttners oder Ternettes singen sie vielleicht „O du fröhliche, o du selige". Meine Mutter tritt ans Fenster und schaut auf die weiß bemützten Häuserruinen gegenüber. Am Neustädter Bahnhof pfeift ein Zug. Aber ich werde nicht in dem Zuge sein.

Dann wird sie in ihren Kamelhaarpantoffeln leise und langsam durchs Zimmer wandern und meine Fotografien betrachten, die an den Wänden hängen und auf dem Vertiko stehen. In den Büchern, die ich geschrieben habe und die sie auf den Tisch gelegt hat, wird sie blättern. Seufzen wird sie. Und vor sich hinflüstern: „Mein guter Junge." Und ein wenig weinen. Nicht laut, obwohl sie allein im Zimmer ist. Aber so, dass ihr das alte, tapfere Herz wehtut.

Wenn ich daran denke, ist mir es, als müsste ich, hier in München, auf

der Stelle vom Stuhl aufspringen, die Treppen hinunterstürzen und ohne anzuhalten bis nach Dresden jagen. Durch die Straßen und Wälder und Dörfer. Über die Brücken und Berge und verschneiten Äcker und Wiesen. Bis ich endlich außer Atem vor dem Hause stünde, in dem sie sitzt und sich nach mir sehnt wie ich mich nach ihr.
Aber ich werde nicht die Treppen hinunterstürzen. Ich werde nicht durch die Nacht nach Dresden rennen: Es gibt Dinge, die mächtiger sind als Wünsche. Da muss man sich fügen, ob man will oder nicht. Man lernt es mit der Zeit. Dafür sorgt das Leben. Sogar von euch wird das schon mancher wissen. Vieles erfährt der Mensch zu früh. Und vieles zu spät.
Meine liebe Mutter ... Nun bin ich doch selber schon ein leicht angegrauter, älterer Herr von reichlich sechsundvierzig Jahren. Aber der Mutter gegenüber bleibt man immer ein Kind. Mutters Kind eben. Ob man sechsundvierzig ist oder Ministerpräsident von Bischofswerda oder Johann Wolfgang Goethe persönlich. Das ist den Müttern, Gott sei Dank, herzlich einerlei!
Später wird sie sich eine Tasse Malzkaffee einschenken. Aus der Zwiebelmusterkanne, die in der Ofenröhre warm steht. Dann wird sie ihre Brille aufsetzen und meinen letzten Brief noch einmal lesen. Und ihn sinken lassen. Und an die fünfundvierzig Heiligabende denken, die wir gemeinsam verlebt haben. An Weihnachtsfeste besonders, die weit, weit zurückliegen. In längst vergangenen Zeiten, da ich noch ein kleiner Junge war.
An das eine Mal etwa, wo ich ihr einen großen, schönen, feuerfesten Topf gekauft hatte und mit ihm, als sie mich zur Bescherung rief, hastig durch den Flur rannte. Als ich ins Zimmer einbiegen wollte, begann ich strahlend: „Da, Mutti, hast du ..." Ich wollte natürlich rufen: „... einen Topf!" Aber nein, Mutters feuerfester Topf kam leider, als ich in die Zielgerade einbog, mit der Tür in Berührung. Er zerbrach, und ich stammelte entgeistert: „Da, Mutti, hast du – einen Henkel!" Denn mehr als den Henkel hatte ich nicht in der Hand.
Wenn sie daran denkt, wird sie lächeln. Und einen Schluck Malzkaffee trinken. Und sich anderer Weihnachten erinnern. Vielleicht jenes Heiligabends, an dem ich ihr die „sieben Sachen" schenkte. Verle-

gen überreichte ich ihr eine kleine, in Seidenpapier gewickelte Pappschachtel und sagte, während sie diese unterm Christbaum vorsichtig und gespannt auspackte: „Weißt du, ich habe doch nicht viel Geld gehabt – aber es sind sieben Sachen, und alle sieben sind sehr praktisch!" In der Schachtel fand sie eine Rolle schwarzen Zwirn, eine Rolle weißen Zwirn, eine Spule schwarzer Nähseide, eine Spule weißer Nähseide, ein Briefchen Sicherheitsnadeln, ein Heftchen Nähnadeln und ein Kärtchen mit einem Dutzend Druckknöpfchen. Sieben Sachen! Da freute sie sich sehr, und ich war stolz wie der Kaiser von Annam.

Oder ihr fällt jener Weihnachtsabend ein, an dem ich, nach der Bescherung, noch zu Försters Fritz, meinem besten Freunde, lief, um zu sehen, was denn er bekommen hatte. Seinen Eltern gehörte das Milchgeschäft an der Ecke Jordanstraße ... Ganz plötzlich kam ich wieder nach Hause. Ich stand, als meine Mutter die Tür öffnete, blaß und verstört vor ihr. Försters Fritz hatte eine Eisenbahn geschenkt bekommen, und als ich damit hatte spielen wollen, hatte er mich geschlagen! Da stand ich nun klein und ernst vor ihr und fragte, was ich tun solle. Zurückschlagen hatte ich nicht können. Er war ja mein bester Freund! Und warum er mich eigentlich geschlagen hatte, begriff ich überhaupt nicht. Was hatte ich ihm denn getan?

Damals hatte meine Mutter zu mir gesagt: „Es war richtig, dass du nicht zurückgeschlagen hast! Einen Freund, der uns haut, sollen wir nicht auch prügeln, sondern mit Verachtung strafen."

„Mit Verachtung strafen?" Ich machte kehrt.

„Wo willst du denn hin?", fragte meine Mutter.

„Wieder zurück!", erklärte ich energisch. „Ihn mit Verachtung strafen!" Und so ging ich wieder zu Försters und verbrachte den Rest des Abends damit, meinen Freund Fritz gehörig zu verachten. Leider weiß ich nicht mehr, wie ich das im Einzelnen gemacht habe. Schade. Sonst könnte ich euch das Rezept verraten.

Oder meine Mutter wird an einen anderen Heiligabend denken, der nicht ganz so weit zurückliegt. Es sind höchstens zwanzig Jahre her – da gingen wir, nach unserer Bescherung, an den Albertplatz zu Tante Lina, um dabei zu sein, wenn der kleine Franz beschert bekäme. Franz war das Kind meiner früh verstorbenen Base Dora.

Ich war damals ungefähr fünfundzwanzig Jahre alt. Und plötzlich sagte Tante Lina, der Weihnachtsmann, der zum kleinen Franz hätte kommen sollen, habe in letzter Minute wegen Überlastung abtelefoniert und ich müsse ihn unbedingt vertreten! Sie zogen mir einen umgewendeten Pelz an, hängten mir einen großen weißen Bart aus Watte um, drückten mir einen Sack mit Äpfeln und Haselnüssen in die Hand und stießen mich in das Zimmer, wo Franz, der kleine Knirps, neugierig und etwas ängstlich auf den richtigen Weihnachtsmann wartete. Als ich ihn mit kellertiefer Stimme fragte, ob er auch gut gefolgt habe, antwortete er: O ja, das habe er schon getan.

Und dann kitzelte mich der alberne Wattebart derartig in der Nase, dass ich laut niesen musste.

Und der kleine Franz sagte höflich: „Prost, Onkel Erich!“ Er hatte den Schwindel von Anfang an durchschaut und hatte nur geschwiegen, um uns Erwachsenen den Spaß nicht zu verderben.

Meine Mutter in Dresden wird also an vergangene glücklichere Weihnachten denken. Und ich in München werde es auch tun.

Erinnerungen an schönere Zeiten sind kostbar wie alte goldene Münzen. Erinnerungen sind der einzige Besitz, den uns niemand stehlen kann und der, wenn wir sonst alles verloren haben, nicht mit verbrannt ist. Merkt euch das! Vergesst es nie!

Während ich am Schreibtisch sitze, werden meiner Mutter vielleicht die Ohren klingen. Da wird sie lächeln und meine Fotografien anblicken, ihnen zunicken und flüstern: „Ich weiß schon, mein Junge, du denkst an mich.“

Brich an, du schönes Morgenlicht

Text: Johann Rist, 1641

Melodie: Johann Schop, 1641

Willkommen, süßer Bräutigam,
du König aller Ehren!
Willkommen, Jesu, Gottes Lamm,
ich will dein Lob vermehren;
ich will dir all mein Leben lang
von Herzen sagen Preis und Dank,
dass du, da wir verloren,
für uns bist Mensch geboren.

Lob, Preis und Dank, Herr Jesu Christ,
sei dir von mir gesungen,
dass du mein Bruder worden bist
und hast die Welt bezwungen;
hilf, dass ich deine Gütigkeit
stets preis in dieser Gnadenzeit
und mög hernach dort oben
in Ewigkeit dich loben.

Selma Lagerlöf

Heilige Nacht

Es war an einem Weihnachtstag, alle waren zur Kirche gefahren, außer Großmutter und mir. Ich glaube, wir beide waren im ganzen Hause allein. Wir hatten nicht mitfahren können, weil die eine zu jung und die andere zu alt war. Und alle beide waren wir betrübt, dass wir nicht zum Mettegesang fahren und die Weihnachtslieder singen konnten. Aber wie wir so in unserer Einsamkeit saßen, fing Großmutter zu erzählen an. „Es war einmal ein Mann", sagte sie, „der in die dunkle Nacht hinausging, um sich Feuer zu leihen. Er ging von Haus zu Haus und klopfte an. ‚Ihr lieben Leute, helft mir', sagte er. ‚Mein Weib hat eben ein Kindlein geboren, und ich muss Feuer anzünden, um es und den Kleinen zu erwärmen.'" Aber es war tiefe Nacht, sodass alle Menschen schliefen, und niemand antwortete ihm. Der Mann ging und ging. Endlich erblickte er in weiter Ferne einen Feuerschein. Da wanderte er dieser Richtung zu und sah, dass das Feuer im Freien brannte. Eine Menge weiße Schafe lagen rings um das Feuer und schliefen, und ein alter Hirt wachte über der Herde.

Als der Mann, der Feuer leihen wollte, zu den Schafen kam, sah er, dass drei große Hunde zu Füßen des Hirten ruhten und schliefen. Sie erwachten alle drei bei seinem Kommen und sperrten ihre weiten Rachen auf, als ob sie bellen wollten, aber man vernahm keinen Laut. Der Mann sah, dass sich die Haare auf ihrem Rücken sträubten. Er sah, wie ihre scharfen Zähne funkelnd weiß im Feuerschein leuchteten, und wie sie auf ihn losstürzten. Er fühlte, dass einer von ihnen nach seinen Beinen schnappte und einer nach seiner Hand, und dass einer sich an seine Kehle hängte. Aber die Kinnladen und die Zähne, mit denen die Hunde beißen wollten, gehorchten ihnen nicht, und der Mann litt nicht den kleinsten Schaden.

Nun wollte der Mann weitergehen, um das zu finden, was er brauchte. Aber die Schafe lagen so dicht nebeneinander, Rücken an Rücken, dass er nicht vorwärtskommen konnte. Da stieg der Mann auf die Rücken der Tiere und wanderte über sie hin dem Feuer zu. Und keins von den Tieren wachte auf oder regte sich." So weit hatte Großmutter ungestört erzählen können, aber nun konnte ich es nicht lassen, sie zu unterbrechen. „Warum regten sie sich nicht, Großmutter?", fragte ich. „Das wirst du nach einem Weilchen schon erfahren", sagte Großmutter und fuhr mit ihrer Geschichte fort.

„Als der Mann fast beim Feuer angelangt war, sah der Hirt auf. Es war ein alter, mürrischer Mann, der unwirsch und hart gegen alle Menschen war. Und als er einen Fremden kommen sah, griff er nach einem langen, spitzigen Stabe, den er in der Hand zu halten pflegte, wenn er seine Herde hütete, und warf ihn nach ihm. Und der Stab fuhr zischend gerade auf den Mann los, aber ehe er ihn traf, wich er zur Seite und sauste an ihm vorbei weit über das Feld." Als Großmutter so weit gekommen war, unterbrach ich sie abermals. „Großmutter, warum wollte der Stock den Mann nicht schlagen?" Aber Großmutter ließ es sich nicht einfallen, mir zu antworten, sondern fuhr mit ihrer Erzählung fort. „Nun kam der Mann zu dem Hirten und sagte zu ihm: ‚Guter Freund, hilf mir und leih mir ein wenig Feuer. Mein Weib hat eben ein Kindlein geboren, und ich muss Feuer machen, um es und den Kleinen zu wärmen.'" Der Hirt hätte am liebsten Nein gesagt, aber als er daran dachte, dass die Hunde dem Manne nicht hatten schaden können, dass die Schafe nicht vor ihm davongelaufen waren und dass sein Stab ihn nicht fällen wollte, da wurde ihm ein wenig bange, und er wagte es nicht, dem Fremden das abzuschlagen, was er begehrte. „Nimm, so viel du brauchst", sagte er zu dem Manne.

Aber das Feuer war beinahe ausgebrannt. Es waren keine Scheite und Zweige mehr übrig, sondern nur ein großer Gluthaufen, und der Fremde hatte weder Schaufel noch Eimer, worin er die roten Kohlen hätte tragen können. Als der Hirt dies sah, sagte er abermals: „Nimm so viel du brauchst!", und freute sich, dass der Mann kein Feuer wegtragen konnte. Aber der Mann beugte sich hinunter, holte die Kohlen mit bloßen Händen aus der Asche und legte sie in seinen Mantel. Und weder versengten die Kohlen seine Hände, als er sie berührte, noch versengten sie seinen Mantel, sondern der Mann trug sie fort, als wenn es Nüsse oder Äpfel gewesen wären." Aber hier wurde die Märchenerzählerin zum dritten Mal unterbrochen. „Großmutter, warum wollte die Kohle den Mann nicht brennen?"

„Das wirst du schon hören", sagte Großmutter, und dann erzählte sie weiter. „Als dieser Hirt, der ein so böser, mürrischer Mann war, dies alles sah, begann er sich bei sich selbst zu wundern: ‚Was kann dies für eine Nacht sein, wo die Hunde die Schafe nicht beißen, die Schafe nicht erschrecken, die Lanze nicht tötet und das Feuer nicht brennt?' Er rief den Fremden zurück und sagte zu ihm: ‚Was ist dies für eine Nacht? Und woher kommt es, dass alle Dinge dir Barmherzigkeit zeigen?'

Da sagte der Mann: ‚Ich kann es dir nicht sagen, wenn du selbst es nicht siehst.' Und er wollte seiner Wege gehen, um bald ein Feuer anzünden und Weib und Kind wärmen zu können. Aber da dachte der Hirt, er wolle den Mann nicht ganz aus dem Gesicht verlieren, bevor er erfahren hätte, was dies alles bedeute. Er stand auf und ging ihm nach, bis er dorthin kam, wo der Fremde daheim war. Da sah der Hirt, dass der Mann nicht einmal eine Hütte hatte, um darin zu wohnen, sondern er hatte sein Weib und sein Kind in einer Berggrotte liegen, wo es nichts gab als nackte, kalte Steinwände. Aber der Hirt dachte, dass das arme unschuldige Kindlein vielleicht dort in der Grotte erfrieren würde, und obgleich er ein harter Mann war, wurde er davon doch ergriffen und beschloss, dem Kinde zu helfen. Und er löste sein Ränzel von der Schulter und nahm daraus ein weiches, weißes Schaffell hervor. Das gab er dem fremden Manne und sagte, er möge das Kind darauf betten.

Aber in demselben Augenblick, in dem er zeigte, dass auch er barmherzig sein konnte, wurden ihm die Augen geöffnet, und er sah, was er vorher nicht hatte sehen, und hörte, was er vorher nicht hatte hören können. Er sah, dass rund um ihn ein dichter Kreis von kleinen, silberbeflügelten Englein stand. Und jedes von ihnen hielt ein Saitenspiel in der Hand, und alle sangen sie mit lauter Stimme, dass in dieser Nacht der Heiland geboren wäre, der die Welt von ihren Sünden erlösen solle. Da begriff er, warum in dieser Nacht alle Dinge so froh waren, dass sie niemand etwas zuleide tun wollten. Und nicht nur rings um den Hirten waren Engel, sondern er sah sie überall. Sie saßen in der Grotte, und sie saßen auf dem Berge, und sie flogen unter dem Himmel. Sie kamen in großen Scharen über den Weg gegangen, und wie sie vorbeikamen, blieben sie stehen und warfen einen Blick auf das Kind. Es herrschte eitel Jubel und Freude und Singen und Spiel, und das alles sah er in der dunkeln Nacht, in der er früher nichts zu gewahren vermocht hatte. Und er wurde so froh, dass seine Augen geöffnet waren, dass er auf die Knie fiel und Gott dankte."

Aber als Großmutter so weit gekommen war, seufzte sie und sagte: „Aber was der Hirte sah, das könnten wir auch sehen, denn die Engel fliegen in jeder Weihnachtsnacht unter dem Himmel, wenn wir sie nur zu gewahren vermögen." Und dann legte Großmutter ihre Hand auf meinen Kopf und sagte: „Dies sollst du dir merken, denn es ist so wahr, wie dass ich dich sehe und du mich siehst. Nicht auf Lichter und Lampen kommt es an, und es liegt nicht an Mond und Sonne, sondern was Not tut, ist, dass wir Augen haben, die Gottes Herrlichkeit sehen können."

FEST DER UNSCHULDIGEN KINDER

Ob Herodes wirklich den ihm zur Last gelegten Kindermord zu Bethlehem angeordnet hat, weil er die Konkurrenz „des neugeborenen Königs“ fürchtete, ist umstritten, doch wird diese Tat dem gewalttätigen Herrscher in manchen Texten zur Last gelegt, so auch im Matthäusevangelium (Mt 2,13), in Apokryphen Schriften und im Arabischen Kindheitsevangelium. Die „Legende aurea“ weiß anschaulich in vielen Details darüber und die folgende Flucht der Hl. Familie nach Ägypten zu berichten.

Nachdem die Weisen aus dem Morgenland aus Bethlehem abgereist waren, erschien ein Engel dem Joseph im Traum und befahl ihm, nach Ägypten zu fliehen. Die koptische Kirche weiß sehr genau, wie diese Flucht vonstatten ging, wo Joseph, Maria und das Kind gerastet, gewohnt und welche Wunder sich auf dem Wege ereignet haben. Drei Jahre soll ihr Aufenthalt in Ägypten gedauert haben, da kam Herodes Sohn Archelaus auf den Thron und die Hl. Familie konnte in Nazareth in Galiläa sesshaft werden. Das „Fest der Unschuldigen Kinder“ wird am 28. Dezember gefeiert. Die Flucht ist eine der „Sieben Schmerzen Mariens“, derer nach dem liturgischen Kalender am 15. September gedacht wird.

KINDERMORD ZU BETHLEHEM

Das Fest der Unschuldigen Kinder, das zum Weihnachtszyklus gehört und in der römisch-katholischen Kirche am 28. Dezember gefeiert wird, erinnert an den Kindermord in Bethlehem, in den König Herodes verwickelt sein soll, was die Geschichtsforschung heute weitgehend dementiert. Da die Heiligen Drei Könige nach dem Besuch an der Krippe in Bethlehem nicht zum König von Judäa zurückgekehrt waren, soll er, um den „neugeborenen König der Juden" auszuschalten, alle Jungen bis zum Alter von zwei Jahren hingerichtet haben lassen. Das Fest besteht seit dem 5. Jahrhundert. Seit dem 11. Jahrhundert begingen vor allem Subdiakone und Schüler, hier vor allem die Chorknaben, dieses Fest. Sie hielten am Vortag nach der Vesper und am 28. Dezember selbst feierliche Prozessionen und Umzüge, an deren Spitze ein „Kinderbischof" stand, der die Erwachsenen mit Fragen in die Zange nahm und Lohn und Strafen austeilte. Aus diesem Brauch gingen die mittelalterlichen Narrenfeste hervor, die mit viel Unfug verbunden waren und ortsweise verboten wurden. Das Subdiakonatsfest wurde schließlich auf den Neujahrstag oder auf Epiphanie verlegt, während das Kinderfest seit dem 13. Jahrhundert an den Festtag des hl. Nikolaus gebunden war. In den Klöstern durfte der Nachwuchs an diesem Tag im Chor und Refektorium in der ersten Reihe sitzen. Die jüngste Schwester übernahm die Aufgaben der Oberin. Die Tradition dieses Jugendfestes erhielt sich in den Niederlanden noch lange. Im süddeutschen Raum lebte sie als „Pfeffertag" eine Weile fort. Die Kinder durften die Erwachsenen mit Ruten schlagen und ein „Lösegeld" fordern.

Die Flucht der Heiligen Familie

Joseph von Eichendorff

Länger fallen schon die Schatten,
durch die kühle Abendluft,
waldwärts über stille Matten
schreitet Joseph von der Kluft,
führt den Esel treu am Zügel;
linde Lüfte fächeln kaum,
's sind der Engel leise Flügel,
die das Kindlein sieht im Traum.
Und Maria schauet nieder
auf das Kind voll Lust und Leid,
singt im Herzen Wiegenlieder
in der stillen Einsamkeit.
Die Johanniswürmchen kreisen
emsig leuchtend über 'n Weg
wollen der Mutter Gottes weisen
durch die Wildnis jeden Steg,
und durchs Gras geht süßes Schaudern, –
streift es ihres Mantels Saum;
Bächlein auch lässt jetzt sein Plaudern
und die Wälder flüstern kaum,
dass sie nicht die Flucht verraten.
Und das Kindlein hob die Hand,
da sie ihm so Liebes taten,
segnete das stille Land,
dass die Erd' mit Blumen, Bäumen
fernerhin in Ewigkeit
nächtlich muss vom Himmel träumen –
o gebenedeite Zeit!

SILVESTER

Der letzte Tag des Jahres, der 31. Dezember, hat seinen Namen nach Papst Silvester, der zwischen 314 und 335 auf dem Stuhl Petri in Rom residierte. Unter seinem Pontifikat wurde das Christentum auf Veranlassung von Kaiser Konstantin zur Staatsreligion erhoben und stand von nun an unter dem Schutz des Reiches. Der Todestag Papst Silvesters am 31. Dezember 335 war Anlass für die Bildung einer Legende. Danach habe er sich einen Schlüssel machen lassen, um Hunde- und Schlangenbisse zu bannen. Mit dem Schlüssel soll jedoch eher das Tor zum neuen Jahr aufgeschlossen werden in der Hoffnung, dass es Gesundheit und Glück beschert.

Am letzten Tag des Jahres

Annette von Droste-Hülshoff

Das Jahr geht um,
der Faden rollt sich sausend ab.
Ein Stündchen noch, das letzte heut,
und stäubend rieselt in sein Grab,
was einstens war lebend'ge Zeit.
Ich harre stumm.

's ist tiefe Nacht!
Ob wohl ein Auge offen noch?
In diesen Mauern rüttelt dein
Verrinnen, Zeit! Mir schaudert, doch
es will die letzte Stunde sein
einsam durchwacht.

Gesehen all,
was ich begangen und gedacht.
Was mir aus Haupt und Herzen stieg,
das steht nun eine ernste Wacht
am Himmelstor. O halber Sieg!
O schwerer Fall!

Wie reißt der Wind
am Fensterkreuze! Ja, es will
auf Sturmesfittichen das Jahr
zerstäuben, nicht ein Schatten still
verhauchen unterm Sternenklar.
Du Sündenkind.

War nicht ein hohl
und heimlich Sausen jeder Tag
in deiner wüsten Brust Verlies,
wo langsam Stein an Stein zerbrach,
wenn es den kalten Odem stieß
vom starren Pol?

Mein Lämpchen will
verlöschen, und begierig saugt
der Docht den letzten Tropfen Öl.
Ist so mein Leben auch verraucht?
Eröffnet sich des Grabes Höhl
mir schwarz und still?

Wohl in dem Kreis,
den dieses Jahres Lauf umzieht,
mein Leben bricht. Ich wusst' es lang!
Und dennoch hat dies Herz geglüht
in eitler Leidenschaften Drang!
Mir brüht der Schweiß

der tiefsten Angst
auf Stirn und Hand. – Wie? dämmert feucht
ein Stern dort durch die Wolken nicht?
Wär' es der Liebe Stern vielleicht,
dir zürnend mit dem trüben Licht,
dass du so bangst?

Und wieder? Sterbemelodie!
Die Glocke regt den eh'rnen Mund.
O Herr, ich falle auf das Knie:
Sei gnädig meiner letzten Stund!
Das Jahr ist um!

„Unter dem Weihnachtsbaum des Verfassers sah es ärmlich aus“

Theodor Fontane an Friedrich Witte

Berlin, den 3. Januar 1851
... Die Festtage über laborierten wir beide, Emilie und ich, an der Grippe. Der Weihnachtsabend war gemütlich, aber doch – dürftig; keiner hatte Geld, um dem andern mehr als ein Paar Handschuh und dergleichen zu schenken. Ich musste daran denken, dass an demselben Abend meine Gedichte in wenigstens fünfzig bis hundert Prachtexemplaren auf verschiedenen Festtischen prangten; und doch, unter dem Weihnachtsbaum des Verfassers sah es derweil ärmlich genug aus. Zum Glück stört mich so was wenig. Ich weiß, dass das Leben sein bisschen Honig wo anders saugt – und nur die Aussicht auf direkte Hungerleider verdirbt mir in den letzten Tagen meine sonst gute Laune. Adieu, mein lieber Witte, und immer Kopf oben, wie ihr alter Freund
Theodor Fontane.

*__Friedrich Martin Sigismund Carl Witte__ (1829–1893) war ein deutscher Apotheker, Fabrikant und Politiker.

FEUERZANGENBOWLE

Spätestens seit dem Film „Die Feuerzangenbowle“ (1944) mit Heinz Rühmann ist diese Variante des Punsches ein Klassiker, beliebt in der Advents- und Weihnachtszeit, aber auch zu Silvester.

Feuerzangenbowle

ZUTATEN:

2 Liter Rotwein, trocken, 350 ml Rum, mind. 54 % Alkohol, 1 Zuckerhut, 2 Orangen, ungespritzt, 1 Zitrone, ungespritzt, 2 Stangen Zimt, 2 Sternanis, 4 Gewürznelken

Orangen und Zitrone abwaschen und in dünne Scheiben schneiden. Mit den Gewürzen und dem Wein in einem Topf erhitzen (nicht kochen!). Den Zuckerhut mit einer Zuckerzange über den Topf legen, mit Rum beträufeln, bis der Zuckerhut vollständig getränkt ist, und anzünden. Damit der Zuckerhut sich nicht sofort auflöst, den Rum mit einer Schöpfkelle nach und nach aufgießen, bis der Zucker vollständig karamellisiert und in den Rotwein getropft ist.

Neujahrslied

Johann Wolfgang von Goethe

Wer kömmt! Wer kauft von meiner War'!
Devisen auf das neue Jahr,
für alle Stände.
Und fehlt auch einer hie und da,
ein einz'ger Handschuh passt sich ja
an zwanzig Hände.

Du Jugend, die du tändelnd liebst,
ein Küsschen um ein Küsschen gibst,
unschuldig heiter.
Jetzt lebst du noch ein wenig dumm;
geh nur erst dieses Jahr herum,
so bist du weiter.

Die ihr schon Amors Wege kennt
und schon ein bisschen lichter brennt,
ihr macht mir bange.
Zum Ernst, ihr Kinder, von dem Spaß!
Das Jahr! Zur höchsten Not noch das,
sonst währt's zu lange.

Du junger Mann, du junge Frau,
lebt nicht zu treu, nicht zu genau
in enger Ehe.
Die Eifersucht quält manches Haus
und trägt am Ende doch nichts aus
als doppelt Wehe.

Der Witwer wünscht in seiner Not,
zur sel'gen Frau durch schnellen Tod
geführt zu werden.
Du guter Mann, nicht so verzagt!

Das, was dir fehlt, das, was dich plagt,
find'st du auf Erden.

Ihr, die ihr Misogyne heißt,
der Wein heb euern großen Geist
beständig höher.
Zwar Wein beschwöret oft den Kopf,
doch der tut manchem Ehetropf
wohl zehnmal weher.

Der Himmel geb' zur Frühlingszeit
mir manches Lied voll Munterkeit,
und euch gefall es.
Ihr lieben Mädchen, singt sie mit,
dann ist mein Wunsch am letzten Schritt,
dann hab ich alles.

Mein Neujahrswunsch

Karl Friedrich Henckell

Was ich erwarte vom neuen Jahre?
Dass ich die Wurzel der Kraft mir wahre,
festzustehen im Grund der Erden,
nicht zu lockern und morsch zu werden,
mit den frisch ergrünenden Blättern
wieder zu trotzen Wind und Wettern,
mag es ächzen und mag es krachen,
dunkel zu rauschen, hell zu lachen
und im flutenden Sonnenschein
Freunden ein Baum des Lebens zu sein.

Gedicht zum Neuen Jahr

Peter Rosegger

Ein bisschen mehr Friede und weniger Streit,
ein bisschen mehr Güte und weniger Neid,
ein bisschen mehr Liebe und weniger Hass,
ein bisschen mehr Wahrheit, das wär doch was!

Statt so viel Unrast ein bisschen mehr Ruh',
statt immer nur Ich ein bisschen mehr Du,
statt Angst und Hemmung ein bisschen mehr Mut
und Kraft zum Handeln, das wäre gut.

Kein Trübsal und Dunkel, ein bisschen mehr Licht,
kein quälend Verlangen, ein froher Verzicht,
und viel mehr Blumen, solange es geht,
nicht erst auf Gräbern, denn da blüh'n sie zu spät.

Neujahrswunsch
Wilhelm Busch

Will das Glück nach seinem Sinn
dir was Gutes schenken,
sage Dank und nimm es hin
ohne viel Bedenken.
Jede Gabe sei begrüßt,
doch vor allen Dingen:
Das, worum du dich bemühst,
möge dir gelingen.

Ein neues Buch, ein neues Jahr
Theodor Fontane

Ein neues Buch, ein neues Jahr,
was werden die Tage bringen?
Wird's werden, wie es immer war,
halb scheitern, halb gelingen?
Ich möchte leben, bis all dies Glüh'n
rücklässt einen leuchtenden Funken.
Und nicht vergeht, wie die Flamm im Kamin,
die eben zu Asche gesunken.

Heilige Drei Könige

PERCHTENTAG

Der 6. Januar galt ursprünglich auch als „Perchtentag“. Beim Mummenschanz des Perchtenlaufens in Oberdeutschland erbat man sich den Segen der „Berchta“, althochdeutsch „Perchta“. Das war ein imaginäres Wesen ähnlich der Frau Holle, das in den zwölf heiligen Nächten durch die Lüfte fährt, um die Fruchtbarkeit der Felder zu sichern und jeden schädlichen Einfluss von ihnen fernzuhalten. Der „Perchtentag“ wurde später auf den letzten der Faschingstage verlegt.

Der Stern

Wilhelm Busch

Hätt' einer auch fast mehr Verstand
als die drei Weisen aus Morgenland
und ließe sich dünken, er wäre wohl nie
dem Sternlein nachgereist wie sie;
dennoch, wenn nun das Weihnachtsfest
sein Lichtlein wonniglich scheinen lässt,
fällt auch auf sein verständig Gesicht,
er mag es merken oder nicht,
ein freundlicher Strahl
des Wundersternes von dazumal.

HEILIGE DREI KÖNIGE

Im Dom zu Köln steht der Drei-Königs-Schrein, der die Gebeine der „Heiligen Drei Könige" oder der „Weisen aus dem Morgenland" enthält. Auf abenteuerliche Weise kamen sie hierher. Wer am 6. Januar, ihrem Fest, das auch Epiphanie = Erscheinung des Herrn genannt wird, die Kölner Bischofskathedrale betritt, nimmt an einem der feierlichsten Ereignisse teil, die die katholische Kirche zu bieten hat. Die auch als Magier bezeichneten drei fremdländischen Boten an der Krippe zu Bethlehem gelten als die ersten Vertreter der damals bekannten drei Kontinente Europa, Afrika und Asien, aber auch als Vertreter der drei Lebensphasen Jugend, Lebensmitte und Alter. Auch sieht man in ihnen Abbilder der biblischen Rassen, die Semiten, Chamiten und Japhetiten als Nachfahren der Söhne Noahs. Als einziger Evangelist berichtet Matthäus von den drei Männern, die, von einem Stern geleitet, aus dem Osten kamen, um dem neugeborenen König zu huldigen und ihm als Geschenke Gold, Weihrauch und Myrrhe zu überreichen. Damit brachten sie den herrschenden König Herodes in arge Verlegenheit, der von einer Geburt in der Königsstadt Jerusalem nichts wusste und nun eine bedrohliche Konkurrenz fürchtete. Im Laufe der Zeit und vor allem im Mittelalter geriet das Dreikönigsfest zu hohen Ehren und wurde zum Ziel vieler Pilgerströme. Der Pilgerweg nach Santiago de Compostela zum Grab des hl. Jakobus führte zwangsläufig auch über das „hillige Köln", das „heilige Köln".

DREIKÖNIGSBRAUCH

Ein alter Brauch hat sich bis heute in manchen Regionen Deutschlands, Frankreichs und der Schweiz erhalten: In einem Kuchen, einem Gebäckstück oder einem Pudding, die an diesem Tag serviert werden, versteckt die Köchin eine Bohne oder sogar eine kleine Krone. Wer sie entdeckt (vorausgesetzt, er verschluckt sie nicht), ist „Bohnenkönig". Der flämische Barockmaler Jacob Jordaens hat ein bezauberndes Gemälde mit dem Titel „Das Fest des Bohnenkönigs" geschaffen, das nur so vor Lebenslust sprüht.

DREIKÖNIGSWASSER

Im „Benediktionale" der katholischen Kirche heißt es zum 6. Januar: „Drei Wunder ehren diesen heiligen Tag: Heute führte der Stern die Weisen zum neugeborenen König. Heute wurde bei der Hochzeit Wasser zu Wein. Heute wurde im Jordan Christus von Johannes getauft, uns zum Heil. Halleluja."

O MENSCHENKIND! HALTE TREULICH SCHRITT!

Peter Cornelius

O Menschenkind! Halte treulich Schritt!
Die Könige wandern, o wandre mit!
Der Stern der Liebe, der Gnade Stern
erhelle dein Ziel, so find'st du den Herrn.
Und fehlen Weihrauch, Myrrhen, Gold,
schenke dein Herz dem Knäblein hold!

Drei Christusfeste konzentrieren sich an diesem Tag. Für die Ostkirche und die koptische Kirche ist der 6. Januar ja noch heute der Tag der Geburt Jesu. Die „Wassersymbolik" dieses Tages hat dazu geführt, dass an diesem Fest die Flüsse gesegnet und geweihtes Wasser nach Hause getragen werden.

Der hl. Johannes Chrysostomos (344–407) überlieferte: „Die Leute bringen um Mitternacht dieses Festes Wasser in Krügen, das sie geschöpft haben, nach Hause und bewahren es das ganze Jahr auf, weil heute dieses Wasser geheiligt ist. Es geschieht ein offenbares Wunder, da dieses Wasser trotz der Länge der Zeit, oft zwei und drei Jahre lang, unverdorben und frisch bleibt und trotz so langer Zeit mit dem erst jüngst geschöpften Wasser durchaus wetteifern kann." Neben dem „Osterwasser" hat sich auch das „Dreikönigswasser" den Status eines besonders kostbaren, geweihten Wassers erhalten. Der Volksmund sagt: „Nichts fürchtet der Teufel mehr als das Weihwasser."

Johannes Kuhn

An der Grenze

Es war im Dezember 1945. Der Krieg war seit acht Monaten zu Ende. Noch erschien der Friede als etwas, was kaum diesen Namen verdiente. Deutschland war in vier streng voneinander geschiedene Zonen unterteilt. In der sowjetischen Besatzungszone lag Plauen, meine Heimat. Seit über einem Jahr hatte ich meine Eltern nicht gesehen. Einen geregelten Postverkehr gab es noch nicht. Ich wusste nur, dass sie noch lebten und dass das Haus noch stand. Ich war damals Aspirant – so nannte man das – bei der Rheinischen Mission, also Anwärter auf eine Missionarsausbildung in Wuppertal.

Meine vierzehn Tage Urlaub zum Besuch meiner Eltern wurden mir genehmigt, und so machte ich mich wenige Tage vor dem Heiligen Abend auf, um auf irgendeine Weise nach Plauen zu kommen – damals ein Abenteuer. Zugverbindungen entsprachen eher Zufallsbekanntschaften als irgendeinem Fahrplan. Man wartete einfach in einem Wartesaal mit vielen anderen, bis sich wie ein Lauffeuer der Ruf verbreitete: Ein Zug kommt! Manchmal war es nur ein Güterzug oder ein leerer Kohlenzug. Aber er brachte einen wieder ein Stück weiter. Am 23. Dezember kam ich endlich in Hof an. Dort war Endstation für alle Züge, die früher über Plauen und Reichenbach nach Leipzig oder Dresden gegangen waren. Für die wenigsten Reisenden freilich war Hof das Ziel. Die meisten wollten von hier aus schwarz über die Grenze – aber wie?

Einer sagte: „Ich kenne hier jemanden, der kann uns wenigstens ein paar Kilometer zur Grenze fahren. Wir müssen aber alle etwas zahlen." Und so ratterten wir wenig später auf dem Anhänger eines Traktors von Hof in Richtung Grenze. Es war kalt geworden. Ein eisiger Wind fegte von den Höhen des Vogtlandes herunter in die Hofer Senke. Nach einer halben Stunde stoppte der Traktor, der Fahrer wies auf einen Waldrand und sagte: „Von da an nach rechts, bis ihr an die Bahnlinie kommt, die auf die Grenze zuführt. Und die Grenzstation müsst ihr halt dann weiträumig umgehen." So trotteten wir los, einer hinter dem anderen.

Es fing an zu schneien. Je näher wir der Grenze kamen, um so stiller wurden wir. Wir hatten schlicht Angst davor, was uns passieren würde, wenn man uns erwischte. Aber es ging dann alles ganz unkompliziert vor sich. Die Bahngrenzstation ließen wir in weitem Abstand liegen und kamen weit dahinter wieder an den Schienenstrang, der von Hof über Gutenfürst nach Plauen führt. Es schneite unaufhörlich, und wir betrachteten das jetzt mehr als Schutz denn als Gefahr. Gegen 4 Uhr morgens erreichten wir Mehlteuer und erreichten noch den ersten Zug, der nach Plauen zuckelte.

Meine Eltern staunten nicht schlecht, als ich um 6 Uhr zu ihnen in die Backstube kam. Es gab ein großes Hallo, ein herzliches Wiedersehen und dankbare Freude. Weihnachten beieinander zu sein, das hatten wir kaum zu träumen gewagt. Es gab viel zu erzählen, was in diesem Jahr alles gewesen war. Aber zunächst galt es jetzt, mit zuzupacken. Denn viele hatten von dem Wenigen, was es auf Marken gab, etwas zusammengespart, damit wenigstens zu Weihnachten ein bisschen von dem, was einmal „Dresdner Stollen" genannt wurde, auf den Tisch kam. Ich hatte nicht nur schöne Tage, denn ich hörte von Freunden, die gefallen waren, von verworrenen Verhältnissen und von Verrat und Enttäuschung, durch die vieles anders geworden war. Ab und zu nahm ich meine alten Skier und zog hinaus nach Schöneck, ins obere Vogtland, um dort Ski zu fahren.

Die Zeit ging schnell vorbei. Am 5. Januar musste ich wieder los. Meine Eltern waren, bei aller Trauer des Abschiednehmens, doch froh,

dass ich in der britischen Zone gelandet war und dass ich dort eine berufliche Ausbildung hatte beginnen können. Ich fuhr zunächst mit der Bahn. Doch in Halle ging's nicht weiter. Im Wartesaal lag man dann nebeneinander auf dem Boden, den Koffer oder den Rucksack mit einer Schnur an die Hand gebunden, damit jede Bewegung den Schläfer sofort weckt. So sollte Diebstählen vorgebeugt werden. Meine Eltern hatten mir noch den Rucksack vollgepackt mit guten Sachen: Kuchen, Brot, Mundharmonika und anderen schönen Dingen, die damals selten waren.

Am 6. Januar kamen wir mit dem Zug bis Ellrich im Harz, auch eine von jenen Übergangsstationen, die unter denen, die schwarz über die Grenze wollten, wie ein Geheimtipp gehandelt wurde. Schon in Plauen hatte man mir gesagt, dort gehe es am leichtesten. Darum hatte ich mich für Ellrich entschieden. Der Zug bis zur Endstation war voll, alle hatten das gleiche Ziel, für die Wenigsten hieß das Ellrich, für die meisten hieß das Walkenried, der erste Ort in der britischen Zone im Harz. In großen Pulks strömten Menschen schwer bepackt der Grenze zu. Es war unübersehbar, welche Richtung sie einschlugen. Und ich dachte mir, das kann nicht gut gehen. So versuchte ich mich etwas abzuset-

zen von dem großen Haufen, gelangte auf einen Feldweg und dann später auf einen Waldweg. Immer häufiger blieb ich stehen, lauschte, ob Schritte im knirschenden Schnee oder knackende Äste zu hören waren. Aber nichts war zu hören.
Grenzpfähle gab es noch nicht; so wusste man nie ganz genau, ob man noch in der Sowjetzone war oder schon auf die britische Seite gewechselt war. Jedenfalls dachte ich, ich wäre schon jenseits der Grenze und schritt freiweg auf einem Waldweg aus.
Plötzlich hörte ich eine raschelnde Bewegung in einem Gebüsch, und schon standen zwei russische Soldaten von mir. „Stoi – Halt!" Sie musterten mich von oben bis unten und prüften, ob ich allein war. Dann schauten sie mich an. Einer bedeutete mir mit seiner Maschinenpistole, ich solle meinen Rucksack herunternehmen, was ich rasch tat. Und dann packten sie aus, was meine Mutter mir so liebevoll eingepackt hatte, und legten alles hübsch nebeneinander. Der eine roch am Kuchen, strahlte, brach sich ein Stück ab, kostete, und strahlte wieder. Der andere griff zum Brot. Der erste nahm die Mundharmonika und versuchte, ihr einige Töne zu entlocken. Ein paar Scheiben Reisebrote, mit Wurst belegt, waren auch dabei. Sie kosteten, rochen und schmatzten. Und dann fand der eine meine Bibel, die weit nach unten gerutscht war. Das Kreuz darauf machte es ihm offenbar deutlich, um was für ein Buch es sich handelte. Er nahm es in die Hand, stand auf, sah mich strahlend an und sagte: „Du Christ, du Jesus-Mann – ich auch." Er blätterte in der Bibel hin und her und schaute mich dabei immer wieder an. Dann sagte er: „In Russland heute Weihnachten. Du verstehen. Du und ich Jesus-Leute."
Nun packte er alles wieder ein, ganz genau so, wie es gelegen hatte. Den Kuchen, das Brot, die Wurstbrote, die Mundharmonika. Sein Kamerad war erst nicht so recht damit einverstanden. Aber er besänftigte ihn vermutlich mit irgendeinem Versprechen. Ich war noch immer ganz benommen. Mitten in diesem Wald, an einer Grenze, an der so viel Feindschaft und Angst herrschte – so ein Zusammentreffen. Als er mir den Rucksack umhängen wollte, schüttelte ich den Kopf. Dann stellte ich ihn wieder auf den Boden und sagte: „Heute in Russland Weihnachten. In Deutschland auch Weihnachten. Jesus geboren.

Freude für dich, für mich, für alle. Hier in Deutschland schenken wir uns etwas." Und dann gab ich ihm meinen Kuchen und das Brot und auch die Mundharmonika. Nein, ich fühlte mich nicht wie einer der drei Weisen aus dem Morgenland, die ihre kostbaren Gaben vor dem Kind ausbreiteten. Und doch fühlte ich mich wie jemand, der von der Geschichte Gottes, die in Jesus Geschichte des Heils für alle geworden ist, angestoßen war.
Diese Erfahrung, dass Gott Menschen von zwei Völkern, die einander so erbittert bekriegt hatten, Frieden schließen ließ, das habe ich nie mehr vergessen.
Muss ich jetzt noch erzählen, wie beschenkt ich wegging, nachdem mir dieser russische Christ noch gezeigt hatte, wo ich am schnellsten über die Grenze kam? Muss ich noch erzählen, wie ungläubig mich die Menschen im Zug von Walkenried in Richtung Hannover anschauten, als ich ihnen mein Erlebnis berichtete, wo sie von ganz anderen Erlebnissen zu erzählen wussten? Für mich jedenfalls ist der 6. Januar 1946 unvergesslich.

MARZIPAN – KÖSTLICHES AUS DEM MORGENLAND

Der Legende nach wurde Marzipan zu Beginn des 15. Jahrhunderts in Lübeck erfunden. Tatsächlich stammt die köstliche Masse aber aus dem Orient, oder – wie es über die Heiligen Drei Könige heißt – aus dem Morgenland, und kam im Mittelalter mit den Arabern nach Europa. Traditionell besteht Marzipan aus Mandeln, Zucker und Rosenwasser. Zunächst wurde Marzipan von Apothekern hergestellt und galt als Arzneimittel gegen Verstopfungen und Blähungen. Im 17. und 18. Jahrhundert wurde Marzipan zu Weihnachten kunstvoll in Formen aus Holz oder Ton gegeben, die in die Marzipanmasse biblische Motive, Familienwappen und andere Darstellungen einprägten. Sie waren ein beliebtes Weihnachtsgeschenk, beispielsweise in Nürnberger Patrizierfamilien.

Marzipan

ZUTATEN:

200 g Mandeln, 180 g Puderzucker,
1 EL Rosenwasser

Mandeln blanchieren (dazu mit kochendem Wasser überbrühen und einige Minuten ziehen lassen, danach lässt sich die Haut leicht ablösen). Die Mandeln dann ganz fein hacken oder im Mixer klein hacken lassen.
Sobald die Mandelmasse einen Teig bildet, den Puderzucker dazugeben und alles mit den Händen verkneten. Die Marzipanmasse kann beliebig aromatisiert werden, z. B. mit einem Esslöffel Rosenwasser.
Aus dem fertigen Marzipan können beispielsweise Marzipankartoffeln oder Marzipanbrot hergestellt werden. Für Marzipankartoffeln: Kugeln formen und in Kakaopulver wälzen. Für Marzipanbrot: Brotlaib formen, Schokolade schmelzen und das Marzipanbrot damit übergießen.

Wenn die Armen frieren, friert das Christkind

Clemens Brentano an Rudolf Clemens Rochs

Dülmen, Januar 1822

Mein viel lieber Pate!
... Jetzt ist es sehr kalt, viele arme Kinder frieren sehr, arme Leute haben kein Wasser, weil die Brunnen vertrocknet sind und die Teiche gefroren, da können sie die Kühe nicht tränken, da können diese keine Milch geben, da müssen auch wohl Kinder und Eltern noch hungern zu der Kälte. Was ist aber da anzufangen? Wir wollen das Christkind fragen, es sagt: „Was ihr dem ärmsten, geringsten Kinde oder Menschen gebt, das habt ihr' mir gegeben."
Sieh, mein lieber Pate, wie gut das Christkind ist, es will selbst nichts; was die Armen kriegen, das kriegt das Christkind. Wenn die Armen frieren, friert das Christkind aus Liebe mit, und wenn du Armen bedeckt und gewärmt sind, ist das Christkind so wohl und warm, dass es uns alles tausendfach wiedergibt. Wer aber nichts zu geben hat, wie alle kleinen Jungen und wie Du, der muss beten für die Armen, dass Gott seine Engel schickt, welche ihnen Kleider und Holz bringen, und welche machen, dass wieder Wasser genug kommt für die Kühe, dass es wieder Milch gibt, und sie was zu essen haben. Dieses, mein lieber Pate, ist das Neueste und Nötigste, was ich weiß. Gott segne Dich!
Ich danke Dir, dass Du mir ein Kreuz gemacht, ich will es auf meine Schulter nehmen und dem lieben Jesus nachtragen, damit er nicht so allein trägt, er kann es schon schwer machen, wenn es mir gut ist. Adieu.
Dein getreuer Pate

Das Dorf im Schnee

Klaus Groth

Still, wie unterm warmen Dach,
liegt das Dorf im weißen Schnee.
In den Erlen schläft der Bach,
unterm Eis der blanke See.

Weiden steh'n im weißen Haar,
spiegeln sich in starrer Flut;
alles ruhig, kalt und klar
wie der Tod, der ewig ruht.

Weit, so weit das Auge sieht,
keinen Ton vernimmt das Ohr,
blau zum blauen Himmel zieht
sacht der Rauch vom Schnee empor.

Möchte schlafen wie der Baum,
ohne Lust und ohne Schmerz;
doch der Rauch zieht wie im Traum
still nach Haus mein Herz.

Karl Heinrich Waggerl

Warum der schwarze König Melchior so froh wurde

Allmählich verbreitete sich das Gerücht von dem wunderbaren Kinde mit dem Schein ums Haupt und drang bis in die fernsten Länder. Dort lebten drei Könige als Nachbarn, die seltsamerweise Kaspar, Melchior und Balthasar hießen, wie heutzutage ein Rossknecht oder ein Hausierer. Sie waren aber trotzdem echte Könige und was noch merkwürdiger ist, auch wehe Männer. Nach dem Zeugnis der Schrift verstanden sie den Gang der Gestirne vom Himmel abzulesen, und das ist eine schwierige Kunst, wie jeder weiß, der einmal versucht hat, hinter einem Stern herzulaufen.

Diese drei also taten sich zusammen, sie rüsteten ein prächtiges Gefolge aus und dann reisten sie eilig mit Kamelen und Elefanten gegen Abend. Tagsüber ruhten Menschen und Tiere unter den Felsen in der steinigen Wüste, und auch der Stern, dem sie folgten, der Komet, wartete geduldig am Himmel und schwitzte nicht wenig in der Sonnenglut, bis es endlich wieder dunkel wurde. Dann wandelte er von Neuem vor dem Zuge her und leuchtete feierlich und zeigte den Weg. Auf diese Art ging die Reise gut voran, aber als der Stern über Jerusalem hinaus gegen Bethlehem zog, da wollten ihm die Könige nicht mehr folgen. Sie dachten, wenn da ein Fürstenkind zu besuchen sei, dann müsse es doch wohl in einer Burg liegen und nicht in einem armseligen Dorf. Der Stern geriet sozusagen in Weißglut vor Verzweiflung, er sprang hin und her und wedelte und winkte mit dem Schweif, aber das half nichts. Die drei Weisen waren von einer solchen Gelehrtheit, dass sie längst nicht mehr verstehen konnten, was jedem Hausverstand einging. Indessen kam auch der Morgen herauf und der Stern verblich. Er setzte sich traurig in die Krone eines Baumes neben dem Stall und jedermann, der vorüberging, hielt ihn für nichts weiter als eine vergessene Zitrone im Geäst. Erst in der Nacht kletterte er heraus und schwang sich übers Dach. Die Könige sahen ihn beglückt, Hals über Kopf kamen sie herbeigeritten. Den ganzen Tag hatten sie nach dem verheißenen Kinde gesucht und nichts gefunden, denn in der Burg zu Jerusalem saß nur ein widerwärtig fetter Bursche namens Herodes.

Nun war aber der eine von den dreien, der Melchior hieß, ein Mohr, baumlang und so tintenschwarz, dass selbst im hellen Schein des Sternes nichts von ihm zu sehen war als ein Paar Augäpfel und ein fürchterliches Gebiss. Daheim hatte man ihn zum König erhoben, weil er noch ein wenig schwärzer war als die anderen Schwarzen, aber nun merkte er zu seinem Kummer, dass man ihn hierzulande ansah, als ob er in der Haut des Teufels steckte. Schon unterwegs waren alle Kinder kreischend in den Schoß der Mütter geflüchtet, sooft er sich von seinem Kamel herabbeugte, um ihnen Zuckerzeug zu schenken, und die Weiber würden sich bekreuzigt haben, wenn sie damals schon hätten wissen können, wie sich ein Christenmensch gegen Anfechtungen schützt.

Als Letzter in der Reihe trat Melchior zaghaft vor das Kind und warf sich zur Erde. Ach, hätte er jetzt nur ein kleines weißes Fleckchen zu zeigen gehabt oder wenigstens sein Innerstes nach außen kehren können! Er schlug die Hände vors Gesicht, voll Bangen, ob sich auch das Gotteskind vor ihm entsetzen würde. Weil er aber weiter kein Geschrei vernahm, wagte er ein wenig durch die Finger zu schielen, und wahrhaftig, er sah den holden Knaben lächeln und die Hände nach seinem Kraushaar ausstrecken. Über die Maßen glücklich war der schwarze König! Nie zuvor hatte er so großartig die Augen gerollt und die Zähne gebleckt von einem Ohr zum andern. Melchior konnte nicht anders, er musste die Füße des Kindes umfassen und alle seine Zehen küssen, wie es im Mohrenlande der Brauch war. Als er aber die Hände wieder löste, sah er das Wunder: Sie waren innen weiß geworden! Und seither haben alle Mohren helle Handflächen, geht nur hin und seht es und grüßt sie brüderlich.

STERNSINGER

Matthäus erwähnt als Einziger der vier Evangelisten den Besuch der Sterndeuter an der Krippe zu Bethlehem. Im 8. Jahrhundert und im Rahmen des entstehenden Brauchtums beschränkte man ihre Zahl auf drei und nannte sie Weise und schließlich Könige mit Namen Caspar, Melchior, Balthasar. Seit 1164 befinden sich ihre Reliquien im Dreikönigsschrein im Kölner Dom. Vermutlich ging das Sternsingen aus den Dreikönigsspielen hervor. Als sich der Protestantismus im Norden verbreitete und die Klosterschulen ihren Landbesitz und damit ihr Einkommen verloren, suchten die Klosterschüler mittels „Sternsingen“ ihren Lebensunterhalt zu verdienen.
In Mitteleuropa ist das Sternsingen heute ein typisch katholischer Brauch. 1541 berichten die Annalen des Klosters St. Peter in Salzburg davon. Seit Mitte des 20. Jahrhunderts gibt es in Deutschland, Österreich, Südtirol, der Schweiz und Belgien zentral gesteuerte Sternsinger-Aktionen für bestimmte Projekte der Entwicklungshilfe. In Begleitung von Erwachsenen ziehen die Sternsinger zwischen dem 27. Dezember und 6. Januar durch die Gemeinden, um Spenden zu sammeln. Sie sind wie Könige gewandet und tragen einen Stern. Einer von ihnen ist als Mohr verkleidet und symbolisiert den Schwarzen Kontinent Afrika. Ihre Aussendung geschieht in einem feierlichen Gottesdienst. Bei ihren Besuchen in den Häusern schreiben sie mit geweihter Kreide die Segensbitte C + M + B + Jahreszahl an die Türbalken oder Haustüren. Das bedeutet: „Christus mansionem benedicat“ – Christus segne dieses Haus. Die drei Kreuze zwischen den Buchstaben verweisen auf die Heilige Dreifaltigkeit.

Bauernregeln

Ist's an Dreikönig sonnig und still,
der Winter vor Ostern nicht weichen will.

Dreikönigsabend hell und klar
verspricht ein gutes Weinerntjahr.

Heilig Drei König ohne Eis,
da wird Pankratius sicher weiß.

Die heiligen drei Könige

August Wilhelm von Schlegel

Aus fernen Landen kommen wir gezogen,
nach Weisheit strebten wir seit langen Jahren,
doch wandern wir in unsern Silberhaaren,
ein schöner Stern ist vor uns her geflogen.

Nun steht er winkend still am Himmelsbogen:
Den Fürsten Judas muss dies Haus bewahren.
Was hast du, kleines Bethlehem, erfahren?
Dir ist der Herr vor allem hoch gewogen.

Holdselig Kind, lass auf den Knien dich grüßen!
Damit die Sonne unsre Heimat segnet,
das bringen wir, obschon geringe Gaben.

Gold, Weihrauch, Myrrhen liegen dir zu Füßen,
die Weisheit ist uns sichtbarlich begegnet,
willst du uns nur mit einem Blicke laben.

ZIMTSTERNE

Die Rezeptur ist im Grunde einfach, doch gibt es manchmal Komplikationen, weil der Teig klebt oder die Glasur nicht so perfekt ist, wie man sie sich vorgestellt hat. Bei zu klebrigem Teig hilft es, noch mehr Mandeln hinzuzufügen oder etwas Stärkemehl unterzukneten.

Zimtsterne

ZUTATEN:

4 Eiweiß, 300 g Puderzucker, 1 Teelöffel Zitronensaft, 1 gestrichener Esslöffel Zimt, 400 g ungeschälte, geriebene Mandeln, 50 g geriebene Mandeln zum Ausrollen, evtl. zum Backen runde Oblaten

Das Eiweiß zu steifem Schnee schlagen. Nach und nach den Puderzucker löffelweise daruntermengen, dann den Zitronensaft hinzugeben. Weiterschlagen, bis die Masse dickschaumig und glänzend ist. Eine halbe Tasse davon abschöpfen und für den Guss wegstellen. Unter die übrige Masse werden nun Zimt und geriebene Mandeln gemischt. Darauf wird der Teig in kleinen Portionen auf einer mit Mehl und geriebenen Mandeln bestreuten Unterlage 1 cm dick ausgerollt und kleine Sterne ausgestochen. (Manchmal setzt man sie auch auf Oblaten.) Darauf werden die Sternchen mit dem zurückbehaltenen Schaumguss bestrichen. Die Backzeit beträgt etwa 10 bis 12 Minuten bei 140 bis 150 °C. Die Backofentür bleibt einen Spalt weit auf. Man kann auch eine geringere Ofenhitze wählen, die Glasur sollte weiß bleiben. (Wenn Oblaten verwendet werden, die überstehenden Stücke abbrechen.)

Hermann Multhaupt

Einladung ins Paradies

Die Kälte krallte sich fest. Sie belagerte die Stadt wie ein feindliches Heer, und gab sie nicht mehr frei. Die Menschen hauchten in ihre durchfrorenen Hände und rieben die roten Ohren.
„Abscheulich, Frau Gebhardt. Nein, dass Sie bei der Hundekälte auf dem Markt stehen müssen! Frieren Ihnen die Beine nicht fest?"
„Lange halte ich es nicht mehr aus, dann mache ich dicht. Bei dem Wetter wagt sich ja ohnehin kaum jemand auf die Straße", sagte Frau Gebhardt und wog Frau Krämer den Grünkohl ab.
„Siebzehn Grad minus sollen es nächste Nacht geben", bibberte Frau Krämer und wartete ungeduldig, bis sie das Wechselgeld erhielt. „Ich sehe zu, dass ich ins Warme komme."
„Ich würde gern mit Ihnen tauschen", antwortete Frau Gebhardt und trippelte von einem Fuß auf den anderen. „Eine knappe Stunde muss ich wenigstens noch durchhalten, dann baue ich meinen Stand ab."
Die Damen wünschten sich einen Guten Tag.

Unten am Fluss führte Wolfram, der Stadtstreicher, ein Selbstgespräch. Er hatte niemanden, mit dem er reden konnte, außer den Weiden, deren Äste starr und brüchig waren wie Glas. „Du darfst nicht wieder einschlafen", murmelte er vor sich hin. „Nein, das darfst du nicht. Die Kälte ist tödlich! Noch so eine Nacht auf der Parkbank, und du wachst in der Hölle auf. Hölle? In der Hölle soll es ziemlich heiß sein, sagt man. Und Hitze wäre genau das, was ich jetzt vertragen könnte."
Wolfram schlug die Arme gegeneinander und stampfte mit den Füßen. „Hundekälte! Mörderisch!", fluchte er. „Die bringt den stärksten Mann aus dem Gleichgewicht." Er zog eine Flasche mit Billigfusel

hervor und nahm einen herzhaften Schluck. „Das läuft durch die Gurgel wie ein Lavastrom. – Die Gartenlauben sind dicht“, sinnierte er, „winterfest. Unter der Brücke ist es noch kälter. Da pfeift der Wind durch. Eisschollen treiben auf dem Fluss. Es ist das Beste, wenn ich hierbleibe.“ Er nestelte an seiner Decke. „Für ein Sommerlager ideal. Aber jetzt im tiefen Winter? Herrlich, diese Sonnenuntergänge. Wie eine riesige Zitronenscheibe sinkt die Sonne hinter die Berge. Aber zugleich steigt die Kälte aus den Ritzen der Erde. Diese verdammte Kälte!“ Der erneute Schluck aus der Billigfuselflasche belebte die Geister. Kam da nicht jemand? Wolframs Augen durchmaßen das Zwielicht. Ja, wahrhaftig!

„Guten Abend, Wolfram“, sagte einer der drei Männer.

„’n Abend!“

„Ist es nicht ein bisschen zu kalt für die Parkbank?“

„Komische Frage! Natürlich ist es kalt. Mörderisch kalt sogar. Ihr friert wohl nicht in euren Hermelinpelzen? Aber die Kronen, die Kronen wärmen doch nicht, oder? Seid ein komisches Gespann. Wohin soll es denn gehen?“

„Eigentlich wollten wir zu dir, Wolfram“, lächelte einer der Männer.

„Zu mir? Habt ihr euch auch nicht in der Hausnummer geirrt? – Oder wollt ihr mir die Parkbank streitig machen?“ Wolfram nahm eine drohende Haltung an.
„Nein, nein, wir wollen dir nichts streitig machen. Im Gegenteil. Wir möchten dir etwas Gutes tun und dich mitnehmen“, sagte einer der drei.
„Mitnehmen?“
„Lass es dir erklären: Wir stellen – wie du vielleicht schon bemerkt hast – drei Könige dar. Ich bin Caspar, das ist Melchior und der dort ist Balthasar. Wir gehören zu einer kleinen Theatergruppe, die im Nachbarort ein Krippenspiel aufführt. Nun ist in unserem Ensemble ein Hirte erkrankt, und wir suchen jemanden, der die Rolle kurzfristig übernehmen kann. Du scheinst die geeignete Person zu sein.“
Wolfram fuhr sich mit der Hand durch den Stoppelbart. „Ich? Geeignet? Ich habe noch nie auf der Bühne gestanden.“
Melchior schüttelte den Kopf. „Das macht nichts. Du musst nur einen Satz sagen: ‚Ach, wie schön ist das himmlische Kind.‘“
Wolfram lächelte verlegen. „Das soll ich sagen: ‚Ach, wie schön ist das himmlische Kind‘?“
Balthasar nickte.
„Welches Kind?“
„Nun, das göttliche Kind in der Krippe“, klärte Melchior ihn auf.
Wolfram staunte: „Ach, es handelt sich um was Frommes? In der Bibel bin ich nicht so bewandert wie auf den Straßen hierzulande.“
Caspar wehrte ab. „Musst du auch nicht. Dein Stichwort ist ‚Kommt!‘“
„Welches Stichwort?“
„Der Engel fordert die Hirten von Bethlehem auf, ihm zu dem Stall zu folgen, in dem der Heiland der Welt geboren ist“, erläuterte Balthasar. „Er sagt: ‚Kommt!‘ Wenn die Hirten das Kind erblicken, rufst du: ‚Ach, wie schön ist das himmlische Kind.‘“
Wolfram begann zu kichern. „Das geht nicht.“
„Und warum nicht?“
„Ich muss bestimmt lachen.“
„Du wirst nicht lachen, Wolfram“, sagte Melchior ernst. „Es ist ein erhabener und großer Augenblick.“

„Und ihr meint, ich könnte den Satz auswendig lernen?"
„Im richtigen Augenblick wirst du ihn auswendig wissen", nickte Caspar feierlich. „Zudem musst du ihn nicht umsonst sagen."
Wolfram spitzte die Ohren. „Nein? Was kriege ich denn dafür? Eine warme Mahlzeit?" Die Könige sahen sich an und lächelten. „Wir dachten eigentlich an mehr", sagte einer von ihnen.
Elektrisiert fuhr Wolfram hoch. „So? An was denn?"
Caspar hob den Zeigefinger. „Das soll eine Überraschung werden. Du wirst zufrieden sein."
„Gut. Ich mache mit. Ich muss nur meine Siebensachen zusammensuchen."
„Lass nur, Wolfram", sagte Caspar. „Die Plastikkoffer brauchst du jetzt nicht mehr."
„Und nach dem Spiel?"
„Du erhältst ein edles Gewand und wirst nie mehr frieren", nickte Balthasar.
„Aber nun komm!", drängte Melchior.
Wolframs Gesicht verklärte sich. Ein merkwürdiger Glanz lag in seinen Augen, so, als sähe er durch die Welt hindurch und Dinge, die er noch nie in seinem Leben geschaut hatte. Beglückt schloss er die Augen. So fanden ihn die Menschen.
„Wer von Ihnen hat den Stadtstreicher als Erster entdeckt?", fragte der Polizist und zückte sein Notizbuch.
„Ich war auf dem Weg zur Frühschicht und kam an der Bank vorbei", meldete sich ein Mann. „Da sah ich ihn – erfroren."
„Hat jemand den Mann gekannt?", fragte der Polizist in die Runde.
„Nicht direkt."
„Sondern?"
„Er war ja eine stadtbekannte Persönlichkeit", antwortete Frau Krämer. „Saß mal hier, stand mal da. Er gehörte sozusagen zu unserem Alltag."
„Es fehlte etwas, wenn er mal nicht da und andernorts auf der Walz war", warf der Frühschichtler ein.
Frau Gebhardt schnäuzte sich. „Er kam immer wieder zurück. Bei uns hat er sich am wohlsten gefühlt."

„Wenn Sie ihn alle so gut gekannt oder gar geschätzt haben – wieso musste er hier erfrieren?" Der Polizist blickte die Menschen fragend an.
„Wer konnte denn ahnen, dass der Winter so hart würde?", jammerte Frau Krämer. „Siebzehn Grad! Bei solchen Temperaturen scheucht man keinen Hund vor die Tür."
Der Frühschichtler meldete sich: „Wissen Sie, man denkt ja so wenig über solche Menschen nach. Was für ein Schicksal sie gehabt haben. Was sie auf die Straße trieb und so. Wenn man darauf kommt, ist es meist zu spät."
„Da sagen Sie mir nichts Neues", bejahte der Polizist. „Gewöhnlich ist immer irgendwo irgendetwas zu spät."
Ein Kind schob sich leise in die Runde der Erwachsenen. „Wolfram sieht so seltsam aus. Als ob er lächelt."
„Zurücktreten, bitte!", rief der Polizist. „Das ist kein Anblick für Kinder."
„Als ob er im Traum etwas gesehen hätte", meinte Frau Gebhardt und beugte sich über das Gesicht, und der Frühschichtler fügte hinzu: „Und der Traum hat ihn mitgenommen in eine andere Welt."
„Jemand ist vorbeigekommen und hat gesagt: ‚Wolfram komm!'", sagte das Kind, das sich in den Kreis gedrängt hatte.
„Und ich habe gesagt, das ist kein Anblick für Kinder", raunzte der Polizist.
„Ich werde heute Abend zum Krippenspiel gehen, im Nachbarort", nickte das Kind. „Ich freue mich schon darauf."
Niemand antwortete. Das Gesicht des erfrorenen Stadtstreichers zog sie in ihren Bann und ließ sie nicht mehr los.

Epiphanias

Am Feste der Heiligen Drei Könige

Annette von Droste-Hülshoff

Durch die Nacht drei Wandrer ziehn,
um die Stirnen Purpurbinden,
tief gebräunt von heißen Winden
und der langen Reise Müh'n.
Durch der Palmen säuselnd Grün
folgt der Diener Schar von Weiten.
Von der Dromedare Seiten
goldene Kleinode glüh'n,
wie sie klirrend vorwärts schreiten,
süße Wohlgerüche flieh'n.

Finsternis hüllt schwarz und dicht
was die Gegend mag enthalten.
Riesig drohen die Gestalten:
Wandrer, fürchtet ihr euch nicht?
Doch ob tausend Schleier flicht
los' und leicht die Wolkenaue:
Siegreich durch das zarte Graue
sich ein funkelnd Sternlein bricht.
Langsam wallt es durch das Blaue,
und der Zug folgt seinem Licht.

Horch, die Diener flüstern leis':
„Will noch nicht die Stadt erscheinen
mit den Tempeln und den Hainen,
sie, der schweren Mühe Preis?
Ob die Wüste brannte heiß,
ob die Nattern uns umschlangen,
uns die Tiger nachgegangen,
ob der Glutwind dörrt' den Schweiß:
Augen an den Gaben hangen
für den König stark und weiß."

Sonder Sorge, sonder Acht,
wie drei stille Monde ziehen
um des Sonnensternes Glühen,
zieh'n die Dreie durch die Nacht.
Wenn die Staublawine kracht,
wenn mit grausig schönen Flecken
sich der Wüste Blumen strecken,
schau'n sie still auf jene Macht,
die sie sicher wird bedecken,
die den Stern hat angefacht.

O ihr hohen heil'gen Drei!
In der Finsternis geboren
hat euch kaum ein Strahl erkoren,
und ihr folgt so fromm und treu!
Und du meine Seele, frei
schwelgend in der Gnade Wogen,
mit Gewalt ans Licht gezogen,
suchst die Finsternis aufs Neu!
O wie hast du dich betrogen;
Tränen blieben dir und Reu!

Dennoch, Seele, fasse Mut!
Magst du nimmer gleich ergründen,
wie du kannst Vergebung finden:
Gott ist über alles gut!
Hast du in der Reue Flut
dich gerettet aus der Menge,
ob sie dir das Mark versenge
siedend in geheimer Glut,
lässt dich nimmer dem Gedränge,
der dich warb mit seinem Blut.

Einen Strahl bin ich nicht wert,
nicht den kleinsten Schein von oben.
Herr, ich will dich freudig loben,
was dein Wille mir beschert!
Sei es Gram, der mich verzehrt,
soll mein Liebstes ich verlieren,
soll ich keine Tröstung spüren,
sei mir kein Gebet erhört:
Kann es nur zu dir mich führen,
dann willkommen Flamm' und Schwert.

Die Könige

Peter Cornelius

Drei Könige wandern aus Morgenland,
ein Sternlein führt sie zum Jordanstrand,
in Juda fragen und forschen die drei,
wo der neugeborne König sei.
Sie wollen Weihrauch, Myrrhen und Gold
zum Opfer weihen dem Kindlein hold.
Und hell erglänzet des Sternes Schein,
zum Stalle gehen die Könige ein,
das Knäblein schauen sie wonniglich,
anbetend neigen die Könige sich,
sie bringen Weihrauch, Myrrhen und Gold
zum Opfer dar dem Knäbelein hold.
O Menschenkind, halte treulich Schritt,
die Könige wandern, o wandere mit!
Der Stern des Friedens, der Gnade Stern
erhelle dein Ziel, wenn du suchest den Herrn;
und fehlen dir Weihrauch, Myrrhen und Gold,
schenke dein Herz dem Knäblein hold!

QUELLENVERZEICHNIS

Texte:

Karl Heinrich Waggerl, Die stillste Zeit im Jahr, aus: Karl Heinrich Waggerl, Sämtliche Weihnachtserzählungen, © Otto Müller Verlag, Salzburg 2013.

Ruth Schaumann, „Von Esel und Ochs", aus: Dies., Der Weihnachtsstern. Geschichten, Legenden und Gedichte © Verlag Herder GmbH, Freiburg i. Br. 1957, S. 41–48.

Hans Fallada, „Lüttenweihnachten", aus: Hans Fallada. Ausgewählte Werke in Einzelausgaben. Herausgegeben von Günter Caspar © Aufbau Verlag GmbH & Co. KG, Berlin 1985, 2009.

„Unter dem Christbaum", aus: Hermann Hesse, Gedenkblätter. Erinnerungen an Zeitgenossen. © Suhrkamp Verlag.

Christa Spilling-Nöker, Vom lieben, bösen Weihnachtsmann: Alle Rechte bei der Autorin.

Klaus Granzow, Ein Weihnachtslied für die Kinder, in: Weihnachtsgeschichten aus Pommern, herausgegeben von Gundel Paulsen, erschienen im Husum Verlag. Alle Rechte beim Autor.

Erich Kästner, Sechsundvierzig Heiligabende aus: Der tägliche Kram © Atrium Verlag, Zürich 1948 und Thomas Kästner.

Johannes Kuhn, An der Grenze: Alle Rechte beim Autor.

Karl Heinrich Waggerl, Warum der schwarze König Melchior so froh wurde, aus: Karl Heinrich Waggerl, Sämtliche Weihnachtserzählungen, © Otto Müller Verlag, Salzburg 2013.

Bilder:

Alle farbigen Abbildungen: © Victorian Traditions/shutterstock

Bibliografische Information der
Deutschen Nationalbibliothek
Die Deutsche Nationalbibliothek verzeichnet diese
Publikation in der Deutschen Nationalbibliografie;
detaillierte bibliografische Daten sind im Internet unter
http://dnb.d-nb.de abrufbar.

Besuchen Sie uns im Internet:
www.st-benno.de

Gern informieren wir Sie unverbindlich und aktuell
auch in unserem Newsletter zum Verlagsprogramm,
zu Neuerscheinungen und Aktionen.
Einfach anmelden unter www.st-benno.de.

ISBN 978-3-7462-4134-0

Umschlaggestaltung: Ulrike Vetter, Leipzig
Umschlagabbildung: © Michael Manco/shutterstock
Gesamtherstellung: Kontext, Lemsel (A)